深圳河南北

陳愴 著

獲益出版事業有限公司

深圳河南北

著　　者：陳　愴
校　　對：陳　愴
主　　編：黃東濤（東瑞）
督 印 人：蔡瑞芬
出　　版：獲益出版事業有限公司
香港九龍土瓜灣道94號美華工業中心B座6樓10號室
HOLDERY PUBLISHING ENTERPRISES LTD.
Unit 10, 6/F Block B, Merit Industrial Centre,
94 To Kwa Wan Road, Kowloon, H.K.
Tel: 2368 0632　　Fax: 2765 8391
版　　次：二零一七年十一月初版
國際書號：ISBN 978-962-449-591-1
如有白頁、殘缺或釘裝錯漏等，歡迎退換。

他認為自己的生命還有存在的價值
才在困境中一天天奮鬥下去

遲暮人語——代序

這十年，我做了一件有意義的事，也是做了一件沒有實用的事；這十年，我沒虛度時光，也是虛耗精力一場；這十年，我的人生感覺快樂，也感覺焦慮和痛苦；這十年，我滿懷希望，也在失望中度過；這十年，我以為成就一件事業，也是做了一件虛妄的事；這十年，我做了一件理智踏實的事，也是做了一件迷惘失落的事；這十年，我做了一件燃燒生命的事，也是做了一件沒有回報的事。

儘管如此，我不在乎。只要能寫成我想寫的書，用文字表達我心中的理念就好了。

上世紀五十年代末，我從大陸粵西的鄉村偷渡來港，那時的我，甚麼都不懂，沒有知識，而我又不願做一個無知無識的愚蠢人，就日間做勞工掙錢謀生，晚上看報刊讀書自學知識。十多年後娶妻生兒育女，供兒女入學讀書，生活擔子就更加沉重。因為工資微薄，有時要兼職做工才能解決一家幾人的生活問題。由早到晚工作了一整天，放工回家，已經精疲力竭，人似乎散了架，無精神看報刊讀書了。

沒有時間讀書自學，猶如失了業沒工錢收入，腦子沒有知識增加，我的心靈更空虛。

我的性情耿直，不善應酬，也不想應酬，沒有幾個朋友。工作生活上當然接觸各種各樣的人，在接觸別人的時候，就從中觀察人生世情，觀察人性，去了解他們的各種情況，增加自己的人生體驗，積累生活經驗。

我在大陸鄉村出生長大，年輕時受過階級鬥爭的苦難，有這方面刻骨銘心的體驗。在大陸無法生存下去了，才拚死偷渡來港。一踏足這個城市，猶如從一個黑洞跳到一個明亮的地方，眼界大開，驚嘆這個城市言論自由，出版自由，甚麼政治取向的報刊都有，各種各樣的書任我讀。各種書籍中，我讀得最多的是小說，古典的，現代的，各國翻譯成中文的小說也讀了不少，（當然也讀其他文類的書）。

初時如饑如渴的閱讀，不甚了解書中的意義，小說當故事書讀。讀得多了，才漸漸開竅，有所領會。我的知識就是這樣誤打誤撞，不斷閱讀，點點滴滴積累得來的。

小說讀得多了，自己也想寫，但我要做工謀生養家，一早忙到晚，實在沒有時間寫作，加上我自知沒有創作才華，欠缺天馬行空的想像力，努力寫出來了，也不是好小說，沒有報刊刊登。直到上世紀八十年代中期，劉以鬯先生創辦《香港文學》雜誌，我拿一篇早已寫好的短篇小說投稿，很快就接到劉先生的來信，說我的小說下兩期刊登。

小說登出來了，我拿到雜誌，看到自己的手稿變成齊整美觀的印刷字體，好高興。閱讀後，整篇數千字的稿子只改動了兩個字。拙作能夠在劉先生主編的文學刊物上刊登，給我一大鼓勵，一有時間就寫。寫成了就投稿去劉先生主編的《香港文學》、星島晚報的「大會堂」文藝版。但不是每次投稿都獲得刊登，也有稿子一去不返，如泥牛落海，沉沒海底。因為我留下底稿，再拿出來看，委實太糟，好在沒有刊登，要不然，就如一個壞孩子，再讓父母寵愛，就只有壞處沒有好處了。

劉先生因為雜誌社的人手少，工作忙，沒有時間給投稿者退稿，當然無暇指出拙作的錯誤和缺點，讓我自己去反思、揣摩，才知道哪樣的寫法是好的小說；哪樣的寫法是不及格的小說，慢慢才有進步了。

「多讀多寫」雖然是老生常談，也是至理名言。因為多讀前人和同時代人的作品，是汲取人家的寫作技巧和創作方法。而多寫才是鍛練自己的寫作才能。我讀得多寫得少，仿如只觀看別人鑄劍，自己不鑄，哪會寫得出好的作品？除非是天才，平凡如我，當然不能寫出甚麼佳作了。

時間在營營役役做工謀生中過去，一晃就是四十多年。我在香港，幾十年來都是做勞工謀生，這些勞力工作，與文化文字完全沾不上邊。到了2005年，我的年紀大了，體力弱了，視力衰退了，自知不適宜為老板開私家車了。正在考慮辭職回家寫我思念已久的長篇小說。老板比我快一些，一天中午，她叫我入她的家，讓我坐，給我一個「大信封」，好意地說：你做了幾十年工，勞苦大半生，是時候退休回家過過清閒的生活囉。

老板解僱我，對我而言，是求之不得的事。接了她的長期服務金，向她道謝，執拾好自己的東西，離開她位於飛鵝山的豪華大宅，搭的士回家。

這時吾子吾媳在某中學有教職，吾妻也上班工作，他們幾人一早返工，讓我在家靜心寫早就想寫的長篇。我沒有寫長篇小說的經驗，起初也沒有信心寫得成書，但堅持埋頭伏案寫，（家居狹小，沒地方放書枱，自製一塊20寸×30寸的木板架起來當書枱）也能一章一章寫出來。雖然寫得慢，修修改改，寫了五年，卻寫成四卷，六十多萬字，書還未終卷就停下來了。

其實我還有精力繼續寫下去，因為當時我年已古稀，人生無常，恐怕書尚未出版就死亡。停頓不寫，就打電話給朋友東瑞先生，向他說要出版書。他在電話說，可以商量，叫我拿書稿去見面。。

在約定見面時間，我頂着暑氣熱浪，汗流浹背，挽着厚重的手寫書稿去東瑞位於土瓜灣道的出版社。見了面，東瑞捧着我的書稿看看，皺着眉頭，面有難色。他說，像你這樣大部頭的文藝小說，出版了也沒有甚麼人看，若是我為你出版，沒有銷路，會血本無歸。他開辦出版社，是做生意，沒有出版人願意做賠本生意啊。但我花了五年時間和精力寫出來的書，若然不出版，難道把自己的心血結晶扔入牀底不見天日？我當然不願意。好在我做了這麼多年工，還有一點錢儲蓄，拿我的錢給他出版總可以吧？

東瑞先生說，你自費出版可以，不過，最少也要印四五百本，能賣出幾本好難說，你要有心理準備這筆錢有去無回。

我花時間精力寫的書，不為名不為利（想為也得不到），只是要把這幾十年來中國人的苦難用小說形式呈現出來而已。我隨即對他說，無論可以賣出幾本我都要出版。

幾個月後，書印出來了，因為字數太多，如果印成一部，太厚，分成上下兩冊方便閱讀。這是我首次出版的書，是我的「少作」，可能是我的「老作」，也可能是我的「遺作」。這部還未終卷像磚頭一般厚的書出版了，我的身體精神尚好，接着用一年多時間寫成《筆架山下》第五卷，約十七萬字，若然此書有機會再版，才加第五卷入去，成為一部八十多萬字的書。

感謝上蒼的眷顧，我七十多歲了，身體、精神和思維能力都很好，以後三年間寫成並出版了《日升日落九龍城》、《回望》、《深圳河南北》三部長篇，《這樣的母親》、《新經濟區》兩部長篇和已經發表的短篇還未出版。

出乎意料，我六十七歲退休至今十年六個月，今年七十七歲。這十年，天天埋頭寫作好幾小時，寫成的長篇、短篇和其他文章（主要是長篇小說），將近二百萬言。而這些書文都是增刪幾次，改了又改，斟酌推敲，雖不敢說我的文字良好，卻是簡樸流暢，盡量避免浮詞虛語。

一個做勞工謀生的人，人家勞苦了幾十年，退休了，卸下生活擔子了，有的去茶樓飲茶閒聊，有的去公園耍太極做柔軟體操，有的去唱歌跳舞舒展身心，優哉悠哉過清閒的日子。而我退休了，甘願躲在家的斗室中殫精竭慮寫作，累到頭暈眼花，在別人看來，真的是自討苦吃，是賤骨頭。為何我要這樣做？

主要原因是我年輕時，在大陸鄉村有過一段極其特殊的人生歷練，看盡人間不公不平不義的悲慘事，不能不在有生之年寫出來。我覺得，香港可以自由寫作發表，可以自由出版書籍，若然我不把我年輕時在大陸鄉村所見所聞所歷的苦難用文藝小說的形式呈現出來，我就愧對中國千千萬萬勤勞善良在政治運動中枉死的靈魂，我這一生就沒有做人的意義，並且是對荒謬時代受殘害的中國人的罪過。

我晚年才寫作，是我人生的救贖。因此，我不計得失，不辭勞苦，就十年如一日的寫作。前文說過：這十年，我做了一件燃燒生命的事，也是做了一件沒有回報的事。的確是實情。我花了十年時間和心血寫成好幾本書，還拿辛苦積蓄的錢去出版，書又賣不出去，只有付出沒有回報。

我是用寫實方法寫小說。這種傳統寫實小說還有沒有文學價值？人家持怎樣的看法？那是人家的事，我不理，也理不到。

現今香港寫小說的人，時尚取用西方小說的新寫作技巧，意圖創新，不屑傳統的寫作方法，視之為過時落伍了。

能夠創新小說的寫作方法是好的，我也十分盼望他們能夠寫出讓人一新耳目的好小說來。事實上，世上一切新的東西都是舊的衍生出來的，沒有前人的開拓，後人的繼承和拓展，文學藝術就沒有新的花朵開出來。

有一位寫新詩、寫新銳小說的作家說，他不讀《紅樓夢》，一聽見別人談論《紅樓夢》就掉頭走。他又說，五四新文學以來的小說他都不屑一顧。

但他不讀《紅樓夢》，絲毫無損這部震古鑠今的傑作的文學價值和它在中國文學史的重要地位。他不讀《紅樓夢》，反而是他的一大損失。

某些人只讀西方作家的新銳小說，他們也是用新的技巧寫小說。他們認為自己的作品超越同時代的作家了，看不到我們這些在地上行走的平凡人了。他們的作品是「前衛」的，你看不懂他的作品，是你讀的書少，不讀西方作家的新銳小說，是你的文學水平低。

曹雪芹說，他的前輩和同時代人的小說，都是千人一面、千人一腔。曹大師不甘平凡，他另走新路，創作《紅樓夢》。在當時，他這部書是「前衛」小說。他好聰明，不故作高深，雖然有些讀者「不解其中意」，但粗通文墨的人都看得懂，讀了猶如入寶山，不會空手回，總有得益。兩三百年之後的劉以鬯，他的《酒徒》、《對倒》等小說也新銳，但他小說的文字淺白，詩化的語言，大家都看得懂。他的小說中的內涵，只是讀者的學養高低，領會有別而已。而那些標榜是現代主義的小說家卻故作高深、故弄玄虛、文字囉唆西化、讓人看不懂而沾沾自喜，更顯得劉以鬯的聰明才智與傑出。他才是現代文壇獨樹一幟的新銳小說家。

梵高的畫大家都看得懂，其中的《阿爾的房間》，房中的擺設樸素簡單，一張牀，牀的另一邊的桌子、椅子，沒有人，家徒四壁，是畫家窮困潦倒的寫照。另一幅《星夜》，畫中一大片鈷藍色的土地穹蒼，遠處墨綠色樹影和灰藍的山脊，近處寧靜的教堂和微黃的田舍，承托着滑流巨浪般動蕩的星空，仿如燃燒着神秘的宇宙，也在燃燒着畫家本人的生命，震撼人心，有一種感染力，得到觀畫者的共鳴。

畢加索的抽象畫，顛覆傳統派的畫風，但畫中人像的面目怪異，一個人像三個面孔，眼睛口鼻有高有低——這樣的畫沒有多少人懂得是甚麼意思。

由以上的例子看，不管畫家還是作家，創作時都不要以為自己是超人，只有自己的作品是天下第一，別人的都不行。

作品能創新當然好，但要避免走得太遠，故作高深，讓人像在霧中觀花看不清、猜不透。但凡文學藝術作品都要有受眾，沒有受眾的作品，藝術家只是穹蒼中一顆微弱的孤星，自我感覺良好，獨自陶醉而已。

我不懂外國文字，卻讀過不少西方翻譯成中文的新銳小說，諸如吳爾芙、福克納、卡夫卡、卡爾維諾等等。但我的文學知識水平低，又沒有寫作才華，不敢忘圖寫新銳小說，只能寫一些被人視之為過時落伍的寫實的小說。

傳統寫實小說還值不值得花時間心力去寫？我個人認為應該寫。理由是，文學反映人生，寫實小說最能呈現人類善與惡的內心，反映出時代的荒謬和悲哀。這種小說對生於逸樂的人可能得不到他們的共鳴，但經歷過人間憂患的人還會受感動；能感動人的小說，就有其存在的文學價值，當然應該寫。

蘇俄的索善尼津所寫的是寫實小說，中國莫言所寫的也是寫實小說（其中有點是現實魔幻），他們都可以在不同年代獲得諾貝爾文學獎，可見寫實小說至今還有其文學地位，並不過時。

我的小說都是寫實的，我有豐富的生活經驗作基礎。但我的作品不是報告文學，不是紀實文學，純粹是虛構、想像的創作小說。對我的小說不屑一顧、嗤之以鼻的人，我不在乎，由他去。

我沒有創作新銳小說本領，自知者明，不敢妄想能寫出讓人驚艷的作品。我有一份時代責任感，只寫反映時代的荒謬與苦難、人性善與惡的小說。

到了我這樣老大的年紀，其他事情別無所求，我所在意的，今後寫不寫得出有別前作、讓自己滿意的小說？

1

陳凡的堂叔私下對他說，他們可以加入人民公社了。

他想，怎麼可能呢？他們的家庭成份是地主；地主是階級敵人，被鬥爭被專政，被孤立。而人民公社是貧下中農組成的，地主怎麼可以和他們一起耕種過活？堂叔是跟他開玩笑吧？

不多久，陳凡的媽媽、叔父忽然接到公社大隊黨支書的正式通知，叫他們加入本鄉的人民公社，成為本村生產大隊的社員，陳凡才知道他的堂叔早前對他透露的消息不是假的。他釋疑了。「土改」運動時，他們的家產被村中的農會沒收，家中的田地也分給貧僱農了，成為他們的私產。如今他們村中成立人民公社了，無論富農、中農、貧農、僱農的田地都合在一起，他們的私產一下子又變成公產了。

人民公社是新中國的農村新組織，將中國從古至今的耕種方法作一番大革新。人民公社是總路線的一環，要公社大大地增加糧產，人民政府就呼籲大家出謀獻策。

怎樣才可以大大地增加穀麥的產量？有思想進步的理論家提出「密集播種法」、「密集插秧法」。他們的理論是：一粒種子，發芽生長成一棵稻，一棵稻長出一串穗，一串穗三十粒穀計，就是一粒種子生出三十粒穀，即是三十倍。如此推算，一塊田原來播一斤穀種，收割到的是三百斤穀。若然在這塊田中播下一百斤穀種，收穫時就是三千斤穀，這不是大大地增加糧產嗎？這只是從理論上去計算，結果會怎樣？沒有人敢提出不同的意見，因為這個說法是那個思想前進的革命理論家設想的，若是你說他是紙上談兵，不可行。人家就說你別有用心，要破壞大躍進的政策，不抓你去勞動改造，也要接受群眾的批鬥，變成牛鬼蛇神一類人。反正田地是公社的，增產了，是社員按照各人勞動所得的工分去均分；減產了，也是按照工分去均分，為甚麼要說出密集播種、密集插秧方法不可行惹禍上身？上頭叫一畝田播一百斤穀種就播一百斤，叫一畝田播五百斤就照他的話去做，這才是明哲保身的做法，等待看好戲就是了。

甚麼好戲等着看？播種後，穀種在泥土中發芽生長，因為禾苗太密集，沒有空間讓禾苗生長，禾苗擠在一起，陽光空氣不足，禾苗不但不能生長茁壯，反而軟弱無力，折腰倒下去了。最不好的是，因為禾苗密密麻麻，農人無法下田除草施肥，雜草瘋狂地生長，宣賓奪主，侵佔了禾苗的空間、陽光、空氣，彼消此長，很快就見草不禾了。

怎麼辦？禾苗無法生長，長不出穀穗，沒有穀麥收穫大家都沒有糧分，不是都沒有飯食？但又無人敢說是那個思想前進的革命理論家惹來的禍，才會發生這樣的惡果。公社的社員只好私下商議，決定下田拔掉大量的禾苗，騰出空間讓少量的禾苗有空間、陽光、空氣生長，能夠長出一些稻穗也好過完全沒稻穀收穫。

大躍進的政策是要社員大大增產穀麥，這樣一搞，不但不增產，弄到幾乎沒有穀麥收成！但是下田拔去密集的禾苗，等如破壞上頭頒佈的「密集播種法」，不依照密集播種法的理論去做，怎能大大地增加穀麥的產量？

在新中國的人民公社制度中，出產的穀麥不是社員的辛勞耕種得來的，是從口頭報上的數字所得，公社與公社之間作數字上的競賽就可以了。甲公社的領導人說，他們可以畝產穀糧五百斤。乙公社的領導人說，他們可以畝產穀糧一千斤。丙公社的領導人不甘示弱，說他們可以畝產穀糧五千斤。丁公社的領導人更上一層樓，說他們可以畝產穀糧一萬斤。這些公社領導人報上的數字競賽高到可以畝產穀糧十萬斤。到了高峰時，大家不作數字競賽了，都說：人有多大膽，糧有多高產。每個公社都能完成或超額完成大躍進的指標，創造出古今中外畝產萬斤十萬斤穀麥的奇跡，成為一種人定勝天的神話。

* * *

人民公社搞「密集播種」大大地增產的時候，陳凡被公社大隊黨支部書記調派他上山和別人一起「土法煉鋼」。甚麼是土法煉鋼？怎樣煉法？他不知道。黨支書既然要他去，他就要去，加入煉鋼隊伍了，他就知道怎樣煉鋼了。煉鋼對他來說，是一件新鮮的事，有機會讓他去做就是好。那時，城鄉都流傳着一本叫《鋼鐵是怎樣煉成的》的書，陳凡原先是耕田的社員，不必煉鋼鐵，沒有找來看。如今黨支書要他去煉鋼鐵了，他才向別人打聽，在甚麼地方可以得到這本書。他問過幾個人都是這樣回他：不知道。後來他從一位鄉村小學老師口中得到一個模糊的答覆：縣城的新華書店可能有。

陳凡懷着一點希望，向生產隊長告一天假。隊長當然要審查他，問他何故告假。他說，大隊的黨支書要他去參加煉鋼，他要去縣城買一本關於煉鋼的書。生產隊長考慮一下，才准許他告假一天。他很高興，因為這是難得的機會。去到縣城的新華書店，在書架前瀏覽尋找，木架上的書有《資本論》、《毛澤東選集》、《吶喊》等等。他對這些書沒有興趣，瀏覽一下就離開。花了很多時間尋找，架上的角落有一本書脊向入，他伸手拿下來一看，竟然是他要尋找的書。他十分高興，仿如見到心愛的寶物。他看看書背面的訂價，買得起，隨即去服務台付款，買了這本書帶回家。

黃昏，生產隊下工了，他和媽媽、弟弟從田間回到家中，食了晚飯，洗了一把臉，點亮油燈，在蚊子嗡嗡飛舞中打開書閱讀。全神貫注看了幾頁，才知道這本書不是講煉鋼的，原來是一本故事書。陳凡並不失望，有機會看故事書也好。一頁頁看下去，很有趣味性，愈往下看愈有意思。白天在田間勞作了一日，下工後很累了，每晚他還在家中對着微弱的油燈閱讀。花了幾個晚上的時間，在蚊蟲的叮咬中讀至深夜才讀完。

讀畢全書，意猶未盡，還讀了附錄在書末的作者小傳。書的作者是俄國烏克蘭的尼·奧斯特洛夫斯基，這部小說的主角保爾·柯察金基本上是作者自身的寫照，可以說是他的自傳式小說。主角保爾·柯察金是工人家庭的兒子，在貧困的環境中長大，十二歲就去社會上做工掙錢幫補家計，受資本家的欺壓剝削，吃了不少苦頭。後來他投身革命，參加革命黨的紅軍，與沙皇的軍隊作戰，在嚴寒冰天雪地的戰場上拚命衝鋒陷陣受槍傷，更因傷患導致雙目失明變成瞎子。但他的人生目標明確，有崇高的理想，而且他的意志無比堅強，革命的熱情如烈火，並不因雙目失明而消極氣餒，反而激發他的人生鬥志，在極其艱難的環境中苦練自學，最後還在為盲人而設計的紙板上，寫成一部四百多頁的自傳體小說（翻譯成中文版）。

這本《鋼鐵是怎樣樣煉成的》，內容主要是講革命、打仗、奮鬥，也有溫情、愛情。主角保爾·柯察金在一個晚會中認識美少女冬尼亞。冬尼亞是林務官的寶貝女兒，她漂亮、勇敢、熱情、豪放，她自然也喜歡保爾·柯察金的勇敢、堅毅、敢作敢為、敢愛敢恨，他有獨特又可愛的性格。因為兩人的性情相近，彼此相愛，時常在一起幽會談心事。保爾·柯察金雖然是工人家庭的窮小子，但他的思想進步，是革命青年，站在無產階級的立場上看人看事。冬尼亞的父親是沙皇政府的林務官，他代表官僚資產階級，保爾·柯察金作為一個熱血進步的布爾什維克革命青年，他怎可以和官僚資產階級的千金小姐戀愛？他們彼此的階級是對立的，他必須站穩無產階級立場，終於毅然慧劍斬情絲離開她了。在這部小說中，作者寫下令陳凡永不忘懷的文字——人最寶貴的是生命；生命屬於人只有一次，人的生命應該這樣度過：當他回憶往事的時候，不會為虛度年華而悔恨，也不會因為碌碌無為而羞愧；在臨終的時候，他必須這樣說：我的整個生命和全部精力，都已經奉獻給世上最壯麗的事業——為人類的解放而奮鬥。

主角保爾．柯察金的堅強意志和生平奮鬥的事跡，令陳凡感動不已。他暗暗決定以書中的主角為榜樣，自已終生去自學奮鬥。

但他讀這部小說的激情過後，很快就回歸現實。因為書中的時代背景和現今的完全不同了，而且保爾．柯察金是工人階級，是革命者，而他在農村的家庭成分是地主，被村民鬥爭，被共產黨專政，被孤立，怎樣學得保爾．柯察金呢？保爾．柯察金生長在俄國沙皇末年的城市，他可以去參加革命反抗沙皇。而自已生長在新中國南方窮鄉僻壤的農村，家庭成分還是地主，只有被逼害被侮辱的分兒。他沒有保爾．柯察金那樣會投胎在工人階級的家庭，有機會去奮鬥，可以在艱苦的黑暗中闖出光明。

讀了《鋼鐵是怎樣煉成的》，陳凡才懂得甚麼樣的形式的書是文藝小說。這部小說與煉鋼鐵完全沾不上邊，煉鋼鐵的知識一點都學不到。但他一點都不感覺失望，反而興奮不已。因為他讀了這部書，才懂得甚麼形式的體裁的書才是小說。最好的是，他受到這部小說中的主角的激勵，他暗下決心苦練自學，要讓自已成為一個有知識的人。

2

陳凡到達他被派去的煉鋼場，才知道這裏是個好地方。這個煉鋼場位於南中國大城市郊外的山上，山坡上已經蓋搭着幾排茅草房屋子，前排幾間是煉鋼場領導人的辦事處，近河邊那間大屋子是廚房兼飯堂，後面幾排長長的，是參加煉鋼人員的宿舍。山坡那邊，幾個仿如磚瓦窯的爐子，有的已經起好了，有的正在施工建造。陽光下，工地上有人在挖土弄泥漿，有人在搬磚頭砌煉鋼爐，人聲、挖土聲、打磚聲嘈雜，塵土飛揚。

陳凡見到辦事處門口的招牌，走入去。主管這個煉鋼場的是個女人，她的頭髮又直又短，髮腳齊耳，不紮辮子，只在耳邊插着髮夾子夾着短髮。她的皮膚黝黑粗糙，面容嚴肅略帶剛強。她身邊的中年男人，拿着杯子喝茶，他見陳凡入來，問他做甚麼。陳凡說，是來煉鋼場報到的，從衫袋中拿出公社的介紹信給他看。中年男人記下他的資料，收了他公社出的證明，就編排宿舍牀位和飯票號碼給他，帶他去後面的茅草棚宿舍，指點他牀位的位置，說明晚上放工後就睡××號牀位。

這時正是中午，煉鋼人員從山頭那邊回來食午飯，大家一窩蜂向飯堂門口走去。陳凡手上有了編號的飯票了，就加入人群去飯堂取飯。

今天清晨，他在家中辭別親人，就出門上路，翻山越嶺，徒步來到煉鋼場。這時又饑又渴，走入飯堂就在木桶中舀一碗水飲了，才去前面排隊領飯。

飯堂裏頭架着大爐灶，廚子從大鐵鑊中把蒸熟的白米飯一盅盅拿出來，放在前面的枱板上。另外一男人上身赤裸，肩膊上搭着一條染滿了汗跡的毛巾，排隊的人交上飯票號碼的牌子，他就拿起飯盅給他一盅飯。裝飯的瓷盅，下面是白米飯，飯面上有少許肉碎夾着白菜，熱氣騰騰，溢出飯香。早領到飯的人，就在裏面的長枱坐下來食。遲到的人沒有位坐，拿着飯盅和錫匙去外面草地上食。

陳凡初次食到這種瓷盅蒸飯，因為饑腸轆轆，感覺比甚麼東西都好食。食完瓷盅的飯菜，舔舔嘴，還想食，但每人只有一盅飯，飽不飽也沒有飯可添了。在自己的家鄉，沒有米飯食，連番薯雜糧都食不飽，經常半饑半飽下田勞作。而今剛剛到達煉鋼場，還未上山勞動，就有飯菜食，不是很好了？

瓷盅裏的飯菜分量都一樣，沒多也沒少，有人食得飽，有人食完了不飽。陳凡的飯量大，一盅飯填不飽肚子，那是他的事，無人虧待他，怨不得人。如果是大鑊飯，任人去盛，他必然狼吞虎嚥，食完一碗又去盛，會食多過別人。

在自己家鄉的公社中，社員耕種按自己勞動得到的工分多少去分糧食，多勞多得，如果不是天天出勤掙工分就沒有糧食分給你，等着捱餓。在煉鋼中工作每天早晚兩餐都可以領取到一瓷盅飯菜食，有米飯裹腹，還有甚麼苛求？

他一邊食飯一邊想，這些米飯是哪個政府部門供給的？煉鋼場是哪個政府機構開辦的？人民政府號召大家搞土法煉鋼，當然是當地政府開辦的了。參加煉鋼的人，無論是城市居民還是從公社來的農民，都沒有工資拿，勞動一天的報酬只是早晚兩瓷盅飯，煉出來的鋼鐵都要交給政府。

目前土爐子還未燒火煉鋼，一天能夠煉出多少鋼鐵還未知道。

大家食完中午飯，歇息一會兒，恢復體力了，就上山勞作。陳凡這一組人，分配去挖礦石，他頭一日到來，未曾挖過礦石，不知道怎樣做，但又不是要他單獨一人去做，大家一起做，人家怎樣做，他照樣做就是了。

茅草棚那邊的雜物房中，有鋤頭、鐵鏟、扁擔和籮筐，人家去取這些工具，他也跟着別人去取。大家扛着鋤頭、鐵鏟、籮筐等工具，就拉隊上山去。人家先前在山上挖過礦石，知道山上甚麼地方挖得到，跟着他們走就好了。

這裏是丘陵地帶，沒有崇山峻嶺，山崗上都是花草樹木，砍下樹木劈碎作燃料，往下挖掘時，都是鬆軟的黃土，沒有石頭。大家挖開黃土尋找石子，陳凡也是這樣做。

他揮着鋤頭挖開黃土，偶然鋤頭碰着硬物，發出噹噹的響聲，他知道碰到礦石了。他放下鋤頭，蹲下來，徒手撥開鬆軟的黃土，見到石子了，就撿起來，放入籮筐中，再揮鋤挖掘黃土。

揮動鋤頭挖掘黃土並不難，也不感覺太辛苦。他在鄉村長大，拿釘耙鋤頭翻土種菜種豆、種番薯、芋頭是尋常事，跟揮鋤挖黃土撿礦石沒有太大分別。在家鄉耕種時，沒有飯菜填飽肚子都是這樣勞作，而今在煉鋼場中每餐都有一盎盅飯菜食，不是很好嗎？

挖山崗上的黃土，都是大大小小的樹根，樹木的根深入黃土中。他們掘斷了樹根，就扔到上面去，再在黃土中尋找礦石。

大夥勞作到黃昏，太陽落山了，山上幽暗，視線模糊，看不清楚東西了，大家才停止勞作。有人挖到半籮筐礦石，有人挖到一籮筐。但挖到多少都不要緊，又不是多勞多得，挖得多無獎，挖得少也不會受罰（都沒有工資拿）。大家把礦石扛回煉鋼爐邊，倒在一堆就完了一天的工作，接着大家就去飯堂排隊領飯。

陳凡頭一天就挖到滿滿一籮筐礦石，有百多斤重，他分一些給挖得少的女人，讓她扛回去，讓她有面子。過了幾日，煉鋼爐旁邊的礦石堆得像小山丘一般，陽光照射下，礦石黃燦燦，黃得耀眼。

山坡上的土高爐，有兩個爐子外面架着木架子，爐中已經用柴枝燒火，火光熊熊，爐頂的孔口噴着黑煙，有人爬上木架子，用竹箕裝着礦石，從上面孔口倒入爐中去。因為土爐子燒熱了，溫度高，上面的人只倒了幾竹箕礦石，熱到抵受不住了，就從木架上像滾雪球一般滾落地，另一個人爬上去接力倒。幾個人這樣輪流倒上百多箕子，礦石差不多倒夠了，才停止不倒了。下面爐口燒柴火的人，因為爐子太熱，只能接力去燒，輪流歇息，人可以停，爐火日夜都不能停。爐火熊熊燒了三日三夜，都沒有鐵漿流出來。大家都疑惑，旺盛的爐火燒了這麼久，裏面的礦石為甚麼還不熔？還要燒多久才熔？繼續燒還是停火讓土爐冷卻了，看看裏面的情況怎樣再做？大家都沒有煉過鋼鐵，又沒有煉鋼專業人員在這裏作指導，一切都要大家去嘗試摸索觀察才知道情況怎樣。

過了三日三夜，爐子冷卻了。大家都心急，想快些知道為何燒了這麼久都燒不出鐵漿來，要揭開這個神秘的謎底。

先扒開爐口的炭灰，向裏面望，看不出原因。有人爬上爐頂的孔口向裏面看，才看到那些礦石都變成了灰白色，原來那些礦石都燒成白灰了。

煉鋼場的人，其中有人曾經在鄉間砌土爐，在山上挖石頭，放入土爐，用柴火不停燒了一日一夜，爐中的石頭就變成一塊塊石灰了。因此，煉鋼場中有人認為在山上挖出來的石子不是鐵礦，放入煉爐去燒，當然燒不出鐵漿來。

真相已明，謎底揭開了，因為是煉鋼 場的領導人指示大家這樣做的，沒有人敢說出是他們的錯誤。

從黃土山上挖出來的石子不是鐵礦，去哪裏找才有鐵礦？據說鐵礦是在礦山開採的，歸國營鋼鐵廠所有。中央政府號召人民用「土法煉鋼」，又沒有派煉鋼專業人員來煉鋼場指導，沒有供給鐵礦石，怎麼辦？煉鋼場的領導人想出一個好辦法，叫大家去民居拿他們家中的鐵犁、鐵耙、鐵鍋、鐵鏟、門鉸、門銷，撬窗戶上的鐵柵回來燒煉。

人們不甘家中的鐵器用品被拿走，站出來抗爭說：「你們拿走我家的犁、耙、鋤、鏟，我們拿甚麼去翻土種田？」答曰：「我們拿你家的農具去煉鋼鐵，煉出鋼鐵了，就製造拖拉機給你們翻土種田，還要這些落後的農具做甚麼？」農民問：「你們拿走我家的鐵鍋了，我們用甚麼東西煮飯？」答曰：「沒有鐵鍋煮飯就用瓦鍋。」問：「你們撬去我家的鐵門鉸、門鎖、窗柵，我用甚麼去防賊？」答曰：「如今是社會主義，天下太平，沒有盜賊了，還防甚麼？」

有些根正苗紅的貧農不甘損失，再抗爭，就得到這樣的回敬：人民政府號召大家搞土法大煉鋼，你不讓我們拿你家的鐵器去煉鋼，就是違反毛主席和共產黨頒佈下來的政策，難道你要破壞人民政府的政策做反革命？大家都知道，人民一旦成了反革命，不被批鬥、坐牢、殺頭，也要被捉去勞改場勞動改造，誰還敢抗爭找死？

土爐停火了，這是不行的，因為煉鋼一上馬，就要搞得有聲有色，搞得熱火朝天，不可以停頓。有人在山坡的洞裏投下石子，用柴火去燒，燒到煙火沖天，保持煉鋼場的煙火不斷。雖然這樣做也燒不出鐵漿來，也能保持煙火不絕，顯示大家都在不停煉鋼。

山上的樹木砍下來了，挖礦石時挖出的樹根曬乾了，燃料早就準備好了。現時大家在各地民居獲得的各種鐵器扛回來，燃料原料都有了，還怕煉不出鋼來？

先前燒成石灰的土爐扒出了白灰，清理好了，就把鐵犁、鐵耙、鐵鍋、鐵鎖等等鐵器用具掉入土爐，燃點木柴去燒。這回只燒了幾個鐘頭，就有鐵漿從爐口流出來了。從爐口流出的鐵漿紅紅的，仿如紅蛇一般爬行在沙土上，過了一陣子，鐵漿冷卻了，就變成鉛塊一樣的色澤了。

拿民居的犁、耙等等農具燒出來的鋼鐵，有人真的高興，有人假的高興，無論他們的想法是真是假，都拍手掌歡呼「土法煉鋼」成功了！最高興又自豪的當然是煉鋼場的領導，他們可以向上頭報告他們領導的煉鋼場每天能夠煉出鋼鐵若干噸了。

那位圓臉短髮的女領導，她一知道燒出鋼鐵了，馬上從辦事處走到煉鋼爐邊觀察，拍手掌向大家祝賀。她興奮之餘，叫煉鋼人員在爐口外面撥沙土做成一個模型，讓鐵漿流入模型中。鐵漿從爐口流出來，沿着模型的筆畫流滿了，冷卻凝固後，就是「大跃进」三個大鐵字。

煉鋼人員在女領導的指示下，用紅布把「大跃进」三個大鐵字包起來，放上一架木板車上，敲鑼打鼓送木板車遊行入城，讓群眾觀看本市煉鋼場的煉鋼成果。遊行隊伍經過的街道，人們都站在街邊看熱鬧，歡呼聲彼起此落。遊行隊伍去到市政府大樓門前，市領導人聽到外面鑼鼓宣天，出來觀察，都鼓掌祝賀，鼓勵煉鋼大軍再接再勵，煉出更多更好的鋼鐵來。

市領導不乏文化人，他們寫了一副對聯貼在兩塊長條的木板上，送給煉鐵大軍，放在遊行的木板車上，上聯：鬥天鬧地創造佳跡，下聯：多快好省超英趕美。

全國各地都有這樣的「土法煉鋼」場，你會拿民居家中的鐵犁、鐵耙、鐵鍋、鐵剷來煉鋼，人家也會這樣做。湛市的煉鋼場煉出「大跃进」三個大鐵字，大家都沾沾自喜，女領導以為是她的天才創作，就用汽車運送去省政府門前邀功。她不知道別處的煉鋼場也煉出一個更高更大的「忠」字，用汽車送去省政府那兒了。

在眾多的鐵漿字中，經評判選出，「忠」字最好，獲得省政府的最高讚譽，得第一名。湛市煉鋼場煉出的「大跃进」三字也好，總不及「忠」字的意義大，屈居第二名。事後他們檢討推敲，覺得還是人家的「忠」字好。「忠」，寓意忠於毛主席、忠於共產黨、忠於人民政府、忠於黨國。

女領導棋差一着了，甘於第二名。好在市政府送出的那副豪氣沖天的對聯和「大跃进」三個大鐵漿字一起送去省政府，要不然，可能第二名也得不到。

3

陳凡的家庭成分是地主，是黑五類之首。他被公社大隊的黨支書派去湛市的煉鋼場煉鋼，以為是一件彷如充軍的苦差事。他加入煉鋼工作之後，才知道不是想像中那麼壞。在煉鋼場中勞作，每餐都有一瓷盅飯菜食，在自己家鄉的公社中勞作就沒有，還有甚麼比有白米飯食好呢？

煉鋼場中猶如一個大熔爐，甚麼人都有，他們來自不同的地方，文化水平有高有低，思想不同，雖然不敢在別人面前表露，大家相處的時間久了，也能揣模到對方的一點點心意。尤其是那些階級和自己相同的人，彼此相處久了，多少也有一點點真心話說。就是成府深的人，不免也有露出馬腳的時候。

陳凡因為自己的家庭成分不好，小心謹慎，不敢亂說亂動，甚麼事情都是靜靜地聽，默默地觀察，暗暗留意別人的說話。煉鋼場中，有年青人，有上了年紀的人，男的女的都有，只是男人居多。他喜歡認識城市人，城市人書讀得多，見識多，有文化，聽他們的談話，多少也學到一些新知識，可以知道多一點新訊息。

他們這個是市政府開辦的煉鋼場，因為是全民大煉鋼，很多教員、商店職工、幹部抽調來這裏加入煉鋼。他們為了顯示自己的思想前進，跟群眾同甘共苦，打成一片，晚上就在茅草棚宿舍住宿，便於輪流去煉鋼爐那邊工作。

茅草棚的宿舍仿如輪船上的大統艙，兩邊用杉木搭成一排排牀位，分上下兩格，晚上有人睡上格，有人睡下格，中間一條通道貫穿兩頭的門口，從左右門口出入都可以。茅草棚分為男女宿舍，東邊的是男人住，西邊的是女人住。煉鋼人員男多女少，男宿舍的茅草棚比女宿舍大得多，嘈雜聲自然也多。

陳凡睡左邊的上格牀位，他毗鄰的牀位是個上了年紀的人，戴着厚鏡片的黑框眼鏡，深度近視，只是睡眠時才摘下眼鏡，放在枕頭邊，一起牀，首先要做的是戴上眼鏡。他的說話聲低沉緩慢，神態淡然，對事對人都不大計較，要他上山砍樹他去，要他燒爐他去，做甚麼工作都是盡力而為，不邀功也不卸責。

陳凡知道他姓陸名幾，就叫他陸幾同志。陸幾說：「你莫叫我同志，叫我姓名可以，叫我陸先生也可以。」

陳凡想：如今的男女，都喜歡別人稱呼他（她）做同志，陸幾為甚麼不喜歡別人這樣稱呼他？他都一把年紀了，樣子斯斯文文，怎好直呼他的姓名？鄉村人叫老師做先生，看風水的也叫他先生，就叫他陸先生吧。

白天上山伐木砍柴的時候，他和陸幾一起幹活，晚上歇息時，他們又比鄰而睡，彼此混熟了。陸幾見他為人謹慎，說話做事都循規蹈矩，不敢亂話亂動，恐怕會惹來麻煩。陸幾向他透露心聲，說他以前是中學校長，喜歡吟詩作詩，早兩年大鳴大放時，他做了一首舊體詩寄去省城的報章發表，不久被別人告發，打他成右派，還被押去韶關那邊的勞改場勞動改造，因為他自我檢討認錯，又改造得好，才獲釋放回來……

陳凡說：「你釋放回來恢復職位嚒？」陸幾說：「我雖然不用勞改了，還是戴着右派帽子，連書都無得教了，哪還有校長做？好在我老婆在國營公司做事，有薪水拿，我才有飯食。如今讓他們派來這裏練鋼，也算是勞動改造。」

陳凡見他對自己說心裏話，對陸幾少了戒心，就說自己的成分是地主，「土改」政治運動時，家中的財物田地都被農會沒收去分給村中的貧僱農了，還被掃地出門，一家幾人居住一間小破屋，捱饑受凍，沒有糧食，只好上山割野菜摘野果充饑。後來村中成立人民公社，想不到，我們這個地主家庭也可以入人民公社，成為社員種田掙工分，和人家一起分糧食才可活命，我更加想不到，我們公社的生產隊這麼多人，只我一個被大隊的黨支書派來這裏的煉鋼場做工。每餐都有一盅飯食。煉鋼比種田好得多，我希望煉鋼場不要停辦，能夠在這裏一直做下去。

陳凡在窮鄉僻壤的農村長大，村民都是些粗魯沒有知識又自以為是的男男女女，又不知道外面是個甚麼樣的世界，只會爭利益，窩裏鬥。如今來到煉鋼場，看到新的事物，接觸到有文化的城市大，自己的視野廣闊了，也學曉思考問題了。

煉鋼場中，有不少年青學生，他們的學校，響應政府的「土法煉鋼」號召，要學生放下課本，加入煉鋼大軍的隊伍，和群眾一起煉鋼。這些城市的年青學生，有知識，懂得很多事情，會思考分析問題，跟他們談話，能學到新的知識和道理。

陳凡和一個年青學生一起在山上伐木劈柴，彼此混熟了，知道他的姓名叫張錯，他的家庭成分也是地主，他的伯父在湛市做事，他就從家鄉來湛市投考中學，因為考試的分數高，被中學取錄了，就把他在鄉村的戶籍遷移到城市來，成為湛市的居民，在這裏入中學讀書。他讀到高中了，還有一年就畢業。

陳凡問他高中畢業考不考大學。張錯說，他的伯父年紀大了，再過兩年就退休，沒有能力供他讀大學了。陳凡說，不能升學了，高中畢業後你打算做甚麼工作？張錯說，留在這裏沒有前途，他暗中想辦法去香港。陳凡說，去香港？香港是甚麼地方？

張錯解釋說，香港是廣東南面一個濱海城市，百多年前因為鴉片煙問題，滿清政府跟英國人打仗，當時英國強大，武器精良，清軍戰敗，英國強逼清政府賠款割地，清政府沒有辦法，把香港割讓給英國，成為英國的殖民地，英國政府派總督和文武官員來管治。當初香港只是一個小漁港，在英國人的管治下，發展到現今已經成為一個大城市了。解放後，中國大陸實行社會主義，香港那邊是英國人的地方，是資本主義，很自由，只要人不做犯法的事，甚麼工作都可以做。

陳凡頭一次聽到這件事，有這樣自由的地方，很想去，問題是怎樣才可以去那邊。張錯說，有親人在那邊的，可以向公安局申請，若是批准了，拿通行證過去。陳凡說，你有親人在那邊？張錯說沒有。陳凡說，沒有你想去有甚麼用？張錯說，不怕同你講，我想偷渡過去。陳凡問怎樣偷渡過去？張錯說，有人爬山攀鐵絲網過去，有人在海上划艇過去，有人游水過去。陳凡說，他們偷走得過去？張錯說，邊境有解放軍把守，有人成功，有人被捉到，有人中槍……陳凡說，這樣不是很危險？張錯說，當然有危險，但有人為了在那邊做工有飯食，有人為了自由生活，拚死也要跑過去。陳凡說，若是在半途被捉到呢？張錯說，最怕被邊防軍打死，要是被捉到，只是解回原居地，監禁一段時期就放出來。有人偷渡幾次才跑得過去。

陳凡聽他這樣說，也起了偷渡之心，他問張錯肯不肯帶他一齊做。張錯說，這是很危險的事，要拿命去搏，你想清楚了？

陳凡想：既然從家鄉出來煉鋼，煉鋼場一旦停止煉鋼了，就要回公社耕田；在公社耕田沒有前途，還要捱餓受苦，以後都沒有好日子過，不想走回頭路了。若是偷渡去香港，或許可以改變此生的命運。

張錯說，他的朋友叫冷向東，兩人正在計劃偷渡，陳凡既然也要走這條路，多一個人也好。陳凡說，我甚麼都不曉得，要你帶頭做。張錯說，我也是頭一次做這種事，比你好不了多少，冷向東做過兩次了，不成功，他有這方面的經驗。陳凡說，你的朋友現時在哪裏？我可以和他見面嚒？

張錯說，冷向東上次偷渡時，被邊防軍捉到，押回來監禁了幾個月，但他並不怕，一有機會又去做。因為偷過渡，有「歷史污點」，他表面有悔過之意，表現得很積極，煉鋼場一開始，他就自告奮勇來煉鋼場挖礦石，起煉鋼爐，早幾日他生病，不能工作，回家看醫生治病了，他離開煉鋼場時說，他的病一好，馬上回來。

* * *

煉鋼場山坡那邊，有一條小河，河水原本清澈見底，因為縣城上游也有煉鋼場，他們在山上挖礦石，那些黃土被雨水沖涮到河中，這條清澈的小河變成小黃河。河水流到這裏清淨一點了，因為這裏的煉鋼人員去河中洗衣身洗也搞渾了。

湛市的煉鋼場，跟全國各地一樣，是匆匆上馬的，事先沒有甚麼規劃，一聽到政府號召全民搞「土法煉鋼」就做，沒有電源，沒有自來水，連茅廁都沒有一個。廚房的人去河邊擔水回飯堂洗菜煮飯，大家晚上收工了都去河中洗身洗衣服，洗身時在河中痾尿，在河邊痾屎，引來蒼蠅蟲蟻的光顧，風一吹，飄來一陣陣的臭味。

河邊一叢叢竹篁、樹林，女人在河中洗淨身子了，就爬上岸邊，在竹林掩映下換衣服。有些男人知道她們在抹身體換衣服，心養難當，就裝着去那邊撒尿，想偷看她們的胴體。有些女人見男人到來，就用毛巾、衫褲遮掩自己的赤裸的身子，有些女人嚇得尖聲呼叫，罵一聲「無恥卑鄙」！

黃土山上挖出來的石子不是鐵礦，燒不出鐵漿，民居的各種鐵器工具都拿光了，找不到煉鋼的原料了，怎麼辦？煉鋼場的女領導說，民居中沒有鐵器可拿，就去各處的祠堂、廟宇拿，若是沒有磚頭砌煉鋼爐了，就去祠堂、寺廟拆牆壁取。

大夥奉女領導的口諭，拉隊去做。他們浩浩蕩蕩到了山上一間寺廟，有人走入方丈室，拿了老和尚的鐵禪杖，有人搬走佛殿中的千年大鐵鐘，有人拿着工具拆寺廟的圍牆。小和尚見他們猶如土匪打家劫舍，去阻止。拆牆的人說：「我們是奉共產黨的命令，拆你廟中的圍牆取磚頭砌煉鋼爐，你這小禿驢敢阻止？你們天天上香敲鐘念經，是宣揚迷信，違反毛主席的無神論思想，是反革命……」

老和尚聽到外面的嘈吵聲，曉得是怎麼回事了，從方丈室走出來，雙手合什說：阿彌陀佛，善哉善哉，不拆是拆；拆是不拆。

小和尚領悟了，開竅了，走去那邊的菜地澆水種菜了。

各處山上都有寺廟，香火鼎盛。煉鋼大軍從那些寺廟取回的鐵禪杖、鐵香爐、大鐵鐘，堆在煉鋼爐旁邊的坡地上，仿如小山一般高。有了這麼多的鐵器作原料，當然又可以燒出大量的鋼鐵了。

湛市煉鋼場的領導人向上頭報數，每天煉出的鋼鐵十噸。但別處的煉鋼場向上頭報的數目每天煉出的鋼鐵五十噸，比湛市煉出的多五倍。湛市煉鋼場的領導不願人家壓倒，說自家發明了新技術，再向上頭報數，每天可以煉出五百噸了。但強中還有更多的對手，有的煉鋼場的領導說，他們活學活用毛澤東思想，大敢創新煉鋼超技術，向上頭報數，他們每天能夠煉鋼鐵一千噸。

各地煉鋼場的領導人你來我去的比拚，一次比一次高產，很快每個煉鋼場每天就可以煉出一萬噸了。

中國幅圓廣闊，國土九百六十多萬平方公里，這樣的土法煉鋼場萬千個，每個煉鋼場每天都能煉出千噸萬噸，全國合起來當然是個天文數字，還用得着五年時間超過英國、用十年時間趕上美國的鋼產量嗎？

4

冷向東的病好了，他回到煉鋼場，就和張錯一起上山砍木劈柴。張錯背着別人，介紹陳凡跟他認識。山林中，樹叢掩映，他們可以一邊伐木劈柴一邊談話，三人的言談舉止能避過別人的耳目。

三個年青人，冷向東的年紀大一點，思想成熟一點，警覺性也高。他初認識陳凡，不知道他可不可靠，偷渡的意志堅不堅，對他說話時就小心謹慎，有保留。陳凡察顏觀色，也能揣測到他心中有所顧忌，彼此不是深交，對方有顧忌可以理解。

陳凡反覆考慮過了，決心要偷渡，就是死在半途他也要做。既然這樣，他會背叛朋友嗎？而且他要冷向東帶他走這條不歸路，怎可以對他不忠誠？他相信，真誠能感動人，會得到別人的信任。他把自己的家庭成分對冷向東說，又把自己義無反顧的偷渡決心對他說。他表示，成功到達香港最好，在半途被打傷打死他都沒有怨言，不會後悔。

冷向東知道他決意偷渡了，是知己人了，就說：「在煉鋼場中，三人不可時常聚集在一起，避免引起別人的猜疑，沒有必要，不可多說話，你們都要注意，時常保持警惕性。」

冷向東又說，他的游泳技能不錯，在河海中浮游幾個小時都沒有問題，提議張錯、陳凡去河中練習游泳。晚上收工了，大家在飯堂食了晚飯，就去那邊的河中洗身，夜幕低垂，他們就在河中浮游，每天晚上都游泳幾個鐘頭，一直游到筋疲力盡了，才爬上岸穿衣回茅草棚宿舍睡覺。

人家洗身洗衣了，早早就爬上岸，做他們的事情去。黑夜是保護傘，黑夜是布幕，河水汩汩流淌，他們在河中談話，別人看不到，聽不到他們的心裏話。

陳凡說：「向東哥，你要我們練習游泳，是從水路去？」冷向東說：「現時還未定，要看情況怎樣，只是作兩手準備。」陳凡說：「以前你從水路還是陸路去？」冷向東說：「頭一次是水路，第二次是陸路。」陳凡說：「水路陸路你都試過，好熟悉情況囉。」冷向東說：「略知一二。」

陳凡想：他說只知道一點點，只是他的謙詞而已，而自己，連香港的真正地點都不知道。沒有他做帶頭羊，怎樣去啊？但他從水路去失敗，從陸路去又不成功，偷渡是多麼困難啊！不過，他不怕失敗，失敗被捉到押回來又去做，做得多了總會成功吧？

陳凡問他有沒有親友在那邊。冷向東說，他的舅父在那邊開鋪子做生意。陳凡說：「你舅父在那邊，你去到了有人關照。我沒有親友在那邊，就是能夠過去了，也沒有地方落腳哩。」冷向東說：「那邊有慈善機構，有天主教救濟會，可以找他們幫助。領到香港身分證了，就可以找工作做，不用擔心，問題只是能不能跑到那邊。」

陳凡頭一次聽到慈善機構、天主教救濟會，而這些機構、教會會幫助有困難的人。誰說資本主義社會只是壓逼剝削窮人？而國內的人，天天都唱社會主義好，怎樣好？搞階級鬥爭整人殺人好？拿人民家中的犁、耙、鐵鍋去燒鋼好？拆祠堂、廟宇的牆壁取磚頭去砌煉鋼爐就好？煉不出鋼鐵向上頭虛報日產千噸萬噸就好？

他的頭腦會思考了，心中會產生疑問了，偷渡的決心就更加堅定。他們每天晚上都在河中游泳，從下面逆水向上游，又從上面順水向下游。冷向東說，從水路去香港不是從河道游水去，是從海上游水去。河水無風無浪，不難游。而海水有潮汐漲退，會忽然風起浪湧，又有鯊魚噬咬，危機四伏。偷渡是拿命去搏，僥倖才會成功，否則，就可能死在海中做水鬼，要有心理準備。

雖然如此，天天黑夜都有人拚死偷渡，向資本主義社會那邊跑。為甚麼會這樣？為的是那邊有工做，有飯食，為的是有自由。

天天都燒火煉鋼，需要大量木柴。小的樹木砍下了，劈成的木柴不多，大家都去砍伐那些高大可以做家具的樹木。高大的樹木，樹頭很粗，又堅硬，再大的鋸也派不上用場，最好的辦法是用斧頭去砍。一棵大樹，幾個人揮動斧頭去砍樹頭。斧頭砍得多了，鈍了，就更加費力氣。因為砍大樹不是造家具，為的是做柴燒煉鋼，亂砍亂劈都沒關係，砍得斷放倒它就好。

但這棵巨樹，樹頭幾個人伸長手圍着合抱才圍得攏，從地上舉頭向上望，有近百米高，上面的分枝一層層向四周伸展，樹冠猶如一個巨大無比的巨傘。樹葉有點黃，在陽光下閃耀，風吹過來，樹葉晃動，陽光讓割切成一片片，從上空灑下來，猶如陰晴不定的空茫。樹上的鳥巢，築在枝椏間，相信是喜雀的家園。巨大的樹幹高而直，仿如一柱擎天的定海神針。這是一棵紅木，樹齡上百年，是造家具的上好木料。

冷向東看看這棵巨樹，砍下它劈成碎片做燃料煉鋼不免感覺可惜。但煉鋼這件事大過天，甚麼都要犧牲，一棵巨樹算得了甚麼？他頭一個掄起斧頭，大力向樹頭劈下去，猶如蚍蜉撼大樹震得虎口發麻，斧頭幾乎脫手落地。砍了幾下，他才領悟到用死力去砍，只是虛耗氣力，作用不大。要知道，這是一棵幾個人合抱不攏的大樹，必須耐心花時間去砍才行，猶如吃熱飯，宜慢不宜快。

冷向東帶頭砍樹，因為樹頭巨大，三面都有人掄起斧頭去砍。天氣熱，斧頭又重，砍樹的人都汗水涔涔，氣喘吁吁。只砍了十數下，汗水就染濕了衫褲，褲管沾着腿腳，衫布貼着背脊。

冷向東停下來，放下斧頭，除了上衣扔在旁邊的小樹上。他赤裸着上身，拿起斧頭繼續砍樹，他的身子健碩，腰圓背闊，揮動斧頭的時候，胸肌手肘的肌肉微微凸起，皮膚上的汗水將肌膚塗上一層油光。一斧頭砍下去，猶如庖丁解牛，斧口下就飛脫一塊木屑。這棵巨樹也有肌理，必須順着它的紋理去砍伐。

有些女子見到他一副好身手，都暗暗讚嘆。一位叫梅英年輕貌美的女子，望着他，本來想拿毛巾去替他拭汗，但在眾目睽睽之下，改變了主意，拿自己的毛巾遞給他。他接了她的毛巾拭了汗，搭在肩頭上。但乾淨的毛巾都濕透了。梅英馬上去除下他肩膊上的毛巾，雙手去絞扭，汗水絞掉了，搭在旁邊的小樹枝上，讓它風乾。

大夥掄斧砍了大半天，砍開的豁口與巨大樹頭相比，只是一個小小的口子而已。太陽西沉了，山林中暗沉沉，不能砍樹了，大家放工下山，一起回煉鋼場食晚飯。

飯菜熱氣騰騰，天氣又熱，食飯的時候，頭上身上都在冒汗，汗水混着身上的污垢，汗臭讓人噁心。大家回茅草房宿舍拿着乾淨的衫褲，就去那邊的河中洗身。

河水汩汩流淌，雖渾濁，卻清涼，浸泡在水中，滌蕩着身體，一天的疲勞漸漸消散。夜幕低垂，大家都在河中洗身、洗衣，沒有人理會他們三人在一起做甚麼事。陳凡對冷向東說：「那個叫梅英的靚女中意你啊。」冷向東說：「是嚒，我不知道啊。」陳凡說：「旁觀者清，我看得出她在暗戀你，只要你招呼她一聲，她就會送上門來哩！」冷向東說：「紅顏禍水，現時我們都不可招惹女子，免得她知道我們的事，阻礙我們的行動，知道了？」

張錯認同冷向東的意見，他說：「向東說得對，英雄難過美人關，世上很多英雄都敗在美女的手上。」

陳凡會意。三人一起去練習游泳。

山上那棵巨樹，大家接力拿斧頭輪番砍伐了三天才砍斷。巨大的樹頭砍出一道又闊又深的豁口了。大家估計，還砍半天就可以放倒它了。這時他們才緊張起來，如此又大又高的巨樹，將斷未斷的情況下會怎樣？它倒下的時候走避得及嗎？誰夠膽砍到最後？但是到了這個時候，樹頭傷害到了如此地步，它不可能再生存了，放棄砍伐還是繼續砍伐都難以抉擇。

有人提議叫當初出主意砍巨樹的人作決定。那人說，當初是我出的主意，但你們要是不同意，我捉得到你們去砍嗎？而今大樹頭都砍去大半了，才翻我的舊帳，你們都沒有責任？

那人這樣一反駁，就不必負起全部責任了；責任必須大家一齊負。

大家討論一番，決定繼續砍，不放倒大樹不行。

巨大的樹頭砍得愈深工作就愈不困難，人必須彎腰低頭才能砍斫，而氣力發揮不出去，砍斫的進度很慢。到了黃昏，樹頭的豁口很深入了，樹幹微微晃動了，隨時都會倒下。沒有人再敢去砍斫了，紛紛離開，站在遠處觀望。

這時天空黑雲飄飛，雷聲炸響，一陣狂風吹來，大樹搖晃，樹葉彷如雪花飄落，樹冠中的鳥雀驚嚇到飛走了，又飛回來，樣子似乎要拯救巢中的幼鳥。

樹冠太闊大了，猶如扯盡悝的帆船，隨着狂風轉來擺去，搖晃不已。樹幹搖晃着，大家都不知道巨樹向何處倒下，都走得遠遠觀望。

巨大豁口的樹頭經不起樹冠力大無窮的搖擺，斷裂時發出啪啪的響聲，倒下時是雷霆萬鈞之勢，猶如天崩地裂，山林中的飛禽走獸，紛紛逃命。

樹幹高，枝椏向四面伸展，樹冠大，倒下的時候覆蓋面積闊，附近的樹木被它壓倒，都斷頭折腰，狂風掃落葉一般散滿地上。

陳凡看到巨樹倒下的過程，心想：要不是這陣子下雨前的狂風把大樹吹倒，真不知道是個怎樣的結局。是人定勝天還是天幫助人？

巨樹晃動開始倒下的一刻，雨水就傾盆而下，密集的雨點打在樹叢中，打在地上，打在人的頭上身上，響遍山野。白晝天氣晴朗，陽光灼人，無人預料到黃昏時會忽然落大雨，無一人有雨衣雨帽，山上又沒有避風雨的地方，都像落湯雞、落水狗一般在雨中惶惶然奔走。

奔跑回煉鋼場途中，密集的雨點兜頭照面打過來，雨水從鼻孔灌入口腔中，讓人呼吸困難，頻頻噴吐，才沒有窒息。山路上被雨水浸泡，坑坑窪窪，泥濘處處，有人踏入泥坑，失足僕倒，掙扎爬起來，再往前奔跑。

雨不停地下，雨水從煉爐頂上的孔口注入爐中，噴出一陣陣青煙。煉鋼場的女領導戴着雨帽、披着雨衣從辦事處走出來視察，下命令說：人可以讓雨淋，煉鋼爐不能讓雨水熄滅！在煉爐工作的人，馬上走去物料房中拿來幾塊厚厚的防水膠布，幾個人齊齊爬上木架上，把膠布高高舉起，像大雨傘一般遮掩着爐頂，傾盆的雨水才沒有注入煉爐去。

但大雨不停地下，一連落了三日三夜，儘管大家頂着雨輪番接力去支撐防水膠布保護煉爐，因為雨落得又大時間又長，雨水還是注入煉爐去，把煉爐熊熊的烈火淹滅，幾個煉爐中的鐵漿都變成半生不熟的廢物。

到了第四天，雨停止了，天空放晴，太陽從雲層中探出頭來。大家躲進茅草棚宿舍中避雨這麼久，沒有書讀，沒有報刊看，只是打打樸克消磨時間，沒有別的事做。

大家都躲在宿舍中避雨，人多眼多，陳凡不便去找張錯、冷向東談話。他知道言多必失的道理，少說話比多說好。外面雨水嘩嘩不停地下，不能出去，只呆在牀位上閉目養神。到了夜晚，大家都要睡覺了，掛在橫樑上的大油燈熄滅了，宿舍中漆黑一片，有人幻想着隔壁宿舍女子的胴體手淫，弄得牀鋪咯咯響。

下雨幾天，不能去外面勞作，每天早晚兩餐都有一瓷盅白米飯食，陳凡自覺好幸福，他想起自己在家鄉的親人，他們在公社分到的糧食不夠食，經常在半饑半飽的情況下去田間勞作，實在可憐。

他十分擔心煉鋼爐被雨水弄壞了，煉鋼場因此停產了，不需要他了，他就像被僱主辭掉一樣，要回自己家鄉的公社種田了。但他的憂慮是不必要的，雨一停，回復晴天了，他們的領導吹響哨子，喊大家都出工。負責煉鋼的去整理煉爐再加快煉鋼，伐樹劈柴的上山劈柴。去到山上，那棵倒在地上的巨樹，只讓豪雨打落一些葉子，樹椏上的雀巢毀壞了，鳥雀在樹上呀呀地跳躍，顯然是想尋找覆巢之下的兒女，飛來飛去，不願離開。

這棵巨大的紅木，是製造家具的上好材料，要是經巧手的工匠造成桌椅，必然美觀又耐用。為了煉鋼要它做燃料，即將把它碎屍萬段，放入煉爐裏燃燒，它的結局將會變成一陣陣青煙，很快就消失於世上了。

大樹傾倒時，樹冠架在旁邊的樹木上，大家爬上樹冠上，用刀斬掉上面的枝椏。樹冠大到覆蓋兩三畝地的面積，大家輪番斬了幾天才斬去枝葉。愈往下斬枝椏就愈粗，斬去一節枝椏都要費很大功夫。

樹椏層層疊疊，冷向東爬到上一層去，想斬下那根粗大的枝椏，枝椏承受他的體重，搖來晃去，他失去重心墮下，滾落山坡的草叢中，他驚魂甫定，一條眼鏡蛇如閃電一般向他飛撲過來，在他的手肘上咬了一口，就攀爬走了。陳凡見冷向東從樹上摔落地上，恐怕他會跌傷，馬上走過去，看他躺在草地上，問他有沒有摔傷。冷向東面青口唇白，說被毒蛇咬了。

陳凡知道被毒蛇咬了一口，蛇的毒液從牠的牙尖傳入人身上的傷口，毒液很快就從身體的血管向各處擴散，受傷者不多久就要毒發身亡。他無暇多想，不顧一切，彎腰托起冷向東的手肘，對着他臂上的傷口，用口去吮吸。吸在自己口腔中的血液，拚命吐出來。他恐怕冷向東傷口的毒液未吸清，再用口去吮吸，然後再吐出來。一連吐了幾下，口腔中的唾液都吐光了才停止。

這個緊急的治療方法，童年時他從一位堂叔公那裏學來的。他的堂叔公是捉蛇好手，他自己的手肘曾經被眼鏡蛇咬過一口，他就用這個方法去吮吸自己手上的傷口，把蛇的毒液吮吸出來吐掉，才沒有毒發身亡，保住性命。他又從堂叔公那裏學到採一種草藥治傷口，這種草藥很平凡，山坡上都有，卻沒有多少人知道它是治蛇毒的良藥。

他叫冷向東只躺着，不要動。他就去山邊找這種草藥，不多久就讓他找到了。這種草藥的根徑紫紅色，葉子綠中帶黃，形似小刀，容易辨認。他彎腰拔了幾塊葉子，放入口中邊走邊咀嚼，往回走。冷向東靜靜地躺着，呼吸有點急速。陳凡叫他不要怕，就從口中吐出一口草藥在掌心中，敷在冷向東手肘的傷口上。他說：「就算你體內的毒液沒讓我吸光，這些蛇標草藥也能消除蛇毒。」冷向東說：「你用口吸我傷口上的蛇毒，不怕嚒？」陳凡說：「剛才我是吸你傷口的毒液，都吐出來了，不會留在口腔中。我口中還有蛇標草藥留在口裏，不用擔心我。」

冷向東感激說：「如果不是你捨命救我，蛇毒一發作，我死定囉。」陳凡說：「煉鋼場中，只你一個是我的知心朋友，拚死也要救你。」

陳凡接着對在場的人說，冷向東被毒蛇咬了，山中的地氣濕，不宜在這裏久留，他要陪他回煉鋼場宿舍休息。有人說，他行得嚒？陳凡說，蛇只咬着他的手，不是咬他的腳，他可以慢慢行。

為了保險，陳凡陪伴冷向東下山的時候，又在山邊採摘一些蛇標草葉放入衫袋中，帶回去備用。他把口中的草藥渣吐掉，又咀嚼剛剛採到的蛇標草葉解毒。

冷向東身上的蛇毒沒有發作，傷勢很快就康復了。這完全得力於陳凡的土法治療。若是被毒蛇咬了，最好就是趕快治療，愈快愈好，遲了就會毒液攻心，送去醫院也可能救不活了。而煉鋼場中沒有醫院，連醫生都沒有一個。陳凡不是醫生，只會用土法治療蛇傷，別的傷患他就無能為力。

5

湛市的煉鋼場忽然不煉鋼了，猶如身邊的親友忽然死了一樣令人驚愕。這件突然而來的事對陳凡來說，比任何人都震撼。煉鋼場忽然停頓了，人家可以回原來的單位工作，學生可以回他們的學校繼續讀書，公社的社員就回他們的公社種田。陳凡雖然也是被他們公社的領導派來這裏煉鋼的，但他一離開他們家鄉的公社就不願回去了。他希望煉鋼場一直煉下去，（即使煉不出鋼，胡亂搞下去），這樣他也可以有工做，有飯食，有個立足點，趁在煉鋼場時和張錯、冷向東一起謀劃如何偷渡去香港的事。

他這次離開自己的家鄉，是千載難逢的事，這樣的機會十分難得，既然得到了，就要牢牢抓住，不想放棄。但他的戶籍在家鄉，他是公社的一員，甚麼事都要受制於公社的領導，他不能選擇自己的工作和意願。如今煉鋼場停頓了，不需要他做工了，他的戶籍不在城市，不是城市的居民，沒有糧票配給他，沒有糧票就買不到糧食；沒有糧就不能生存下去。所以他們三人之中，最急於偷渡去香港的就是他。

但他不知道怎樣偷渡，沒有冷向東帶頭謀劃去做不行。他將自己進退兩難的困境告訴冷向東，希望他快些去實行。冷向東說，他曾經偷渡過兩次，記入了背棄國家的黑名單，在國內仿如黑五類，沒有前途了，他再次偷渡決不能大意，要謀劃周詳，只許成功不可失敗，非小心謹慎不可。

陳凡在焦慮中過日子，度日如年，除了等待，沒有別的辦法了。冷向東和張錯的戶籍在湛市，他們有糧票配給，有親人照顧，他們可以慢慢想辦法。而他自己，偷渡是迫在眉睫的事，沒有時間讓他久留。他沒有糧票，沒有工做，沒有錢，沒有地方居住，身處困境之中，唯一的出路就是偷渡，雖然偷渡不一定成功，但必須快些去嘗試，就是死在途中，也好過目前在惶恐焦慮中過日子。

冷向東讓他去他們家中暫住。不過，他說明，若是派出所的人員來他們家查戶口，發現他，就要押他回他的公社去。因此，他在冷向東家中居住更加不得安寧，日子更加難過！沒有糧食，白天他可以去郊外割野菜摘野果充饑，晚上可以去棄置的煉鋼爐度宿，最怕就是被別人發現他是黑市人物，押解他回他的家鄉去。

這樣東躲西藏了一段不長不短的日子，冷向東對他說，他思謀好了，還是從陸路偷渡比水路好，先想辦法去深圳。他的理由是，深圳與英界只隔一條深圳河，而且河面並不寬闊，河水也不深，水流不湍急，從那裏跑過去成功的機會比渡海高得多。不過，要去深圳也不是一件容易的事，湛市的居民，可以在派出所取得證明書。陳凡的戶籍在他們的公社，需要公社方面的一級證明書才可以進入深圳政府管轄的範圍。

陳凡知道，他們公社的領導人不會出這樣的證明文件給他，如果他回家鄉去要求，無異自投羅網，想回湛市都不可能了。他告訴冷向東，他們公社的領導人絕對不會出證明給他，哀求他為他另想辦法。冷向東說，辦法不是沒有，只是需要一筆錢。

需要一筆錢？他哪來的錢？這個拿錢去換證明的辦法等如不是辦法。他說，他的口袋空空，一塊錢都沒有，如果冷向東不另想辦法幫助他，他就走投無路了。冷向東十分同情他，答應他另想辦法，但不一定能辦得到，只是盡最大的努力去做就是了。陳凡看得出冷向東是真心幫他，人家幫不到他也無話可說了。有這樣義氣的朋友，還有甚麼可求？他應該心存感激才對得起人家。

冷向東的父親和他們這個地區派出所的頭人有交情，由他的父親出面去做，有可能為陳凡弄到去深圳的證件。問題是，他的父親肯不肯去做。他的父親說：「要我用不正當的手法替你的朋友做這件事，對我有甚麼好處？」

冷向東為求達到幫助陳凡的目的，他編造謊言對父親說：「現時對你沒有好處，如果陳凡能夠去到那邊，他老爸在那邊的財產會遺留給他，他會記住我們對他的恩情，他會寄一筆錢回來答謝你。」他的父親說：「既然他老爸在那邊有財產，他為何不憑正當手續申請過去、要冒生命危險偷渡？」

冷向東的腦筋靈活，這樣說：「他是鄉村人，他的家庭成分是地主，土改時他的親人被村民清算鬥爭，沒收他們家的財物、田地去分給貧僱農，種下了仇恨，如今他們公社的領導人怎會出證明給他申請去香港？他不冒險偷渡不行。如果我和他都能成功到了那邊，他一定會報答我們的恩情。」

他的父親動搖了，這樣說：「我去派出所看看，辦不辦得到不敢說，你等着。」他想了想又說：「你朋友的姓名，年齡呢？」

冷向東將陳凡的姓名、年齡等資料告訴父親。

他不知道父親怎樣跟那位派出所的頭人說，翌日晚上就拿回他的真證明和陳凡的偽證明。他看看兩張證件，除了姓名、年齡、籍貫不同，別的都一樣，沒有甚麼可疑之處，可以以假亂真。

張錯在湛市的中學讀書，他的戶籍早幾年就從他的家鄉遷移到這裏了，是湛市居民了，他去派出所要證明沒有問題。如今陳凡也拿到證明了，三人就去買車票，坐長途汽車去廣州。

廣州是省會，又是古城，比湛市繁榮熱鬧得多，街道縱橫交錯，高樓大廈林立，馬路上的車輛呼呼行駛，讓陳凡這個生長在鄉下的青年人眼界大開，猶如井底之蛙跳出井口，驚嘆外面世界之大。他們的目的地是深圳，沒有時間和心情觀賞省城的風光。他們一踏足廣州，就去火車站購買往深圳的火車票，因為太晚了，當日去深圳最後的班車早已開出了，要等到明天早上搭頭班列車了。他們不想去找旅店度宿，在火車站旁邊的小飯店食了晚飯，就在火車站牆外坐臥等待天明。

半夜有民警來拍醒他們，查問他們是甚麼人，為何流浪街頭。他們拿出證件給民警看，說趕不及搭去深圳的尾班列車，不得已才在這裏等待明天的頭班火車。

民警身穿制服，腰間掛着槍。陳凡見到他們就害怕，好在冷向東是見過世面經過風浪的人，能見機行事，對答自如，民警對他們沒有甚麼可疑，離去了。

陳凡和張錯、冷向東在一起，他這個初出茅廬的小子才可以保持鎮靜，沒引起民警的懷疑，可以繼續坐臥在這裏等待到天明。

「土改」政治運動時，他年紀小小，那些民兵和村民三更半夜打開門衝入他們的家，民兵拿槍指着他們，仿如土匪一般翻箱倒櫃搜掠財物，嚇到他心驚膽跳，雖然也有一點點人生歷練了，但那時候只在窮鄉僻壤的農村，是小河小溪的風浪。如今離開鄉村來到大城市行走，又要擔當另一番大的歷練了。這種經歷是大江大海，風高浪急，若然應付得不好，就會面臨大災難！

民警離去了，他們又坐臥在地上。天亮了，太陽升起，有旅客陸續來到火車站了。他們從地上爬起來，用衫袖抹了一把臉，拿起簡單的行囊，走去那邊的小食店買了幾隻包子，狼吞虎嚥吃下肚，進入火車站售票處買車票。售票員向他們要證件看過了，才賣往深圳的火車票給他們。

他們進入月台，爬上車廂坐下。等待一陣子，火車鳴響氣笛開行，到了市郊才加速行駛。火車頭上噴着黑煙，下面的鐵輪子轟隆轟隆響，列車像長蛇般在原野上奔馳。陳凡頭一次搭火車，感覺新奇，他從窗口向外望，朝陽照耀下的樹林、田野、村莊飛快地向後退，感覺不到列車是向前奔。他在車廂中，讓列車載他到一個前路不明的地方去。

列車在沿途各站都停下來，有人上落車，等到回程的列車到站，停在對面的月台邊上落客，去程的列車再開動，在鐵路上奔馳。路基上只有一條軌道，來往的列車都是在同一條軌道飛快地行駛，怎麼不會對頭相撞？這樣神奇的事，陳凡不明白。他想：人的頭腦真是聰明，甚麼神奇的事都想得出做得到。

列車到達終點站時，是中午時分，因為大部分乘客都在沿途各站落車了，只有來深圳或在邊境海關去香港的人到了終點站才落車。但冷向東仍然坐着不動，仿如不知道列車已經到達深圳終點一般不落車。陳凡不解其意，他甚麼事情都不曉得，要冷向東帶頭行動，他才跟着他做。他們三人最後才落車。冷向東沒有跟別人走，他們走相反的方向，向郊外那邊走。大約走了半小時，來到一處山坡工地。他走入工地的辦事處，向裏面的主管說明他來找工做，可不可以僱用他們三人。

主管是中年人，五短身材，身子結實。他向冷向東要證件看過了才說：「你們曉得開山打石嗎？」冷向東說：「我們早前在煉鋼場打石砌爐，曉得打石。」主管說：「那好，就在我們工地做。」冷向東說：「每日工錢多少？」

主管說出每日工錢若干，又指着那邊說：「山坡上有爆出來的石頭，也有人在那裏打石，你們就照着他打成的規格打。晚上收工了，就在那邊山坡的茅房住。」

陳凡十分高興，他們一來到這個陌生的市鎮，不止有了落腳點，還有工做有工錢拿。他暗暗驚嘆冷向東的精明能幹，能隨機應變，說假話也能令對方信以為真。他們在湛市煉鋼場跟本沒打過石，砌煉鋼爐的磚頭是去拆人家祠堂、寺廟的圍牆得來的，哪用去爆石打石？如果這裏的主管去山上視察他們打石，一看就會知道他們是生手，用謊言找工做掙錢，那怎麼辦？要是被他辭掉，又去哪裏找工作做？

幸好他們在工地上勞作了幾日，主管都沒有來視察，那些爆石打石的工人也不理會他們，才可蒙混過關做下去。鑿石時沒有人監管，又無人理他們打出的石塊合不合規格，還不理他們每日打成多少塊，照樣有工錢拿。這樣自由自在的工作，去哪裏找？

冷向東已經知道，石場主管是按工地上的人數向上頭取錢支工資給工人的，自己暗中抽傭金，肥了他的腰包；人數愈多，他抽到的傭金就愈多。所以來他們工地求職的人，來者不拒，愈多愈好。

這個石場打造出來的石塊，除了賣給人家運去別處起屋，還運去香港賣給地產商人建地基造馬路。石頭是從山上爆出來的，幾乎不用本錢，僱用外地來的工人，是廉價勞工，他們這盤生意，真是一本萬利，又不犯法，再好也沒有了。

這個石場，是他們的公社所有，賺到的錢，社員都有得分，比他們耕田掙工分的報酬好得多。他們有錢了，種不出穀麥，可以拿錢去買糧食。靠耕田掙工分一個季度分一次糧食，怎及得上拿錢去買糧食好？如今寶安縣、東莞縣的青壯年男女，都偷渡去香港了，家中沒有勞動人手種田掙工分；沒有工分就沒有糧食分。但他們開辦石礦場賺到的錢，社員分到錢可以買糧食，生活沒有問題，還過得甚好。

寶安縣境內的青壯年男女都跑去香港了，無人手種田，他們公社的石場沒有人打石，石場的主管只好僱用從外地來的廉價工人。這些從外地來石場做工的人，目的都是在石場以做工為名，乘機在石山上探尋路徑去深圳河那邊伺機偷渡。前一批人逃跑了，又僱用新的工人填補，幾乎天天都要僱用工人，才有人手爆石打石。

當地的公安人員自然知道這些外來人，以打工為名，其目的是以石礦場作踏腳石、橋頭堡，時機一到就偷渡。前一批人逃跑了，又來新的人填補。所以公安人員都把他們的姓名、年齡登記在冊，作為追查他們的檔案。但這些新來的工人在工地上做工不久又逃跑了，猶如車輪轉、跑馬燈，公安局雖然有花名冊在手，卻無法認得出他們的面貌，分辨不出誰是誰，真是防不勝防，追查不到那麼多。

工地上沒有人監工，每人每天打成多少石塊，合不合規格也無人檢驗，工人都無拘無束。冷向東留張錯、陳凡在工地上鑿石，自己溜去深圳市鎮的店舖買望遠鏡、鋼剪刀等器具回來備用。他們趁工作之便，在石場上居高臨下，用望遠鏡觀望四周的環境，探索偷渡的路線，又打開地圖對照山勢河流的地形，只差沒有作實地演練而已。

冷向東曾經前後兩次偷渡都失敗被捉回來，今次必須作周詳探索和部署，盡最大的努力爭取成功。若是再失敗，他就失去偷渡的勇氣了。

其實，陳凡比他更加迫切希望成功，若是在半途被邊防軍捉到，押解回他家鄉的公社，他寧可中槍死去算了。有了「不成功便成仁」的決心，他必須對深圳河兩岸的山川地貌探索清楚，默記於心。他和冷向東一樣，不能打無把握的仗。但冷向東有水陸兩路偷渡的經驗，他卻沒有，會不會新兵一上戰場就陣亡、老兵百戰不死？生死他已置之度外了，沒被邊防軍警捉拿就好了。冷向東是過來人，遇過挫敗，他說：「白天看地形看事物，看得清楚，到了夜晚，漆黑一片，甚麼都看不到了。但偷渡無論水路陸路都要夜晚行動，艱難得多，你兩個都要有心理準備。」

陳凡聽他這樣說，心裏一沉，情緒頓時低落了。不過，冷向東這樣提醒他，警惕了他，倍感事情之艱巨，沒有偷渡過的人無法想像得到。

但有甚麼辦法呢？成功失敗只有等待命的安排就是了。

6

冷向東和張錯、陳凡在深圳郊外的石礦場做工兩個多月，他們在石場工作這段時間，一有機會就去做他們需要做的事。他們下山去深圳城區好幾次，認識了街道，賣了鋼剪、電筒、打火機、藥棉紗布、乾糧、背包、軍用水壺，在等待時機來臨。

某日傍晚，太陽下山了，夜幕降臨，他們悄悄來到梧桐山腳下。梧桐山是他們行動的頭一站，必須爬上這座山。由山腳到山頂上千米，山中叢林密佈，山路蜿蜒崎嶇，山石嶙峋，樹下雜草叢生，山壁陡峭，有偷渡者不熟悉地形，不慎失足，從山上跌下摔傷摔死，有人被困在山中多時，糧食吃光，饑餓者為爭奪最後一點食物，失去人性，像困獸鬥一般打鬥爭食。山上山下都留下偷渡者的屍體，發臭生蛆，白骨纍纍，冤魂死鬼處處。偷渡的人比上刀山還艱險，隨時都要喪命。

他們三個肝膽相照的朋友，為了掩人耳目，在夜色蒼茫中，分開行走，仿如外出勞作的農民，從不同的地點走到前面的甘蔗田等待會合。冷向東以前在這些地方逃跑過，有經驗，知道路徑，由他帶頭起號。過了一陣子，天全黑了，是出動的時候了，他拍了三下手掌，張錯、陳凡也在不同地方的甘蔗叢中拍掌回應，他們聽到彼此的掌聲，很快就會合在一起了。

他們都是穿着輕便的解放鞋，為了防備田野山林中的蛇蟲，腿腳都用布條像軍人綁腿一般包紮好，肩背上的背包有乾糧和必須的用品，需要時，準備在梧桐山中躲幾日都不會斷糧，不致餓死。

田裏的甘蔗又高又密，猶如一大片墨綠的叢林，躲在裏面，外面的人看不到。為了補充身體內的水份，增加體力，他們折下兩株甘蔗，分別咬嚼。甘蔗成熟了，蔗肉脆嫩，清甜多汁，解渴生津，猶勝甘泉。

天愈來愈黑了，周圍的景物都籠罩在黑暗中，好在不遠處的小村莊有點點燈光，讓他們可以辨別方向。冷向東觀察一下周圍的環境，認為時機到了，對他的同伴說：「帶好東西，走！」張錯、陳凡仿如聽到軍官的命令，像突圍的戰士一般衝出甘蔗田，向梧桐山那邊跑去。

在田野上跑了不遠，他們的身影暴露在迷蒙的夜空下，那邊傳來了「站住！別走！」的喝令聲，接着又傳來狼狗的兇猛吠聲。陳凡大驚，回頭一看，原來別的甘蔗田也有幾個人跑出來，在田野上奔跑，逃避邊防軍的追捕。

陳凡在危急中聽到冷向東說：「快跑！不可停，分開跑！」他知道冷向東熟悉地形，又有逃避被追殺的經驗，就不顧別人，拚命飛奔。分散跑有道理，就算軍犬咬到一個人，也咬不到所有人。夜空朦朧，田野像黑海，他隱約看見冷向東跑在前面不遠，就拚命尾隨着他跑。

這個時刻，人群仿如在戰上追逐搏鬥，亂紛紛，為了保命，有人伏下去，在地溝中躲藏。一個如閃電的念頭從陳凡腦海中閃現，若在半途躲藏，無異中斷了偷渡的行動，到了這個時刻，是死是活都要拚命向前跑，不可停留！

不知道奔跑了多久，聽不到人和狗追來的聲音了。他和冷向東跑着跑着，張錯也跑到來了。他們一齊跑到山邊，才聽到那邊傳來狗吠聲、被人痛打的淒厲聲——有人被邊防軍抓捕了！

大家都很驚慌，恐怕有軍犬和邊防軍追殺到來，不敢停留。冷向東見山邊有條小河，他說：「都跳落河！」大家向前奔跑幾步，就縱身跳下去，順着河水向下漂流。原來人一沉入水中，狼狗就聞不到人的氣味，不知道人在何處，不再追來了。河水汩汩向下流淌，他們在黑夜中不知道漂流多遠了，估計狼狗不會再追來才稍為喘息。

爬上岸，大家抬頭看看，朦朧的夜色中，能看到前面是一座巍峨險峻的大山。冷向東說，已經漂流到梧桐山腳了。真是幸運，這裏沒有邊防哨崗，沒有軍人、民兵埋伏。他們互相打着手勢，彎着腰，像野貓般向山上走去。

山上林木茂密，葛藤交錯，微弱的星月下，叢林仿如黑幽幽的深沉大海，他們像身處於波濤洶湧的海洋中奮力向上攀爬。冷向東說，右面不遠處是「老虎嘴」，山崖陡峭，怪石嶙峋，這幾年來，不熟悉山勢地形的偷渡者，黑夜到了那邊就失足跌落山崖，摔傷摔死成為枉死鬼。

陳凡驚嘆他對偷渡的途徑如此熟悉，當他是嚮導，是引路明燈，跟着他的指導和行動去做。大家莫失散才好。

半夜時分，他們攀爬到山頂了，大家一起停下來喘氣。居高臨下，向南面望去，山那邊的燈光璀燦，照亮了夜空，顯然那裏就是繁榮熱鬧的夜香港啊！

這時他們又渴又餓，三人聚集一起，放下背包，從裏面拿乾糧出來食。餅乾早前在河水浸泡過，都軟糊糊了，正好解渴又飽肚。他們坐在石塊上，一邊食餅乾一邊談話。三人之中，只冷向東有親人在香港，他告訴張錯和陳凡，他的舅父在九龍城的地址，若是三人都能跑過那邊，日後可以到他舅父家取聯絡會面。

當然，大家都想逃跑過去，在香港那邊相見。但這時大家都在深圳邊緣的梧桐山上，不知道前路怎樣。山下那邊是村莊、稻田、蘆葦叢、鐵絲網、深圳河，荊棘滿途，危險重重，誰中槍倒下，誰被軍犬撕咬，誰被邊防軍警抓捕，大家都不知道，要看各人的命運了。

這座叢林密佈，怪石嶙峋的大山，是偷渡者的歇腳之所、藏身之地，大陸解放以來不知道多少人是這裏的過客，作短暫的停留再起步，抱着希望能夠到達深圳河南邊去。但就是有不少人被困在梧桐山中進退兩難，最終走上黃泉路，進入枉死城。

陳凡早前和他的同伴在湛市煉鋼場一起工作，又在深圳郊外的石礦場一起打石塊，知道他兩人的情況，彼此的感情與日俱增，猶如親兄弟，而今又一齊拚死偷渡，生死與共，患難相扶，能夠幫助得到對方的事不顧一切去做。

現時是春末夏初，南國地區的氣溫升高了，人處山林中不覺寒冷。他們都十分疲累了，就躺在草地上睡覺。夜深人靜，唧唧的蟲聲仿如催眠曲，他們很快就進入夢鄉。但他們都恐怕野獸蛇蟲來侵襲，恐怕民兵上山搜捕，心不能安，都睡得並不踏實，處在半睡半醒的狀態中。

不知道過了多少時間，露水沾身，蚊蟲在面上叮咬，陳凡醒來了。他睜開眼睛，撐着草地坐起，山氣氤氳，東方已經發白，天濛濛亮了。他們躺在草地上，身子靠在一起，一人有動作，互相觸到，大家都驚醒。冷向東説，山上容易落山難，黑夜爬得上山，黑暗時在山中會碰到石頭樹木，會踏空跌落山崖，很危險。這時已經天濛濛亮，能夠辨別方向，隱約可以看見山路了，在這個時候下山比較好。

大家都覺得他的意見好，都從草地上爬起來，揹上背包，在沒有人跡的叢林中下山。南面的山巒陡峭，踏足不穩，搖搖晃晃，隨時都會滑倒。他們都手抓樹枝，攀着葛藤，一步一驚心向下蹓。他們都是年青人，視力良好，手腳靈活，在沒有人狗追殺的時候，不必太久就落到南面的山腳下了。

這時天已亮了，但霧氣籠罩着田野，他們在濃霧中像游魂野鬼一般向前走，前面不遠有小村莊，有屋有狗。他們恐怕被人發現，兜着彎路，迴避那個小村莊，再走一陣子，不遠處是蘆葦叢，是藏身的好地方，他們就潛入去。

東方日出，濕地氤氳的霧氣漸漸消散，周圍的事物都清晰可見了。他們躲藏在蘆葦叢中，能聽到深圳河水汨汨的流淌聲，也恍惚聽到河中冤魂的嗚咽聲。

冷向東前些時翻閱過寶安縣誌，記得清清楚楚，深圳河的源頭起於梧桐山溪上，從東北向西南流入深圳灣，河道全長約三十七公里，落大雨時水漲，河面的最闊處百多米，旱季河水少，河面只有幾十米，而上游最窄的河面不過五六米，河水淺而靜，人在危急時，奮力一躍，可以跳過對岸去。

如今他們偷渡，打算從上游的淺水處渡河。

在蘆葦叢中，陳凡靠近冷向東，他感覺到他的心跳，但不知道他心中在想甚麼。冷向東在想甚麼對他並不重要，重要的是他們能潛逃過深圳河踏足英界。這個時候，無論你有多少知識，會思考問題，如果被邊防軍警發現，無須甚麼知識學問，只須兩條腿跑得快，向對自己有利的地方跑，才有可能擺脫軍人和狼狗的追殺。冷向東或許有滿腦子的知識，命運不好也沒有用。以前自己在家鄉時，沒有糧食，餓到皮黃骨瘦，身子虛弱到走路也無力，後來在煉鋼場中做工，有飯菜填飽肚子，有營養了，身體才好一點，有氣有力了，跑起路來，仿如狼狗一般快，危急時逃跑不會落後於人。

現時他們躲藏在蘆葦叢中，恐怕會被人發現，不敢說話，不敢走動，只是各自在想心事。有時需要說話了，也不便說，只打着手勢，或用表情眼神示意，大家就心照不宣去做。他們目前的處境，猶如被逼到死角的野獸，等待到黃昏天黑時衝出蘆葦叢去，誰會中彈倒地，誰會被狼狗撕咬，誰會命喪深圳河，誰能成功跑到英界去，這時都無人知道，只在心中默默祈求上蒼賜予自己幸運，能到達英界去。

他們都感覺時間過得很慢，恨不得黑夜即時降臨便於潛逃。初夏的晴天，陽光從蘆葦上面灑下來，可以憑日影測度時間（他們都沒有腕錶）。早上晨光曦微時他們潛藏在這裏，朝陽從東邊投射入來，幾個時辰過去，沒有陽光了，天空一片陰沉，是不是夜幕降臨了？

天空愈來愈低，仿如一隻巨大無比的鐵鑊罩着大地。上空的烏雲飄飛，一聲悶雷炸響，震天動地，閃電在空中似銀蛇舞動，藍光閃閃射入蘆葦叢中，接着雨點就沙沙灑下來，厚厚的雨簾仿如幕布，大雨中人的視線一片迷濛。陳凡想：天幫助我們了，這種雨勢正是爬過深圳河去的好時機啊。

冷向東說：「時機到了，跑出去啊！」三人隨即站起來，兩手撥開蘆葦株向外面奔跑。原來蘆葦叢的面積廣闊，那邊也躲藏着十幾個伺機渡河去彼岸的男女，兩幫人同時走出去，向深圳河那邊跑，荒廢的田野上，人影晃動，泥漿飛濺，辟辟啪啪的響聲，引起了邊防軍人的注意，轉眼間兩隻軍犬就飛奔而來，接着就是嘭嘭的槍聲，子彈沙沙飛射過來，從他們身邊掠過。

有了昨天晚上在甘蔗田那邊被追殺的經驗，他們馬上分開跑。因為人群一分散，目標星散了，狼狗和軍人只能追捕其中兩三個逃跑者，不可能全部追殺。這個槍聲嘭嘭、子彈掃射的時刻，他們只憑着個人的逃生本能作出應變，而這一剎那作出的應變，往往會決定個人的生死存亡、禍福前途。星散的人群中，有人向深圳河那邊奔跑，有人伏下田溝躲避子彈，還有人爬上樹上逃避狼狗噬咬。

陳凡在危急中如閃電般想：到了這個地步，不能伏下躲在田溝裏，更加不可爬上樹去，就是吃子彈也要向前跑，拚死也要攀爬過河去！軍人是奉命防守邊境的，追捕得到偷渡者當然好，追捕不到也不算失職，不會受上頭處分。而我們是逃命的，只有拚命向前飛奔才有生存的希望；應該向有生存希望那邊繼續跑。

雨點像銀箭般射下，向他兜頭兜面打來，水珠射落他的眼上，蒙着他的視線，他一腳高一腳低踏着田野中的泥土，跨過田埂，落入田溝，跌倒了又爬起來繼續跑。他甚麼都忘卻了，甚麼都不顧了，只是拚命向前奔跑。跑着跑着，跑到一道鐵絲網跟前，前無去路了！

高高的鐵絲網，猶如一堵圍牆向東西兩邊伸展，望不到盡頭。他想：遇到鐵絲網了，前無去路後有追兵，若不拚命突圍，就是坐以待斃，死路一條！他的家鄉是一道無形的天羅地網，圍困着他，他都突圍離開了，鐵絲網就不能逾越嗎？

黑夜和雨簾給他作掩護，他即刻放下背包，從裏面拿出鋼剪刀，蹲在地上剪鐵絲網。雨水嘩嘩響，掩蓋了剪鐵絲網的咔嚓咔嚓聲。但鐵絲網的鐵絲堅硬，鋼剪小，費了很大的氣力才能剪斷一根。他出盡腕力，咬緊牙關，花了不少時間氣力才剪開了半個圓周。他站起來，用腳向前撐了幾下，開了一個小豁口。他恐怕再拖延時間，邊防軍若追到來，以前所做的一切都白費了！他速速拿起地上的背包，把它從豁口扔過去，然後雙手向前伸，將身子拉成直線，從鋼絲網的豁口爬過去。

爬過了鐵絲網，嘭嘭的槍聲又向他這邊傳過來。雨夜中，視野不清，子彈不一定射中他，倒是害怕狼狗追蹤到來。狼狗兇猛，臭覺靈敏，會追蹤而至，像他爬過鐵絲網一樣，追着他噬咬。他急急從地上爬起來，用腳踢幾下，鐵絲網的豁口就合埋了。

冷向東對他說過，偷渡者一跳落深圳河，就是英界了，中方的軍警就不能追殺了。這時正是偷渡成功與否的關鍵時刻，他像衝鋒陷陣一般向前奔跑十幾步，到了河邊就縱身跳下去。剛剛跳落河水中，電筒的強光向他射來，子彈也向他射來，在他身邊濺起一陣陣浪花。

陳凡急中生智，在河邊拆下一根蘆葦，拆去蘆葦的尾部，含在口中，潛入河底（河水不深），靠蘆葦管向水面作呼吸。過了一陣子，他像青蛙一般鑽出水面，探出頭來看看，又豎起耳朵聽聽，沒有狗吠聲，沒有槍聲了，沒有人影了，才順着河水浮游。游了一陣子，到了一木橋下，他利用橋墩作掩護，爬上岸，向山坡走了十幾步，英界的鐵絲網又出現在他眼前了！

他停下來，打開背包搜索，才驚覺他的鋼剪刀遺留在深圳河那邊了（他匆忙剪鐵絲網時留遺的）。

怎麼辦？他環顧一下，雨夜中周圍都沒有英界的軍警走動，無人發現他。他不知道自己哪來一股勇猛的力量，如有神助，幾下子他就爬到掛着鐵絲網的鋼筋水泥柱頂，像跨欄高手般從鐵絲網頂跨過去，然後鬆手，縱身向下跳下去。落地時身子失去平衡，屁股着地，堅硬的混凝土地震得他屁滾尿流，痛徹肺腑！

在深圳郊外石礦場做工時，他聽別人說過，大陸邊境的巡邏路段是黃泥路，英界邊境的巡邏路段是混凝土，此刻他跌落堅硬的混凝土地上，說明他已經身在香港地界了，他偷渡成功在望了！

他看看自己的身子，衫褲都被鐵絲網的倒鈎弄破了，仿如撕裂了的布條，身上的背包不知道遺落何處了，手上腳上都擦破了，傷痕纍纍，血跡斑斑，頭上身上都沾滿了泥漿污水，樣子仿如泥鴨，仿如剛爬上岸的落水狗，可笑又可憐。但這算得甚麼呢，若不是這場突然而來的大雨作掩護，他可能已經命喪在邊防軍人的槍下了，哪有命踏足這邊的自由世界？

他環顧四周，沒有人影。這時才想起張錯、冷向東，他們現時身在何處？他們被軍犬撕裂了？中彈倒下了？被邊防軍人抓捕了？攀越不過鐵絲網？命喪深圳河中？還是比自己先踏足香港地域了？他們三人是同道中人，是生死與共的難友，目標一致，他誠心希望他們兩人都能逃跑到英界來。

他急急從地上爬起來，轉身回望，中港分界線的深圳河在那邊；圍困着大陸人民的鐵絲網那邊；鬥爭他、逼害他、追殺他的人在那邊；綿繡山河的廣闊大地在那邊；生育他愛護他的親人在那邊——這一切，別了，何時才可再見？還有機會見到你們嗎？

這時雨停了，此後他要面對的又是甚麼人甚麼事？

7

陳凡聽冷向東說過，香港政府有甚麼「抵壘」政策，從大陸偷渡過去的人，只要能夠入到九龍市區，就不必遞解出境了，可以去領取香港身分證，成為這個城市的永久居民了。這時他還在新界邊境，必須速速離開此地，想辦法入九龍市區去。但現時是深更半夜，人生路不熟，怎樣入市區呢？他的衫褲破爛了，頭面手腳血跡斑斑，蓬頭垢面，滿身泥污，這個樣子，人家一看，就知道他是剛剛從大陸偷渡過來的。這時雨過天晴，天空出現星月了，憑着微微的光線，可以看到景物了。他離開鐵絲網地帶，有路就走。走不多遠，有魚塘，他跳入池水中，清洗身上的血跡泥污。

山邊的小木屋，有人拿着鋼叉走出來，以為有人偷他魚塘中的魚，大聲問陳凡是甚麼人。陳凡惶恐，不知道如何答話，只說自己在魚塘中洗身。那人說：「三更半夜在我魚塘裏洗身，是偷渡過來的？」

陳凡想否認，但人家已經知道他的行徑了，不如坦白對他說，或許會好些，就承認了。那人說：「我只在這裏守夜，防有人偷我的魚，不是『打蛇佬』。」

陳凡想：他不是「打蛇佬」就好。在深圳石礦場時，他聽別人說，新界邊境有人為了發偷渡者的財，見到偷渡過來的人就「接待」他們，要偷渡者報酬錢財若干，願意給錢的，就用車子送他們去九龍市區，沒有錢給他的，他會去報告警方拉人。年輕漂亮的女人若無錢作酬勞，就要她獻出身子作代價，如果反抗不就範，可能會遇害喪命。

那人已經說他不是「打蛇佬」，他就不會報告警方捉他；不會「接待」他索取他的錢財了。現時他兩手空空，甚麼都沒有，眼前這個人怎樣對待他？

那人問他身上有沒有錢、有沒有親友在香港。陳凡答，兩樣都沒有。

那人是個老頭，體形精瘦，在黑夜中看不到他面上的表情，不知道他的心腸好不好。他說：「你身上無錢，又無親友在這裏，沒有辦法，你先入我屋歇息到天光，明日我畀錢你搭車出九龍，到了市區再打算。」

陳凡從魚塘爬起來，跳上塘埂，對老人說：「你咁好人，請受我一拜！」他撲通跪在地上，向他叩頭。老人說：「跪甚麼，跟我入屋。」

老頭的語氣堅定，有一種令他不得不聽話的感覺。陳凡從地上爬起來，跟着他進入那間山邊的木屋。木屋沒有其他人，沒有多少家具，牆邊一張木板牀，小桌上放着暖水壺和兩隻杯子。在馬燈的照耀下，他在牀頭拿出衣服給陳凡，對他說：「你的衫褲爛成咁樣，唔見得人，就著我的囉。」

踏足英界，頭一位遇到的就是好人。他感覺幸運又感激。他除下身上又破又濕的衣服，換上老人給他的衫褲。老人拿起桌上的暖壺，倒一杯熱茶給他。茶香撲鼻，他一口就灌下肚去。這杯熱茶，比甘露瓊漿都好，暖身又暖心。在湛市煉鋼場遇到張錯、冷向東這樣的好人，而今又遇上如此好心腸的老人，是不是他人生命運好轉的開始？

這位夜守魚塘的老人，看來他也是農民，彼此非親非故，頭一次見面，他就善待他這個落難的人，真不敢想像。小時候，他的家鄉搞「土改」運動，那些同村的農民，清算他家中的大人，抄他們的家，個個都像凶神惡鬼。同樣是種田養魚人，怎麼會有如此善與惡的差別？陳凡對老人說：「我是偷渡過來的，你收留我，不怕嚒？」老人說：「這些鄉下地方，無人理，不怕。」陳凡說：「你真是好人。」老人說：「早幾年我也是游水偷渡過來的，知道偷渡人的處境艱難。那時有好人收留我，而今我收留你，也算做了一件好事。」陳凡說：「早幾年你千辛萬苦游水過來，怎麼無去市區找工作做？」老人說：「那時我逃亡過來，不是想過來發財，只是逃避村裏人的清算鬥爭。」

陳凡轉換話題：「我還不知道恩公的姓名……」老人說：「舉手之勞，甚麼恩公！我姓勞，叫我勞伯就好。」

他們談着談着，天亮了。勞伯洗米洗菜煮飯。他忙了一陣子，飯菜煮好了，在小木桌上擺上碗箸，兩人食飯。陳凡早已餓腸轆轆，也不客氣，一連食了三碗白米飯。

勞伯說：「你食飽了，我帶你去外面搭車出九龍，以後的事我就顧不到你囉。有一件事先要去做，就是去領取身分證，有了身分證可以去搵工做，餓不死的。」

陳凡拚死偷渡來這個英國人管治的城市，只是為生存、為自由、為不餓死，別的都是次要。他說：「有工做有飯食就好，多謝你指點。」

勞伯說：「你無親友在香港，出到九龍在甚麼地方落腳？」陳凡說：「在深圳時，我有個姓冷的朋友，他說他的舅父在九龍城做生意，如果大家都能逃跑過來，就在他舅父那裏會面。前晚在深圳那邊，我們被邊防軍追殺，大家失散了，不知道他有沒有跑過來。如果他跑過來了，我打算去他舅父那裏落腳。」勞伯說：「照你咁講，只是去他那裏碰碰運氣哩。現時我帶你去搭火車，到尖沙嘴火車尾站落車，就問人去九龍城搭幾號巴士去。如果唔識去，就搭的士，你講出地址，的士司機就會送你到目的地。我畀的士錢你，祝你好運。」離開勞伯的屋子，朝陽升高了，鄉郊的一切景物都看得清楚。勞伯在前，他隨後，郊野的山路，路邊的樹木花草在晨風中搖曳，鳥雀在樹上跳躍，吱吱喳喳唱歌。陳凡心想：要認清楚這些鄉郊山路，以後安定了，生活有着落了，就回這裏探望勞伯，向他致謝大恩。

到了上水火車站，勞伯去售票處替他買火車票，在候車處等待。列車到站了，勞伯送他入月台，等他爬入車廂，勞伯才揮手向他告別。他在車窗向外望，目送着勞伯的背影遠去，才含着感恩的淚水坐下。

8

列車轟隆轟隆在路軌上奔跑，路邊的田野村舍飛快地往後退，山坡的公路上，一些仿如甲蟲的小汽車在飛快地行駛。在湛市，在廣州，在深圳，他都沒有見過這樣形狀古怪的小汽車。這個城市很多東西和大陸的都不相同，感覺十分新奇。

告別勞伯後，他有一種失落感，心情沉重起來，不知道到達九龍城見不見得到冷向東。冷向東是他在這個陌生城市唯一相識的人，但不知道他有沒有逃跑過來。若然見不到他，自己哪有地方落腳？他和張錯、冷向東是好朋友，也可以說是難友和戰友。戰場上併肩殺敵的戰友，要是有同袍中槍受傷倒下了，就會奮不顧身去包紮他的傷口，盡力去救護他。他們在深圳邊境被軍人狼狗追殺的時候，他只顧着自己逃命，無暇理會他們，仿如同林鳥，大難臨頭各自飛。如果他們中彈倒下了，他怎對得起自己的良心？

列車沿途各站都停留，有人落車，有人上車。鐵路兩旁的風景秀麗，但他想起這個初到的陌生城市，人生路不熟，沒有落腳處，前路茫茫，甚麼優美的景物都無心情去觀賞了。

車廂中的座位是長條靠背椅，中間的通道把兩邊的長條椅分成兩排，一排坐三個人。陳凡在上水站上車，乘客不多，中途停站的時候，有很多人上車，人多了，後來上車的人就沒有位坐。他身邊的婦人抱着小孩，手挽布包，他見她站着辛苦，又要抱着小孩，就站起來讓位給她坐。她說一句「唔該」，就坐下了。

婦人三十多歲，頭髮鬈曲，皮膚白淨，身穿長衣裙，端莊美麗，舉止溫文。陳凡在大陸時沒見過這樣衣着新穎神態雍容的女人。他不敢望她，也不敢跟她說話。倒是她先開腔，問他是不是剛從大陸過來的。陳凡答是。她說：「你過來投靠親友？」陳凡說他沒有親友在這個城市。她說：「你頭一次來香港？」陳凡答是。她說：「你要去哪裏？」陳凡說要去九龍城。她說：「你識路嘅？」陳凡說不知道怎樣去。她說：「不用怕，到了尖沙嘴總站，我同你一齊落車，我帶你去搭巴士。」

陳凡的心稍稍定了，遇到這樣漂亮又善心的女人，猶如在茫茫大海中又見到指示方向的北斗星。他真不敢相信一踏足香港，就遇上這樣的好人。在湛市的時候，他向他的舅父透露想偷渡去香港。他的舅父阻止他，說香港是資本主義，社會黑暗，是人壓迫人、人害人的地方。有人受不了資本家的剝削壓逼，嚮往新中國，回來參加祖國建設……如今看來，香港不是他舅父所說的那樣。

列車沿途經過好幾個站，不知道過了多少時間，終於到達終點站了。婦人對他說：「這裏是尖沙嘴總站，落車，我帶你去搭巴士。」

火車終點站在海邊，紅磚建造，前面的時鐘在塔樓上，指針是十時三十分。離開火車站，是天星渡海小輪碼頭，再走十幾步就到達巴士總站。車站的月台，停泊着一輛輛雙層巴士，巴士是紅色，在陽光下，巴士紅得耀眼。

月台好幾個，各路車都有巴士停着。碼頭旁邊、巴士站中人來人往，行色匆匆。陳凡隨着婦人走，恐怕在人群中失去她的蹤影，那就沒有人帶他搭車了。但他的擔心是不必要的，那婦人手抱着孩子，挽着布袋，走得慢，還時時回頭望他，擔心他走失了。

婦人帶他走到五號月台，指點他上五號車。她說：「五號巴士去竹園總站，車費兩毫，去九龍城中途站也是兩毫。」陳凡說：「不用買票才上車？」婦人說：「上了車才買飛（票），你畀售票員兩毫，他就畀飛你。到了九龍城就落車。拜拜，我走啊。」

巴士司機身穿「九巴」字樣的制服，他從月台爬上前頭的駕駛室坐下，就發動引擎，車門的守閘員拉上橫閘，巴士就開出去，在馬路上行駛。車廂中擠滿了乘客，他見不到售票員，手中早已拿着兩毫子，不知道向誰買票。他問身邊的男子：「同志，怎樣買票？」

那男子轉過頭一看，曉得他是剛剛從大陸過來的，眼神鄙視看看他，說：「買飛你都唔識？等賣票的經過時買。」

售票員在人群中擠來擠去，他手中拿着一把仿如小鉗子的東西，在得得地敲打，沒出聲叫乘客買票。陳凡等得焦急了，又問身邊穿西裝的肥佬，不敢叫他「同志」了，稱呼他「兄弟」。肥佬指着他身邊的售票員說：「向他買。」他交出手中揑到發熱的兩毫子給他。售票員接了他的錢，用手上的鉗子在車票上打了小孔才交給他。

過了一陣子，巴士停站了，有一個身穿白制服的人上車檢查乘客的車票。那人不是個個都檢查，他隨便查誰就查誰。他向陳凡要車票看。陳凡伸手入衫袋去拿，卻不見車票了，拿不出來。那人說：「你無車票，想搭霸王車？」陳凡說：「我剛才買了票，不知道哪裏去了。不是想白搭車。」那人說：「誰信你？」陳凡說：「我真的買了，不知道怎樣搞到不見了。」那人說：「你唔見了，等如你無買票，我准你補買。若不是，我就告你搭霸王車，拉你！」

陳凡恐慌，伸手入衫袋掏錢時，發現那張薄如蟬翼的車票在袋角裏，拿出來給那人看。那人看看，是本班車的票，他才沒事。

這樣擾攘了一番，陳凡不知道巴士是否到了九龍城中途站，他問那位查票的人。那人是「稽查」，他麻煩了陳凡這麼久，內心有點不好意思，這樣說：「我亦是在九龍城站落車，我落車時你就落。」

陳凡被「稽查」指他「搭霸王車」，要告他，心中驚恐，而他帶領他落車，也算是一種補償了。

「稽查」落了車，又上另一輛停站的巴士。陳凡再次處在失落之中，他呆呆地站着，不知道朝哪個方向走。前日在梧桐山上時，冷向東告訴他，他舅父的店舖在九龍城×街×號，他默記在心，沒有忘記，就向途人詢問。那人搖搖頭，沒答他。他不知道那人是甚麼意思，心想：他聽不懂？為何搖頭不作答？他是不是啞巴？

街道上有太多人行走，那人不理他，他又去問另一人。得到的回答是：不知道，你去問別人。

陳凡想：可能他也是從別處來這裏的，不知道這個地區的街道不出奇，他有個回答也好。街道上的行人不一定是當地人，在這裏開舖子做生意的，不會不是本地人；是本地人就會熟悉當地的街道，去問店舖的人好了。

他走入一間售賣煙酒的舖子，老板以為他是顧客上門，笑說：「先生，有乜幫襯？」陳凡說：「我不是來買嘢，我來問路，麻煩你告知我。」

店主是上了年紀的人，樣貌老實，他說：隨便問。陳凡將自己想知道的街名、門牌號碼告訴店主。店主走出門口，指示他怎樣走。

馬路縱橫交錯，有東西走向，有南北走向，各種車輛在街道上呼呼行駛，行人穿梭往來。他在街邊東張西望，尋找自己要找的街道。街頭豎着路牌，牌上兩行字，上一行是彎彎曲曲像雞腸的文字，他不認識，不知道是甚麼意思；下一行是中文字，他認識。

他想：有中文字的路牌就好，逐條街去找，不必再問別人自己也找得到。

走了一陣子，終於望見那邊街頭的路牌是自己要找的街道了。他彷如發現了新大陸一般高興，即刻走過去，但他一踏腳到馬路，一輛車子飛馳而至，發出哀鳴一般的煞車聲，幾乎把他撞倒！這時他不知道退後好，還是繼續過馬路好。他驚惶失措，站在馬路中間。

那個煞停車子的司機伸頭出車窗，大聲說：「亂過馬路，想死啊你！」

陳凡當然不是想死，他經歷了九死一生才逃亡來到香港，只是他不曉得這個城市的交通規則，橫過馬路的人要從「斑馬線」過去才安全。

驚心動魄才走過車子如飛的馬路，慶幸自己沒有變成輪下鬼，有驚無險尋找到自己要找的街名，他一邊走一邊抬頭看店舖門頭上面的門牌，一間間尋找下去，不多久，終於看到自己要找的店舖了！

這間店舖是售賣雜貨的，裏頭的米麵、油糖等等擺滿舖面。陳凡到達這裏時，顧客買了油糖離去了，只有店主在執拾貨物。他走入去，跟店主打招呼，然後說明自己是冷向東的朋友，前日和他一齊從深圳那邊偷渡過來的，他自己逃跑過來了，不知道冷向東有沒有來到他這裏。

店主是上了年紀的瘦老頭，目光狐疑地望望陳凡，這樣說：「冷向東？甚麼冷向東，我不認識這個人。」陳凡說：「他同我講，他是你外甥，你是他舅父。」店主說：「我沒有叫冷向東的外甥。」陳凡說：「他在湛市中學讀書，是高中生，你忘記了？」店主說：「我不是湛市人，不認識他。」陳凡說：「冷向東說他的舅父在九龍城××街××號開舖做生意，大家在深圳那邊約定，如果我們都能逃跑過來，就在你這裏相見。」店主說：「可能是他講錯了街名，或是你記錯了。我是潮州人，沒有叫冷向東的外甥，你走啦！」

陳凡想：這樣要緊的事，冷向東不會講錯，我也不會記錯，而今見不到冷向東，他有沒有逃跑過來？現時他身在何處？有沒有死傷？如今見不到他，我又沒有親友在這個城市，沒有地方落腳，怎樣好啊？

店主見他愁眉苦臉地站着，又下逐客令叫他走，他不能不走。垂頭喪氣離開雜貨店，來到街上，仿如在黑暗中迷失了方向，不知道何去何從。他想：人家說不認識冷向東這個人，自己還有甚麼好說？現時他不認識一個人，前路茫茫，怎麼辦？

沒有目的地，不知道向何處走，隨便在街邊漫步。思想像一籃子亂紗，纏擾着他的心，解不開，理還亂。張錯、冷向東和他一齊逃跑，三人生死與共，他跑過來了，他們有沒有逃跑過來？若是他們身在大陸，而今的情況怎樣了？

「啐！行路不帶眼，想撞死人咩！」陳凡從沉思中驚醒，抬頭一看，他面前的肥婆在指罵他。他急着向她道歉：「無所謂啦。」肥婆更加氣惱，大聲說：「你個死仔，撞到老娘，還說無所謂？」

陳凡知道自己急了說錯了話，馬上更正說：「大嬸，對唔住。」肥婆說：「老娘還未嫁人，甚麼大嬸，狗眼！」陳凡又說：「同志，對唔住。」肥婆又斥責他：「大陸仔，鬼是你同志！」

在大陸，無論男女，他們都喜歡別人稱呼自己做同志，在香港，稱呼人家做同志，沒被人家斥責也受人家鄙視，自己必須緊記以後不可以叫人家做同志啊。

眼前這個肥婆，外表似大嬸，叫她大嬸又不對，應該怎樣稱呼她？大陸和香港，好多事情都不同，一時不能適應，今後在這裏工作生活，需要慢慢學習啊。

如今和張錯、冷向東失去聯絡，自己孤身一人，在這個陌生城市又無親無故，怎樣生活下去？在深圳那邊，冷向東說過，香港有慈善機構、天主教會幫助救濟窮人。目前自己兩手空空，比任何人都窮，沒有親友投靠，沒有地方落腳，何止是窮人，而是盲流，是難民，像自己這樣無家可歸的人，當然急切要人救助了。問題是，去哪裏尋找天主教會、慈善團體幫助？

沒有目的地，在街頭遊蕩，他在一間餐廳的側門經過，看見地上的紙皮盒中有麵包皮，他雖然早已餓腸轆轆，但不知道紙皮盒中的麵包皮是人家放在那裏的還是棄掉的，他不敢拿來食。站了一陣子，有人把一些客人食剩的飯菜倒入木桶中，他問那人要不要。那人說，不要，不要了。

陳凡想：不要就好，拿來食，人家就不會當他是小偷了。

那人說，他拿出來倒掉的是客人食剩的殘湯飯菜，大陸人都沒有這些好的飯菜食，還說是殘湯剩飯？他從木桶中抓起飯菜就塞入口中，大口咬嚼，香噴噴，十分美味好食。有這樣好的東西食，還求甚麼？

在大陸家鄉，時常鬧饑荒，米麵食光了，食番薯芋頭；番薯芋頭食光了，食番薯藤芋頭葉；香薯藤芋頭葉食光了，上山割野菜摘野果充饑；野菜野果食光了，食草葉草根裹腹……

在香港，食人家棄掉在垃圾桶中的東西，會被人恥笑鄙視，這些生活在自由富裕城市的人，未吃過苦頭，未捱過饑餓，怎知道別人處境的艱苦？所以他們在餐廳點了這樣美好的飯菜都食剩棄掉，真是浪費糧食，可惜呵。

沒有親友投靠，沒有地方落腳，沒有錢買東西食，他都不怕了。饑餓了可以撿人家棄掉的飯菜、麵包皮食，晚上就睡在人家椅樓底下，等待領取到香港身分證找到工做了，就可以生活下去了。

這個自由城市，居民的生活好，淪為乞丐的也有人肯施捨，不會餓死；淪落到做乞丐也能生存。在新中國，人人都貧困，要配給糧票買米，自己都食不飽肚，哪有殘湯剩飯施捨給乞丐？如此看來，在香港做狗也好過在新中國做人。

這麼巧，一想到狗，就有一位美女拉着一隻狗在路邊走過。那隻狗的皮毛乾淨亮麗，狗頭上紮着一朵紅花，美女一邊走一邊呵護牠，像千金小姐一樣疼愛牠。在大陸，人饑餓了就殺狗，先用繩子把狗勒死，在牠身上塗滿黃泥漿，放在柴火堆中燃燒，燒到牠身上的黃泥乾透了，從火堆中把牠翻出來，撥掉牠身上的黃泥，狗毛和乾透了的黃泥一齊脫落，再用水清洗，然後開膛破肚、斬碎，放入鍋裏烹煮，打人的牙際，填人的肚子。同樣是狗，香港的狗如身處天堂，有人像心肝寶貝一般愛護，大陸的狗是賤物，被人踢，被人殺死烹食。

9

陳凡在九龍城區的街頭流浪，他不想向人家乞討，白吃人家的東西。餓了就在茶樓、餐廳後門撿人家棄掉的飯菜、麵包皮吃，晚上在街邊的騎樓底下睡。有一天早上，兩個警察從他身邊經過，見他面黃肌瘦，蓬頭垢面，以為他是吸毒的道友，就搜他的身。搜遍他全身，搜不出甚麼，就問他家在何處。他說，他沒有家。警察說，你沒有家就要拉你，告你游蕩罪。

陳凡向警察說明，早幾日他從大陸那邊逃跑過來，投靠朋友不着，無人收留他，不得已淪落街頭，他不是壞人。警察說，你可以去領取身分證，有了身分證，可以搵工做，有飯食，不必流浪街頭了。陳凡說，他不知道去甚麼地方領取身分證。警察告訴他在香港西營盤，再沒說甚麼就離去了。

初到這個陌生大城市，人生路不熟，身上又沒有錢，怎樣過海去西營盤？要他游水過去？警察怎麼沒拉他去警局？去了那裏，向警官哀求，警方可能會幫助他。但他又擔心去到警局，警方會不會說他偷渡過來的，要解他回大陸？要是這樣，他不是剛脫離虎口又回到狼窩去？

翌日午時，他在茶餐廳後門撿麵包皮作午餐。一位銀髮碧眼的洋人走到他面前，用不純正的粵語對他說：「朋友，我是神父，請你去教堂聽道理。」

陳凡疑惑地問他聽甚麼道理。洋神父說：「聽神父講《聖經》。」陳凡說：「聽神父講《聖經》有甚麼好處？」洋神父說：「聽了《聖經》，神愛世人，天主會打救你。」陳凡說：「天主怎樣打救我？給我飯食、給我屋住？」洋神父說：「天主打救你的靈魂……」

在大陸時，陳凡聽過共產黨人的宣傳，說宗教是封建迷信，是腐食人民精神的鴉片，荼毒人民的靈魂。眼前的洋神父說天主會打救人的靈魂，誰說的真？相信共產黨人的話還是相信洋神父的話？他想了想，這樣說：「我的靈魂不要神打救，我要神畀飯我食，畀屋我住，帶我去領身分證。」洋神父說：「你先去教堂聽道理，神職人員就會幫助你，帶你去領身分證。」

陳凡想：有人幫助我解決目前的困境就好。他問洋神父去哪個教堂聽道理。洋神父說：「太子道的天主堂近九龍城，去那個教堂聽道理方便。」陳凡問他幾時去。洋神父說：「明天是禮拜日，你明天早上就去。」陳凡說：「我不識路去。」

洋神父見他願意去教堂聽道理，好高興，就指點他朝哪個方向走，說步行二十分鐘就可以到達。走時若不識去，就問路人。

第二天早上，陳凡醒來，街上已經有人行走。他從龍崗道尾的騎樓底爬起來，去街頭的公共廁所痾尿洗臉完畢，就去天主堂。天主堂在太子道與窩打老道交界處，從九龍城沿着太子道向西走，走過幾個街口就到達了。

這時時間尚早，信眾還未到來，陳凡在教堂門外蹓躂觀望。教堂是石頭建造，牆壁髹上白色，尖塔頂上豎着十字架，十字架下面的房間掛着大銅鐘，搖晃的時候，大銅鐘就發出低沉的噹噹聲。教堂門前的院子，石牆旁邊的白色石像是個女人，高鼻深目，身穿白袍，手肘抱着一個鬈髮高鼻的孩子，靜默地站着，神情仿如在沉思——後來陳凡去教堂聽神父講道，認識了教友，才知道那個女人石像是聖母瑪利亞，她手抱的孩子是聖嬰，即是長大後被釘在十字架上的耶穌。

天主堂的大門在噹噹的鐘聲啟開了，在院子等待的信眾一個跟着一個踏着石階入去，到裏面就在長椅中坐下。

陳凡頭一次入教堂，甚麼都不懂，看那些教友怎樣做才跟着他們做。廳堂中排列着一張張長木椅，每排長椅前面的長條木架上都放着黑書皮的《聖經》。他仰頭向上望，屋頂高高，垂着洋燭模樣的大吊燈，牆壁上面仿如爆裂了的彩色玻璃窗有光透入，大堂內的氣氛莊嚴寧靜。

信徒女人多男人少，大家都靜靜地坐着，面對着聖壇。聖壇上插着白花，燈光柔和。神父頭上戴着白色小帽子，身披白袍，從後面緩緩步上聖壇，在誦聖詩聲中，他在自己的胸前手指畫着十字，灑聖水，然後開始講道。

神父的年紀大了，話聲緩慢低沉，他會講不大純正的粵語，但大家都聽得清楚舒服，明白他所講的道理。

陳凡認得在聖壇上講道的是昨天在九龍城叫他去教堂聽道理的洋神父，而今早又在這裏見到他，好高興。昨天洋神父對他說，他來教堂聽道理，會有神職人員帶他去領取身分證。這是個難得的好機會，等他講完道了，就去找他幫忙。

大約一個小時，洋神父講完道了，他一落聖壇，陳凡就從座上站起來，急急走到他面前說：「神父，我來教堂聽道理嘞，你認得我嚒？」洋神父微笑說：「昨日在九龍城見過面，認得你。我應承過你，要派神職人員帶你去領身分證哩。」陳凡說：「幾時帶我去？」洋神父說：「不要急，我叫人安排你在教堂住下，有個住處了，才去領身分證。」（後來陳凡才知道領身分證時要填報住址）。

陳凡兩手空空，沒有行李，沒有錢，洋神父叫人安排他在教堂後面的雜物房住下，他總算有個臨時居所了。教堂是天主教的，教會的影響力大，資源豐富，有人力物力，有人收留他幫助他，實在太好了。他領取到身分證，就可以去找工做，憑勞力養活自己，可以在這個英國人管治的城市生活下去了。

第二日是星期一，政府各部門都開門辦公。一位在教會做事的中年人帶陳凡去辦理身分證。陳凡問他的姓名。他說姓莫。莫先生說話細聲細氣，性情隨和，沒有看不起陳凡的態度。

莫先生帶着他，猶如他的保護傘，他沒有甚麼擔憂了，在路上就靜靜觀察這個陌生城市的景物，想知道的事就問莫先生，莫先生也樂意解答他的問題。

他們從太子道的天主堂起程，先從窩打老道的中途站搭巴士去尖沙嘴碼頭，乘天星小輪船渡海。維多利亞港的海水湛藍，鷗鳥在海面上飛翔，各種船隻在海上航行，有巨大的輪船停泊在海港中，工作人員用起重機吊貨物上落巨輪中。

這時是早上，好多人家在九龍半島，早上搭小輪去港島上班，在船上有人看報紙，有人在談話。陳凡在船上向前面望去，太平山上的樹木鬱鬱蒼蒼，山腰山頂都有房屋，因為距離遠，感覺那些房屋都很矮小，有的在樹林的掩映下，若隱若現。

莫先生說，山上那些房屋都是花園洋房，主人不是西洋人，就是華人高官、大富翁，他們的社會地位高，普通市民只可望不可去。

小輪船一泊碼頭，大家都急不可待踏着跳板上去，各走各路，有人去搭巴士，有人去搭電車。電車在路軌上叮叮地行駛，東西走向的路軌距離不過三四呎，往來的車廂擦身而過，幾乎互相碰撞。過了上環街市，他們就落車，走到街邊，向陡峭的街道向上走。街道陡峭，人徒步向上走很吃力。

入境辦事處在西營盤上面，陳凡到達時，有人在那裏等候了。莫先生叫他跟着人家排隊，輪到他了才登記辦手續。莫先生知道他剛剛從大陸那邊偷渡過來的，甚麼都不懂，擔心他虛怯，沒有離開他，和他一起等待。

輪到他了，辦事人員問他怎樣來香港的。他答：從大陸偷渡過來的。問：何時到達香港。答：到達至今十多日。問：到了香港居住何處。答：住在九龍太子道天主堂後面的宿舍。問：誰讓你住的？答：那裏的洋神人。

辦事人員再問他的姓名，出生年份、籍貫。陳凡一一報上。辦事員填寫好他的資料，就叫他入那邊的房間照相、打手指模，為他造身分證。叫他一星期後來領取。

陳凡想不到這樣快這樣容易就辦好了，放下心頭大石。他和莫先生回太子道的天主堂，暫時住在後面的雜物房中。他對神父說，他在教堂沒事做，很無聊，時間難遣，又不想白食教會中的飯，如果有事需要人做，就讓他做。神父說：「你就打掃教堂吧。」

陳凡在心中計算日子，日期一到，他已經熟悉路徑了，就自己過海去西營盤入境處領取身分證。自己的身分證一到手，就打開來看。

新的身分證淺黃色，摺成兩頁，上面有自己的相片、姓名、出生年份，還有自己黑黑的指模。拿到這張證，自己就是香港永久居民了！

10

陳凡不想呆在教堂做打掃雜務，他想去外面找比較有前途的工作做。但那時候的香港工業還未發展，找工作做並不容易，他又沒有甚麼知識，沒有甚麼技能，沒有老板肯僱用他。

他最想有一樣技能，今後憑專業技能做工維生。他在報紙的招聘廣告上看到有店舖招請電器學徒，就按照地址去那間店舖應聘。見面的時候，老板說，做電器學徒沒有工資，只包食飯和住宿，要做三年才滿師，如果未滿三年半途不做，就要賠償「米飯」錢若干。還有，另外需要別的店舖老板作擔保人。

陳凡想：沒有工資包食宿做夠三年能學到一種技能，這個條件可以接受，只要有老板肯僱用，有個落腳處、有飯食就好。另外的條件令他為難，自己哪裏去找店舖老板作擔保人？

他坦誠對老板說，他剛剛從大陸來到香港，沒有親戚朋友，人地生疏，沒有店舖老板為他作擔保人。

老板見他的樣貌老實，說話坦誠，相信他不是花言巧語，不是不負責任的人。略為考慮，就答應僱用他，問他甚麼時候可以上工。

陳凡好高興老板肯僱用他，做學徒期間雖然沒有工資，學師滿三年，學到一門技能，成為師傅，將來做個技術工人，有工資拿，能生活。他說：「現時我在太子道天主堂寄住，沒有事做，你要我幾時來上工都可以。」老板說：「明日早上就來。」

電器舖在旺角上海街，舖中售賣各種電工器材，老板吳先生主要是承接樓房工廠的電器安裝工程。舖中有技工，有學徒。早上師傅從自己家中來到了，就聽老板吳先生的吩咐，去甚麼地方工作，做些甚麼工程。學徒和師傅拿了電線、電器配件和工具去開工。工作的地方，有樓房，有大小工廠，某處的工程完成了，才去別的地方開工。

陳凡是新來做學徒的，甚麼都不曉得做，只聽師傅的指點，師傅叫他去做甚麼就去做甚麼；叫他怎樣做就怎樣做。當然是叫他做一點簡單的工作，例如用錘子鐵釬鑿石屎牆壁，拆除牆壁上的舊電線等等。

樓房的石屎牆壁十分堅硬，初初做鑿牆工作，不熟練，鐵錘時不時打在自己的手上，痛到心和手都震顫，眼淚直流。但做任何工作都有初入行，是新手；萬事起頭難，不經歷身心磨練，就不會有進步，不會有經驗，更不會有成功之日。別人入行初時也是做學徒，由鑿石屎牆壁做起，經過長時間的艱苦練習才會成為師傅，才有一技之長。所以做甚麼工作都不可畏難，堅持做下去才有成功之日。

晚上放工了，師傅各自回家，陳凡和別的學徒回老板的舖子。舖子的門面售賣電器工程材料，後面是修理馬達電器工場，老板娘在後面的廚房煮飯給大家食。

晚上舖子關門停業了，大家才可以做自己的事，有人出外行街看戲，有人在舖中休息。老板一家幾人居住樓上，伙計在舖中打地鋪睡覺。

舖裏有一位中年人，他做售貨員兼任會計，他的老婆子女都在廣州，他在這個城市沒有家，日間在舖中做事，晚上在舖裏打地鋪度宿，一天二十四小時幾乎都在舖中，猶如賣身給老板了。

老板夫婦育有一子一女，長子讀大學，女兒讀中學，早上他們兄妹返學，傍晚放學了就回來。陳凡沒有機會上學讀書，心中羨慕他們從小就入學讀書，由小學而中學讀到大學，甚麼知識都學懂，有了知識，前途光明。

陳凡不仰慕人家有權力有錢財，只敬仰人家有知識有學問，因為錢財是身外物，學問技藝才是自己的；錢財會被別人侵佔，學問技能沒人取得走佔不去。所以錢財不必太多，食得飽穿得暖有房屋居住就好了。

晚上舖子關門停業了，大家食飽飯，他沒有甚麼娛樂，只有在燈下看書，（書本是從圖書館借來的）自學知識。一有時間，他就如饑如渴地讀書。驅使他讀書的動力是求知求真。童年時他在家鄉讀小學，課文說，地主、資產階級都是剝削壓逼勞動人民；歷代帝王大臣沒一個是好人，都是荒淫無度、不理人民死活的封建統治者。孫中山是代表資產階級的革命者。蔣介石是最大的反動派、大壞蛋。中外古今，只有共產黨為人民謀幸福，毛主席是人民的大救星……

真是這樣嗎？當時無人為他解答，只有在心中存疑。來到香港，他認識的是普通工人，沒有甚麼知識的小市民，沒有人和他談論這些問題。怎樣才可以解開心中疑惑？他希望在書中尋求解答。放工後，他去圖書館借書，讀人家棄置的報刊，（他沒有錢買）從書報上汲取知識，文章書本讀得多了，才有所領會，開了竅，知道讀書報的好處。

老板讀大學的兒子，每個星期都買一份《中國學生周報》回來，他看完不要了，就給陳凡看。《中國學生周報》雖是一份小型報刊，內容豐富，甚麼文章都有，讀了獲得不少知識，是一份十分有益的刊物。每個星期他都看，可以說，這份周報是他學知識的搖籃，讓他學到基本的各種知識。

老板吳先生知道他夜晚甚麼事都不做，只是埋頭看書，他說：「夜晚你只看書，無睡覺休息，日間哪有精神為我做工？」陳凡說：「我夜晚睡四五個鐘頭就夠了，日間有精神做工。」吳先生說：「你要看書，都應該看些電器工程的書，何必看些雜書浪費精神時間？」

陳凡看書只是追求知識，看的都是有益身心的書，哪是浪費時間？但他是吳先生的小伙計，是學徒，學徒是老板（師父）的學生，學生怎可以反駁師長？何況老板也是一片好心，想他看一些和電器技術有關的書，學好本行業的技能。

世上甚麼人都有，有好人，也有壞人，老板吳先生是好人，有一個在他門下早已滿師的，他是老板（師父）頭一個徒弟，他學了三年滿師成為師了並不跳槽，留在這裏打工。他是陳凡的大師兄，老板派他帶陳凡去外面安裝電器，可以說是陳凡的師父。他自恃老板信任他，讓他帶領大家去外面工作，有一點點權力，就擺出大師兄兼師父的架子，要陳凡侍候他，替他去買煙仔，買麵包，做他的跑腿。晚上大家在舖裏食了晚飯，他又要陳凡去煲水，較好溫度讓他沖涼。

起初陳凡為了學好這個行業的技能，要他指導工作，時時委屈自己遷就他，侍候他。但他得寸進尺，不知好歹，以大師兄的架子，自己的私事都要陳凡替他做。

以前在大陸家鄉，因為出身不好，村中無論甚麼人都欺凌他，打罵他，他無法抗爭，只暗暗哭泣。一條狗被人棒打，也汪汪地吠叫，以示抗議，而他是人，竟然因為自己是地主的兒子，被別人打罵也不敢哼一聲，比狗都不如。如今身處自由世界了，他沒有做犯法的事，警察沒有為難他，老板沒有刻薄他，竟然被大師兄頤指氣使欺負，太不值得再忍讓他了！如果為了學習好本行業的技能，沒有他就不能學得好嗎？只要自己刻苦學習，將來自己的技能比他還要好。有了這樣的想法，還怕他甚麼！

這個大師兄，面孔有出天花時留下來斑斑點點的痕跡，人家給他起了一個花名，叫他做「豆皮佬」。某日晚上，他又要陳凡去煲水給他沖涼，這都算了，當陳凡把木盆的熱水送到他面前，他用手試試水溫，說水太熱，要陳凡拿去加一點冷水，調較好溫度再送來。

陳凡不理他，轉身就走。豆皮佬大聲說：「喂，我叫你去加些凍水，你沒聽到？」陳凡停下來說：「替你煲了水，你又嫌熱又嫌凍！」豆皮佬說：「誰叫你無較好溫度就拿來？」陳凡說：「你是甚麼人，要我服侍你？」豆皮佬說：「是你大師兄。」陳凡說：「屁！老板請我，是我師父，他都不要我煲熱水給他沖涼，你算甚麼，要我服侍你？」豆皮佬說：「你晚晚都煲熱水給……」陳凡說：「我就是晚晚煲熱水給你，你就當我是傻仔，好欺負，以後我都不會煲水給你！」豆皮佬說：「你敢？」陳凡說：「你不是我老板，我不怕你！」

豆皮佬感覺自己的威嚴受到挑戰，下不了台，大聲說：「好，你不聽我點，以後我就不教你裝電器。」陳凡說：「我自己曉得學，不要你教！」豆皮佬說：「你初初入行，甚麼都不曉得做，而今我教曉你了，你就說不要我教了，你真是反骨仔。但你只學到少少，還未到家。」陳凡說：「如果我似你做了咁多年，就可以做你師父了！」

兩人你一言我一語，針鋒相對，各不相讓了。這樣的情況，大出豆皮佬的意料，以前他要陳凡去做甚麼都聽從去做，怎麼一下子就變得強硬起來了？以後他這個大師兄怎樣做下去？不給他一點顏色看不行！他舉起手向陳凡的臉孔打去。陳凡眼明手快，對方的手掌還未打到，就揮手去擋，格開豆皮佬的手肘，順勢一推，把豆皮佬推到牆邊去。豆皮佬發火了，起飛腳踢他。陳凡閃身避過了，轉身揮拳向他兜頭兜面打去，因動作迅速、用力太猛，打到他暈頭轉向，站不穩，跌落那盆高溫的熱水中，燙得他哇哇大叫。

豆皮佬口舌鬥不過陳凡，拳腳又敵不過他，氣得七竅生煙，馬上走上樓上向老板告狀，說陳凡如何欺負他。

老板不相信他一面之詞，召陳凡上樓對質。陳凡來到老板面前，不加多也不減少把實情說出來。

老板說：「你的話屬實？」陳凡說：「全部屬實，無一句假語。」

豆皮佬說：「他打我跌落熱水盆中，我的手腳都燙到紅腫，難道是我自己跌入去的？」陳凡說：「是你先動手打我，又起飛腳踢我，我為了保護自己才還手。他站不穩自己跌入去。」

老板對豆皮佬說：「你要他煲熱水給你沖涼，當他是奴隸一樣對他，又先動手動腳打他，是你不對。」豆皮佬說：「是你偏幫他！」老板說：「你兩個都是我的伙計，是我徒弟，我只是看事實，講道理，無必要偏幫誰。」

豆皮佬理虧，老羞成怒，失去理智了，這樣說：「你說我不對，你要我怎樣？」老板說：「你先動手打他，起碼也向他認錯道歉，還要看他肯不肯原諒你。」

豆皮佬嚥不下這口氣，這樣說：「我不能同他一齊做下去了，有佢無我，有我無佢。你不炒他魷魚，我就不做了！」

老板說：「理在陳凡一邊，我對事不對人，按理做事，我不會炒他。」豆皮佬說：「你不炒他，我就辭工不做！」老板說：「你不做我無辦法，你不做就不做，我准你辭工。」

話已出口，猶如潑出去的水，收不回來了。他不做，就失業，打破飯碗；繼續做下去，面子全無，見不得人。如何是好？怎樣作抉擇？

豆皮佬不肯認輸，執包袱走了。

陳凡自懂事以來，頭一次以理抵抗別人，又戰勝對手，消了多年來壓抑在心中的冤屈氣，身心都舒暢了。事後想想，不知道哪來這樣不顧一切的反擊勇氣。

11

老板吳先生是一位明辨是非的人，沒有責備陳凡，只說豆皮佬不對，還要他向陳凡認錯道歉。豆皮佬要逞強，不服氣，搞到沒有工做。那是他咎由自取，怨不得人。

陳凡一直都沒有對不起他的地方，沒有良心上的愧疚。他自己下不了台，辭工不幹，沒有他這個拿着雞毛當令箭的人，陳凡可以安心在電器舖繼續做下去，直到學滿師再打算。

當初雙方有口頭協議，老板只包他食飯和住宿，沒有工資。到了現時，他學到不少修理、安裝電器工程了，老板見他刻苦學習技能，勤力做事，能夠為老板掙錢了，就破例每月給他工資若干做使用。

老板包他食飯和住宿，他的生活可以將就過日子，拿到工錢了，他就去中國銀行寄錢回湛市給姨媽轉交給家鄉的親人。

早幾年，大陸的家鄉成立人民公社，搞大躍進，搞土法大煉鋼，大家都上山煉鋼了，沒有人耕種，田地都荒廢了，沒有穀麥收穫，社員沒有穀糧分，都沒有糧食，都變成饑民。

廣東人好一點，因為接近香港，有氣力有勇氣的人都向資本主義那邊逃跑，能越過深圳河的人就有飯食，可以生活下去。大家都這樣做，就不約而同成為一股偷渡潮，人群漫遍野，像潮水一般向梧桐山那邊去。因為人數太多，邊防軍人、民兵又不好向人群開槍殺人，沒放軍犬噬咬。消息一傳開去，逃跑的人迅速增加，猶如增援的軍隊，源源而來，人數就愈來愈多，像搶灘衝鋒陷陣的軍隊，拚命從中英分隔的深圳河邊，架起竹梯木梯爬過鐵絲網，向英界跑去，上水華山一帶，滿山滿谷都是越過邊界的人群。

香港警方接到偷渡人潮的報告，就開大卡車載警察去新界邊境堵截。但越過邊界的人數太多了，都是餓到皮黃骨瘦的饑民，可憐兮兮，跪在地上向軍警求情，放他們一條生路。軍警是奉上頭的命令行事，要執行命令，他們雖然也同情這些難民，也要執行任務抓捕。但這些逃難的人太多了，而且像潮漲一般從華界那邊湧過來，軍警疲於奔命，抓捕這個，抓不到那個，大部份都能逃過軍警的防線，跑到新界鄉村或九龍去。「抵壘」的人，軍警就不抓捕他們了。

這些從大陸那邊逃跑過來的人群，都是逃荒的饑民，大家是華人，是同胞，一般市民都十分同情他們的苦難，有人去上水華山腳下向華人警察求情，放過他們。還有大學生拿麵包、餅乾、蒸餾水給他解渴充饑。有些新界村民讓他們入屋匿藏，避過軍警的抓捕，能夠成為香港的居民，生活下去。

這次的大逃亡潮，陳凡在報紙、電台的新聞報道中知道，但當時他在電器鋪中打工，受制於老板，無法去上水華山幫助那些難民，只好在心中祝福他們可以逃跑入市區，像自己那年領取到身分證，成為香港市民，在這個人道自由的城市生活下去。

報紙圖文茂報道這些因饑餓逃跑到新界的難民，陳凡暗暗慶幸自己早幾年偷渡到香港，領取到身分證，找到工做，生活有着落了。

他在電器鋪中辛勤學習修理電器用具和安裝電力工程，如今滿師了，成為電器技術師傅。老板吳先生對他說：「你滿師了，可以留在我這裏繼續做下去，每月的工資和別的技工一樣多。如果你不想繼續做下去，可以另謀高就，任你選擇。」

陳凡想：既然老板當我是師傅了，提高我的工資，若然跳槽去新的老板那裏做，人和事都陌生，新僱主不一定好過舊僱主，做生不如做熟。他想好了，選擇繼續在吳先生店中做下去。

學師期間，吳先生給他飯食，讓他在舖裏度宿，只有一點點象徵式的工資，照老規矩，他要在舖中做一點雜務，例如做清潔工作，晚上關門停止營業了，要執拾好預備明天需要用的電工材料等等。

滿師成為技術工人了，就不必再做這些雜務了，是自由身了，可以在舖中度宿，也可以自己去外面租地方住。

自己去外面租地方住，要付租金，是一項生活上的支出，好不好這樣做？照往時一樣留在舖裏度宿，可以省下一筆租金。但晚上收工後，大家食飽飯了，有伙計開音響聽歌曲，有人大聲談話，有人開枱打麻雀牌，嘈雜之聲令他不得安寧。

陳凡被這些嘈雜之聲搞到心煩氣躁，無法靜下心來看報刊讀書籍。白天他要去外面工作，沒有時間看書，只想利用晚上這段工作餘暇看書自學知識，求取一點學問，充實自己的人生。因為在舖中度宿無法靜心看書，他只好去外面租地方居住。

但又有問題，我們這個城市地狹人多，房屋昂貴，租金也貴，一個普通房子，也需要他工資的一半，生活負擔實在太沉重了。沒有更好的辦法，只好去尋找最小的房子，減輕生活上的負擔。

晚上放工了，他去街上看出租房子的街招。這些出租房子的街招，紅紙黑字，貼在牆邊、電燈柱上，引人注目。街招上有的寫着這樣的字：光猛大梗房出租，月租若干。

陳凡看到這類光猛大梗房的租金都十分昂貴，一個月的租金，幾乎相等於他一個月工資，如果他租住，付了房租就沒有多少餘錢了，沒有錢怎樣生活？所以他一看到街招上寫着「有光猛大梗房出租」幾個字，馬上離開，去看別的街招，看看有沒有廉租一點的房子出租。

牆頭上、電燈柱上都有紅紙街招，有的是尋找遺失愛犬的，注明狗的樣貌特徵，能夠提供消息者，酬勞若干；送回給狗主的重酬等等。

陳凡想：人家丟失一隻狗，也願意出重金懸賞，希望自己的愛犬失而復得，他（她）是多麼看重他們的狗啊。做他們家中的狗不是比做窮人更好？富人的狗，有豬肉牛肉讓牠吃，有狗屋讓牠住，還替牠沖涼灑香水，仿如千金寶貝一般呵護牠。而我是人，只想租一個房子住宿都付不起租金。

資本主義自由社會就是這樣貧富懸殊，富人住大屋，養番狗，窮人只想租住一個小房子也不可得。不過，他那年拚死偷渡來這個英國人管治的城市，不是想成為富人，只是為了生存下去；能夠生存下去生活再貧窮他也願意。

生活貧困當然不好受，但這個城市沒有階級鬥爭，是法治社會，窮人也有尊嚴。這裏一隻小狗，也要讓牠活得有尊嚴，不能虐待牠，若是違反，就是犯了虐畜罪，要受法律制裁。

陳凡繼續在街上轉悠，尋找招租的街招。牆頭上的紅紙，有的只寫着×街×號×層樓「有房出租」，沒有注明「光猛大梗房」或「細房」，如果寫明是「光猛大梗房」，租金大貴，就不必花時間去看；看過了租不起，等如白看。這樣會麻煩自己，也麻煩人家，雙方都不好。

再去尋找一陣子，看見電燈柱上的招租紙上寫着「細房出租」字樣。他想：是細房，租金就會便宜一點，不妨去看看。他記住招租紙上的地址，走到隔鄰街，找到門牌號碼了，就爬上樓梯，按三樓B座的門鈴。

站在門口等待，沒有人來開門。他想：屋裏沒有人還是他（她）們聽不到門鈴聲？再伸手去按門鈴。這回有腳步聲傳出來了，接着木門呀一聲打開，隔着鐵閘的孔口，一張圓大的婦人面孔呈現在他眼前。她說：「找哪個？」陳凡說：「是不是有細房出租？」婦人說：「有是有，已經租出去了。」陳凡說：「招租紙還貼在電燈柱上啊。」婦人說：「那是三個月前貼上去的，你看不出？」陳凡說：「怎會看得出？」婦人說：「招租紙本來是紅色的，日子久了就會變淡，一看就知道是幾月前貼上去的。房子如果幾月都租不出去，沒有租收，我做包租婆，不是要貼錢給業主？」

婦人如此費唇舌對他解釋，仿如給他上了一堂租房子的課。他說：「唔該你，打攪哩，不好意思。」

有了這次的經驗教訓，他看到牆上的招租紅紙變淡了，就不去叩人家的門，以免又碰壁，還麻煩人家。

晚上放工了，他才有時間去找房子。頭一晚看兩間，天黑了，太晚了不好意思再去打擾人家了，又不是沒有地方度宿，先回任職的舖子暫住好了。

翌日傍晚放工了，他連飯都不食，趁早去找房子。在街道上一邊走一邊東張西望，看到招租紙上寫着有細房出租的紅紙，就上前去細看那張紅色招租紙是新的還是舊的。如果是殘舊的，他一看就離開，但新與舊因貼上去的時間相差不太遠，也難以分辨哪張是以前貼上去的，哪張是新貼上去的。遇到這樣的情況，他猶豫了好一陣子才決定按地址叩人家的門。但他又不是去做「白撞」，是去租房子，人家的房子若是租出去了就離開，還沒租出去，就入人家的屋子去看，有甚麼可怕的？

他爬上一幢唐樓的樓梯。這幢樓是一梯兩伙，到了四樓停下，伸手去按A座的門鈴。他站在門外聽到門鈴叮叮響，他的心臟也像門鈴那樣跳動。只一陣子，有人來開門了。木門呀一聲打開，隔着欖角形的鐵閘孔口，一張皺紋縱橫的面孔出現在他眼前。樓梯陰暗，屋中又沒有燈光，他分不清楚眼前這張臉是男人還是女人。屋裏的人不出聲，只是靜靜地看他。

陳凡先開腔：「你這裏是不是有細房出租？」屋子的人無答他有或是無，只問他幾個人住。陳凡說：「我一個人住。」屋中的人說：「你是單身男人，我的房子不租給你，你去別處租哩。」

陳凡想：你的房子是按月收租金，幾個人住或一個人住都是收一樣多的租金，多人住水和電都要多用一些，一個人住反而少用一些；一個人住對包租人有好處而無壞處，為甚麼不租給我一個人住？

那人坦誠對他說明，現今社會的治安不好，一個單身男人在她屋裏居住，她沒有信心，不得安樂。

陳凡不以為然，說：「如果是一個單身女人租住你的房子，你對她就有信心？」她說：「女人比男人可靠。」陳凡說：「照你咁講，女人都是好人，男人都是壞人？」她說：「我不想同你討論這個問題，我的房子不會租給你。」

房子是人家的，人家要怎樣做人家話事，你不能勉強她。沒有辦法，陳凡離開她的家門落樓。

時間還早，他在街上轉悠尋找新的招租紅紙。晚霞斜照，人們這時都放學放工回家，街道上的人往往來來行走，車輛呼呼行駛，人車爭路。

陳凡在路邊慢慢走，這裏望望，那邊看看，牆邊的紅色招租紙上，有的寫着「光猛大梗房」，有的寫着「騎樓房」——這兩種房子當然都是面積大租金貴的，他租不起，不必去看。只有細房租金便宜的，他才考慮去看。

走着走着，那邊馬路的電燈柱上貼着紅紅的招租紙吸引他的注目。看看馬路中沒有車輛行駛，安全了才走過去。電燈柱上紅色招租紙是新的，明顯是新近才貼上去的，還寫明是細房。他按照招租紙上的街名門牌去尋找。

這是一條橫街，路段並不長，走了十幾步就找到那個門牌號碼了。他爬上樓梯，到了五樓D座門前，伸手去按門鈴，按了幾次，又聽到屋裏面的門鈴叮叮響，就是沒有人來開門。沒有辦法，轉身落樓。

沒有人應門，自然無人在屋中。他們去了哪裏？未收工還是去行街看戲了？幾時回來？既然不知道人家的行蹤，不能再等待了。

又去別的街道尋找招租紙。有的招租紙上寫着單邊大房出租，有的寫着牀位出租。單邊大房的租金自然貴，他租不起。牀位都是在廳子中，沒有牆壁遮掩，做甚麼事情同屋住的人都看得到，全無私隱可言，最不好的是，牀位無遮無掩，同屋住的人走動說話都會阻礙他讀書。出來租房子居住，為的是有個房子關上門靜心讀書。

租地方住最理想是細房：細房租金較大房便宜，他交得起租金，又有牆壁和別的房子隔開，關上房門就可以大大地減低嘈音，得以安靜。目標定了，招租紙上不是寫明細房就不去看，免得浪費時間。

這時街燈亮了，牆邊的招租紅紙看得清楚。看到街頭牆上貼着有細房出租的招租紅紙，他就按照街名的門牌號碼，爬上樓一個單位門前按門鈴。

門鈴一響，就有一個清亮的女人聲音隔門問：「那一位？」陳凡在門外答：「我是來租房子的。」屋中的女子說：「要租房子就日間來，現時天黑了，不讓你入來看房子。」陳凡說：「我不是想晚上來租房子，只是日間我要開工，唔得閒，才晚上來打擾你。」屋裏的女子說：「你是男人，我家只有我一個女人，我不便開門讓你入屋看房子，要租房子明日再來。」

報紙、電台的新聞報道，經常有歹徒藉詞租房子，入到人家屋中就綑綁起屋主搶掠財物，甚至乘機非禮強暴女事主。

現時是晚上，人家屋中又只有她一個女子，她不開門給他入屋看房子，是理所當然的事。人同此心，不能怨她。陳凡說：「明天早上我再來看房子可以吧？」屋子的女子說：「明日一早我要搭船去澳門，無人在家哩。」陳凡問：「你幾時回來？」女子在屋內答：「幾日後才可能回來。」

又是徒勞無功。這天晚上，天黑了，不好再叩人家的門租房子了。

回到老板的電器舖度宿，翌日早上，照往日一樣去新的廠房安裝電器，做電力工程。只有晚上放工了才能去租房子。

新的廠房是製衣廠，要在牆壁、天花板上釘鋼碼仔，碼電線，牆腳、地板要安裝插蘇，天花板上要安裝光管，這種種工作不止需要技能，還要在牆壁、地板上鑿石屎坑放喉管藏電線，安裝衣車摩打。工作時十分辛苦，從早上做到傍晚，收工時已經十分疲勞了。好在陳凡還年青，從小就做慣體力勞動，搭車時在車廂中歇息一陣子就恢復體力，精力十足了。

新開辦的製衣廠，限定時日完成電力工程，要加緊工作，陳凡不好意思向老板告假去租房子。等到新廠房的電器工程完成了，才可告假一天，日間去找房子。

老板吳先生預計新廠房的電力工程需要個半月才可峻工。他的估計準確，沒有超過期限。因為幾個人連續開工幾十天，沒有時間休息，更加沒有時間去找房子。

陳凡曾經有過教訓，他晚上去找房子時，人家恐怕他是壞人，不肯開門給他入屋看，吃了閉門羹。他想想也是，各種事情都是日間去做。法庭審判犯人是日間審；銀行、商業、政府機構是日間辦事；店鋪是日間開門營業；工廠是日間開工；各種買賣都在日間交易。買樓租房也應該在日間進行。

新製衣廠的電器工程一完成交貨，他向老板請假一天，獲得許可。翌日早上他就去那天晚上吃閉門羹的唐樓按門鈴。開門的是女人，她在鐵閘的孔口問陳凡是甚麼人。陳凡說：「我是上月來租房子的，但你不讓我入屋看房子，叫我日間來……」

婦人不等他說完，就說她屋裏房的房子已經租出去了，房客一家幾人早幾日搬入來居住了。

人家的房子已經租給別人了，沒有甚麼話可說了。他的工作很忙，日日都要開工，既然向老板請了一天假了，就要抓緊這一天的時間去找房子，希望租得到。

落樓，又去街上轉悠看招租紙。看到牆邊、電燈柱上的招租紅紙都變淡變殘舊了，不消說，這些招租紅紙貼上去已經太久了，風吹雨打日曬雨淋才會變淡變殘舊的。貼上去的時間久了，這些房子必然租出去了，還用得着去叩人家的門嗎？

旺角區的街道都找遍了，租不到房子。他只好轉移陣地，去土瓜灣區碰運氣。

土瓜灣地區的唐樓多，住客多是窮人，租金比旺角區便宜，去土瓜灣租房子是不錯的做法。而且他早已滿師了，老板吳先生不再包他食飯住宿了，他必須自己找地方居住，食飯自理。所以離開旺角上海街老板的舖子去土瓜灣居住沒有甚麼問題。

想好了，他就去土瓜灣地區找房子。這個地區的街道，往日他時常來這裏為人家安裝電燈，行走慣了，熟悉區內的情況。在馬頭涌道的電燈柱上，貼着有細房出租的招租紙，紅紙上的毛筆字招租紙嶄新，是剛剛貼上去的，對他來說，是好事。

陳凡默記着招租紙上的街名、門牌號碼，爬上那幢唐樓的樓梯，在六樓停下，按C座的門鈴。木門打開了，鐵閘孔口露出婦人的圓臉，她說：「你找誰？」陳凡說：「我在電燈柱上看到招租紙，知道你這裏有細房出租，來看房子。」婦人見他是男子，說：「你一個人住？」

陳凡答是。婦人說：「我的房子不租給單身男人。」陳凡說：「你出租房子是收租的，單身男人有房租交給你，為何不租？」婦人說：「租我的房子當然要交租金，但我的房子不租給單身男人。」陳凡說：「既然你的房子不租給單身男人，為乜不在招租紙上寫明？」婦人說：「已經寫得清清楚楚哩。」陳凡說：「沒有啊。」婦人說：「招租紙上明明寫着『非眷莫問』四個字，怎麼你說沒有？」

陳凡在心中細細琢磨「非眷莫問」的意思，這個詞文雅又含蓄，若是粗心大意，不加思索，就不明白它的意思。而婦人如此一說，他才恍然大悟，「非眷」的意思，是沒有家眷的男人，「莫問」，沒有老婆家庭的男人就不可來租她的房子。他對婦人說：「我一時大意，無看清楚，打攪你哩。」

陳凡甚感羞愧，他都二十多歲了，不止沒有眷屬，連女朋友都沒有。至今他才體會到，原來單身男人會讓人如此不信任，想租個房子居住人家都不願意租給他。他不是不想有個女朋友，不是不想有妻室，但他是打工仔，工資微薄，只可養活自己，無能力成家立室養妻活兒。而且自己的樣貌又不是靚仔，沒有女子看得上他。要成家立室，首先要有女子中意自己，跟他「拍拖」談情說愛，才有希望和她結婚。第一步都不可得，邁不開去，哪有第二步？

他知道，人生如走路，要一步一步來，有人走得快，有人走得慢。他是走得緩慢的人。他看書看報逐字逐句慢慢看，一本幾百頁的書也要看好多個晚上。一些艱深難懂的書不說，連小說都要慢慢看，不像別人那樣能一口氣讀完。

原先他打算租一個小房居住，晚上收工了，回到住處關上房門靜心讀書，但尋覓了這麼多時日都租不到，原來租房子都要妻室。租房子要有老婆人家才肯租，租牀位不必吧？一個小小的牀位怎容納得下一對夫妻和兒女？只有一個單身男子才住得下啊。

牀位的租金當然比細房便宜；住牀位可以減輕經濟上的負擔，對他來說也是好的。他吃了幾次閉門羹碰了壁，改變主意去租牀位，反正他沒有家具，只有幾件衣服，幾本書，而且他的書都是從圖書館借來，看完了就拿去還，不必留下書籍阻礙有限的空間。

街邊的牆頭、電燈柱上都貼着招租的紅紙，他按照招租紙上的街名、門牌號碼去看牀位。包租婆看看他，沒有查問他甚麼，收了他的上期租金，寫了租單就定下來了，他隨時都可搬入來住了。

牀位租到了，他回上海街老板的舖子取自己的被鋪衣服包好，跟老板說，他租到牀位了，現時就搬走。老板吳先生說：「你早就滿師了，可以自由選擇工作和住所了。我舖子地方淺窄，你的師弟需要地方睡，你有本事搬出去住最好。」

陳凡沒有親人在這個城市，他在吳先生的電器舖學師三年，滿師了吳先生還讓他在舖中居住。前後好幾年，大家早晚相見，師徒也有感情，一旦搬走，心中不免也有一點依戀。但他要追尋自己的理想，只好按照自己的設想去做，希望有朝一日可以達到目標。

他花了幾年時間，刻苦學習修理電器、安裝電力工程，只想學到一技之長，今後憑自己的技能做工掙錢生活，但這不是他的人生目標。他不希望發財致富，不想學營商。因為商人要交際應酬別人，追求金錢的人，不能不耍手段，說些違心話去取悅對方。他是誠實的人，有話直說，喜怒都呈現在面上，作不得假。

辭別老板夫婦，拿着簡單的行李，走到街邊，搭的士去土瓜灣。到達目的地落車，就拿着行李爬樓梯上他租到的牀位唐樓按門鈴。

包租婆開門給他，他把被鋪衣物放在那個牀位上，才向包租婆要大門鎖匙。包租婆說：「我不會將大門鎖匙交給租客。」陳凡說：「有時候我有事夜歸，沒有大門鎖匙，要你起牀開門給我不好。」包租婆說：「我寧願起牀開門給你，也不會給你大門鎖匙。如果我只給你鎖匙，對別的住客不公平。」

這間唐樓，面積不過六百呎，包租婆一家幾人住騎樓房，中間房、尾房分別租給兩家人居住。廳子長方型，兩張碌架牀連接在一起，上下格四個牀位，近大門口的下格牀位是一對老夫婦住，其他三個牀位分別是三個男人住。

陳凡租的是老夫婦上格牀位，要爬兩級鐵梯上落。他從外面回來的時候，除下鞋子襪子就要放在老夫婦的牀位前面。老夫婦嫌他的鞋襪有臭味，不讓他放在他們的牀位前面。陳凡說：「你們住下格牀位，我除下的鞋襪不放在地下放在哪裏？」老夫婦齊聲說：「你搵地方放。」

陳凡自然知道把自己除下的鞋子放在人家的牀位面前不好，但這個小小的廳子放着兩張碌架牀，五個人分別住在四個牀位上，牀位前面一條通道通往後面的廚房、廁所，地上一點空餘的地方都沒有，叫他把除下的鞋子放在哪裏？難道要他把鞋襪拿上自己的上格牀位？

他好聲好氣說：「婆婆，我的鞋子不放在你們的牀位面前，沒有地方放啊。隔鄰牀位住上格的也是把他的鞋子放在下格牀位面前哩。」婆婆說：「這個我知道，但你的鞋襪太臭，我好難忍受。」陳凡說：「如果你無法忍受，我就和你們調換牀位，你們住上格，我住下格，那時我要聞你們的臭鞋哩。」

婆婆和丈夫都年紀大，骨頭硬了，不能爬上上格牀，才租住下格牀位。他們是兩個人，有棉被，有衣服雜物，又在這間屋煮飯食，他們有米缸、飯煲、碗箸等等，可以放在下格的牀底下。要他們住上格牀位怎麼行？沒有更好的辦法，他們只好接受陳凡的臭鞋味道了。

隔鄰的碌架牀，下格牀位是一個叫張卓的男人住，他在塑膠廠做夜班，晚上出去返工，早上回來歇息，對陳凡來說，沒有甚麼壞的影響，還說得上對他有好處，晚上他放工回來，少一個人的嘈雜聲。但鄰牀的上格牀位是個姓牛的男人住，他是建築地盤工人，早上和陳凡差不多時間出門返工，晚上放工了，他在街邊的大排檔食飯時，點小菜飲酒，飲到面紅耳赤，滿身酒氣回來，而他是建築地盤工人，滿身灰塵污泥，汗水沾衣，入廁所沖涼出來了，就坐在他的牀位一支接一支不停地吸菸，還時時咳嗽，煙霧酒氣加上咳嗽聲，令人厭煩。

包租婆一家人住騎樓房，他們食了晚飯，就有麻雀朋友從別處來她的房間開枱打牌，麻雀牌辟辟啪啪的聲音猶如一陣陣機關槍子彈從她的房門口掃射出來。尾房的中年夫婦，他們的幾個孩子，走出走入，嘰嘰呱呱地你追我逐。中年夫婦斥責自己的孩子，喝令他們不要追逐嘈吵，但幾個孩子當他們媽媽的話是耳邊風，絲毫不在意，照樣你追我逐嘈吵。中年婦人忍無可忍了，就拿雞毛掃追打她的孩子。孩子挨打了，皮肉疼痛，放聲大哭，屋裏猶如發生一場鬼哭神號的大混戰。

中間房是兩個中年男人居住，他們似乎是小販，又像是江湖撈家，他們的謀生工具是一個藤篋，一個四方型紙皮盒。裏面裝着的是甚麼東西，別人不知道。有一次，陳凡在街頭看見他們開檔，四方型的紙皮盒放在地上，一個在紙皮盒上面派啤牌，另一個在下注佯裝和他賭「十三張」。那個下注的鋪鋪都贏錢，做莊的鋪鋪都賠錢。途人見到這種情況，如此能贏錢，就有人埋來參與聚賭。埋堆聚賭的人愈來愈多了，有人贏錢，有人輸錢。紙皮盒上面下注的鈔票堆得滿滿的，十分吸引人。

賭徒正在賭得興高采烈的時候，其中一人大呼「走鬼」，另一人就以飛快的手法把紙皮盒上面的鈔票和啤牌放入藤簍中，挽着逃跑。下注的途人還弄不清楚是怎麼一回事，做莊開賭的兩個人就如箭一般隱沒在人群中，失去蹤影了。

陳凡看到這一幕，眼花繚亂，這時他才知道那兩個同屋住在中間房的房客是做甚麼事營生的了。

12

花了這麼多時間和精神去找房子，卻找到如今這樣的住所。晚上騎樓房傳出辟辟啪啪的麻雀牌聲；尾房幾個小孩的追逐嘈吵聲；中間房傳出唱片的搖滾音樂聲；下格牀位老婦埋怨丈夫的說話聲；隔鄰牀位建築工人的咳嗽聲——各種嘈雜之聲，聲聲入耳，嘈到他心煩意亂，坐在自己的牀位上對着書本看不入腦。廳子的天花板上只有一盞燈，燈泡發出微弱的黃光，書本上的文字僅僅看得清楚。

陳凡住的是廳子其中一個牀位，沒有牆壁間隔，亮着天花板上的燈光他可以看書，但那三個住牀位的人，要關燈睡覺，他沒有理由阻止人家，一關了燈，廳子就變成黑暗世界，就是他還有精神，都看不到書了，逼着要躺下睡覺。

他租了這個牀位居住，既是為了有個住處，又是為了放工回來有個地讀書。而今人家要他關燈睡覺，他沒有燈光看書，租了這個牀位也沒有意思了。起初他想租一個小房子，但找了很久都租不到，不得已才租了這個牀位，難道剛剛入住又要搬遷？又搬去哪裏居住？

思量了一番，既然住處不能開燈，看不到書，街道上有街燈，街燈的光線雖然微弱，有一點點光亮也可以看書。晚上放工回到住處，在甬道排隊入廁所（浴室兼廁所）沖了涼，就拿着書去街上看。但街道上有車輛行駛，店鋪食肆還在營業，行人來來往往，他坐在燈柱下的水泥地上看書，行人經過他的身邊時，都停步看看他，車輛發出的呼呼聲，行人的腳步聲、談話聲，分了他的心神，無法集中精神看書。

第二天晚上，他轉移地方，來到農圃道。這條街位處山坡上，街的兩邊，是小學、中學，近天光道那頭，右邊是協恩女子中學，左邊是新亞書院，下午放了學，學生都回家了，校園中就靜悄悄，沒有學生的讀書聲，沒有學生的活動聲。最好的是，這條僻靜的小街道，沒有店舖，晚上好少車輛行駛，十分寂靜。電燈柱旁邊，有長靠背椅，大都空着，想坐那張就坐那張，沒有人理會你、打擾你。他選擇靠近電燈柱旁邊那張，藉着從電燈柱頂投射下來的燈光看書。

有了這樣好的地方讀書，實在太好啊。古代的窮家小子，家中沒有油燈，沒有松脂照明，就把十幾隻螢火蟲放入透明的小囊中，利用螢火蟲的閃光讀書，還有窮家小子在牆壁上鑿開一個小洞，利用別人家中的燈光透射過來讀書。現今他可以在街燈下讀書，不是勝過古代窮家人的處境多多嗎？

這條街，是小學、中學、書院的所在地，充滿文化氣息，溢出書香。而且有街燈，有靠背長椅，坐在椅上，沒有車聲，無人打擾，能夠靜心看書，還求甚麼呢？若是下雨，還可以走去新亞書院門前藉着門燈的幽光，站在那裏讀書。站着讀書雖然沒坐在靠背椅上舒服，下雨時也有個地方看書，不必浪費光陰。

某日晚上，陳凡捧着書看得入神，有人在他身邊坐下。他轉過頭去看，那人是個中年男子，短髮方臉，鼻樑上架着眼鏡，他看見陳凡奉讀的是《紅樓夢》，他就說：「《紅樓夢》是好書啊。」

陳凡喜歡讀書，追求知識，甚麼書都看，書到了他的手上，一有空閒時間就捧讀，只是不曉得甚麼是不好的書，甚麼書是好書。他頭一次讀《紅樓夢》，厚厚的名著只讀了開頭幾十頁，還不知道這部書說的是甚麼。他想：身邊這位陌生男人既然讚嘆《紅樓夢》是部好書，他必然讀過讀通這部書了。如今我和他不期而遇，太好了，就應該把握住這個難得的機會向他請教啊。

他說：「先生，我沒有機會入學讀書，沒有甚麼知識，自己學習，讀書不求甚解，有書到手就讀，分不出甚麼書是壞的，甚麼書是好的，請先生指教我。」

陌生男人說：「《紅樓夢》是一部小說；是一部中國歷來最好的小說，如果要討論它，不是三言兩語說得清楚的，也不是一般人能夠理解的，必須有知識有文學修養的人才讀得懂它。」

陳凡說：「我沒有知識，更加沒有文學修養，連甚麼是文學都搞不清楚，我花時間讀這部書不是白讀？」陌生男人說：「不可以這樣講，你慢慢讀，當它是故事書讀，讀了一次，略略知道書的內容了，有時間再讀，又看別人評論這部書的文章，讀得多了，多少也能讀懂一些，明白其中一點道理，不會白讀。」

陳凡在心中感謝他的指教。他說：「你讀了幾次？」陌生男人說：「初中時開始讀，到了大學又讀，至今已經讀了四次了。」陳凡說：「一部書前後讀了幾次不厭嗎？」陌生男人說：「好歌不厭百回聽，好書也一樣，愈讀愈感覺有意思，每讀一次都有新的領悟，增加不少知識。文學小說、詩詞讀得多了，懂得欣賞了，就是文學修養。」

陳凡想了想，說：「如果不是好書，你會看嗎？」陌生男人說：「一本書未讀之前，不知道它是好書還是壞書，如果是不好的書，讀了頭幾頁就不想讀了。」陳凡說：「我分不出哪本書是好的，哪本書是不好的，書到了手，就耐心讀完它。」陌生男人說：「你說，你沒有機會入學讀書，沒有老師指教，要靠自己學習摸索。但不要緊，書讀得多了，有了比較，慢慢就曉得了。」

陳凡感覺這位陌生人很有學問，想和他做朋友，就問他的姓名，以後若有機會見到他，就請他教導。

陌生男人說：「我姓司徒，名華。」陳凡說：「司徒先生，好高興在這裏認識您，但我讀得書少，沒有知識，您肯同我做朋友嗎？」

司徒先生不置可否，只是笑笑。陳凡見他不作正面回答，不好再追問他了。他改變話題：「司徒先生，聽您的口音，您不是廣東人？」司徒先生說：「我是浙江杭州人，在杭州高中畢業，去北京讀大學，不久共產黨解放到來了，就來香港，所以我的廣東話說得不好。」

陳凡說：「您是大學生，有大學問，現時是不是在香港教書？」

司徒先生說不是。陳凡問他現時做甚麼工作。

司徒先生回答得很爽快，說他喜歡自由自在的生活，不想當教師，不想和別人一起做事，工作完了，就讀書寫點文章。但他的文章沒有人刊登，只是喜歡寫，自己看。陳凡說：「人家為甚麼不刊登你的文章？」司徒先生說：「我的文章是講軍事哲學的，沒有人看，他們才不刊登。」

陳凡不懂甚麼叫哲學，既然哲學是高深的學問，他就不好說這方面的事情了。他關心的是司徒先生做甚麼工作生活。

司徒先生說，他為人家磨剪刀掙錢養活自己。

陳凡想：他是大學生，有學問，為人家磨剪刀不是大才小用、浪費他的才華？但他不便說出口，只問他：「人家哪有這麼多剪刀讓你磨？」司徒先生說：「製衣廠的工人時刻都使用剪刀，我包了好幾家廠房的剪刀磨，今日磨這家的，明日磨那家的，輪流去磨，掙到的工錢夠生活。」

陳凡說：「你是大學生，滿肚子學問，為人家磨剪刀生活是大才小用，浪費你的才華，我替你不值。」

司徒先生不以為然，他說：「社會上甚麼事情都需要人去做，沒有甚麼值不值的。磨剪刀也是一種工作，一種正當行業，沒有甚麼不好。」

兩人初次見面，談了這麼久，司徒先生站起來，說要回家了。陳凡對他十分敬愛，說要送他一程。司徒先生說：「不必囉。」陳凡說：「時間不早了，我也要回去歇息了，大家一齊走啊。」

他們走到新亞書院門前，司徒先生說：「這家書院是大專院校，是錢穆先生創辦的，如今唐君毅、牟宗三、徐復觀幾位先生都在裏面任教，學術氣氛濃厚。以前我也聽過他們的課，得益不少。」

在香港，陳凡連小學都沒讀過，不曉得大學是怎樣的，他不好和司徒先生談這個問題。他們默默沿着天光道向南走，在交通燈位橫過馬頭圍道，穿過一條小街，轉了彎，就是炮仗街。司徒先生在一幢唐樓的樓梯口停下來，說他到了，他住在三樓一個房間。

陳凡好想去他的住所看看，就問司徒先生，可不可以上去參觀一下他的居所。司徒先生說：「既然你送我到門口了，就隨我上來啊。」

石級樓梯幽暗，爬上二樓，轉彎再爬十多級才到三樓。司徒先生停下來，按右邊門口的門鈴。門鈴吟吟響過了，就有人打開大門讓他們入屋。

開門的是個中年婦人，圓臉大眼，皮膚白淨，樣貌說得上漂亮。她穿着薄薄的睡衣，睡衣下面的胸脯高高，因為沒著胸罩，乳房若隱若現，有一種誘惑力。關上大門後，她就回她的騎樓房間了。

司徒先生向屋後走了幾步，推開尾房的木門入去，按開關亮燈。房間四四方方，有窗戶向後巷，空氣流通。靠牆的牀上牀單潔淨，被鋪整齊。窗戶前面一張長方型的桌子，兩把可摺疊的椅子，木牀對面牆邊立着一個頂到天花板的大書櫃，書櫃中層層疊疊擺滿了書。

司徒先生讓陳凡坐，又拿水壺倒兩杯水，一杯遞給陳凡，另一杯自己喝。陳凡十分羨慕司徒先生有一個如此清靜的房子居住，工作餘暇可以靜心看書寫文章。如果自己有能力租一個這樣的房間住就好哩。司徒先生是替人家磨剪刀掙錢生活，若是他掙錢不多，哪可以租得起這樣好的房子？我是電器技工，如果租這樣寬闊的房子，一個月的工資起碼要拿出大半才行。可見他替人家的廠房磨剪刀掙到的錢比我做電工還要多。

司徒先生說：「你隨便坐，我去沖涼。」他拿了毛巾和內衣入後面的廁所（廁所兼浴室）去了。

陳凡獨自在司徒先生房中，他上前去大書櫃跟前瀏覽書架上的書。書架上大都是中文書，也有外文書。陳凡不懂外文，沒去看它，只看中文書。中文書種類多，有「四書」，有莊子、老子、史記、資治通鑑、唐詩、宋詞、《三國演義》、《紅樓夢》等四大中國文學名著。

這麼多種多樣的書，別的書他都沒有看過，不知道它們的內容講的是甚麼，他只看過《三國演義》、《水滸傳》，看過《紅樓夢》開頭的幾十頁，都是一知半解，不明畫中的意思。

彎腰看書架下格的書，這些書都是現代的，白話文淺白，容易讀，魯迅的小說集《吶喊》、《徬徨》、巴金的《家》、《寒夜》，他都看過了，也能領會這些白小說的一點點意思。他看完每篇每部小說，都想知道小說中的思想主題，在小說中作家要表達的是甚麼？

司徒先生沖完涼回到房中，他就向他請教這個問題。司徒先生說：「看小說首先要注意它的人物性格塑造得好不好，敘事技巧高不高，作家的感情是不是真誠。至於小說的思想主題，打個比喻，小說本身是一碟菜，看得到它的外形，而主題只是鹽，鹽溶在菜中看不到了，要食菜才感覺得到菜中的味道，要慢慢咀嚼才能品賞出它的主題。其實主題並不重要，主題先行的小說不是好的小說。」

陳凡說：「我看《水滸傳》，看到武松在景陽崗上打死老虎、林沖夜奔等等情節，驚心動魄，好過癮，但不知道《水滸傳》的主題是甚麼。」

司徒先生說：「《水滸傳》的主題容易看得出，簡單說，是官逼民反。當然也有人持不同說法，說是農民造反起義。」陳凡說：「哪種說法對？」司徒先生沒有回答他哪一種說法對，他只說明《水滸傳》的故事讓陳凡去思考。他說：「你說你讀過《水滸傳》，當然知道這部書的故事情節。如果你同意這部小說的主題是農民造反起義。你想想，梁山山寨一百零八名頭領，及時雨宋江是寨主，統領梁山人馬，他原本是朝廷一個小小的刀筆吏；智多星吳用任軍師，他是師生；豹子頭林沖原本是朝庭的八十萬禁軍教頭，被高衾陷害到走投無路才上梁山；行者武松原來是江湖中人，因殺了人不得已投靠梁山；小李廣花榮也是朝廷命官，又是被逼害上梁山的；梁山上最小的頭領鼓上蚤時遷是個本領很大的小偷，他是被吳用設圈套引誘上梁山。你看，梁山一百零八員大小頭領，哪一個是農民？」

陳凡靜靜聽着，司徒先生一停口，他就說：「聽你這樣講，我同意你說《水滸傳》的主題是官逼民反。但我看別的小說，還是不明瞭它的主題。」

司徒先生說：「探討這個問題不容易，簡單說，有的小說主題明顯，容易看得出，有的隱晦。短篇小說因為篇幅短，故事簡單，主題就單一。長篇小說的主題通常比較複雜，不止一個，大主題中有多個小主題。不過，也不是部部長篇小說都是這樣，比如《三國演義》的主題明顯，《紅樓夢》的主題就隱晦，讀者的觀點不同就有不同的講法。紅樓夢有人說它是政治小說，有人說它是愛情小說。」

陳凡說：「《三國演義》不是白話文，我也看得明。這部小說的主題怎樣？」司徒先生說：「這部小說的時代背景是魏、蜀、吳三方面外交和打仗的故事，他們的目的是攻城掠地，爭天下。戰爭就要看哪一方領導人的計謀好，遣將調兵做得好，才可以打勝仗，從這個角度看，不難看出這部小說的主題主要是謀略。」

陳凡又問，巴金的《家》的主題。司徒先生說：「《家》的時代背景是五四運動不久。五四運動是新思想，要打到傳統的儒家文化，反封建反禮教。《家》的故事講一個舊式大家庭，這個大家庭是由一位老太爺做主，他是封建思想的代言人。他的孫子高覺慧受五四運動新文化的影響，反封建禮教，要解放，要婚姻自主，就帶着他的表妹琴離家出走去上海創造理想的新天地。巴金從法國留學回國，就加入新文化運動的隊伍，寫作《家》。照我看，高覺慧的思想就是巴金的思想。從這角度去看，你就可以思索出《家》的主題哩……」

這時將近午夜了，明天早上大家都要返工，陳凡打擾了司徒先生這麼久，心有歉意，只好告辭。從房間走到廳子時，先前給司徒先生開門的婦人也從她的房間走出來。她看了陳凡一眼，她的眼神並不友善。但人家不認識他，他來她的家屋，要她為他開門關門，麻煩她，自己也不好意思，向她致謝才離去。

夜已深沉，街燈吐着幽幽的黃光，街道上的行人稀少，偶爾才有一輛車子駛過，轉眼又消失在夜空下。他一邊走一邊想：屋中的婦人是屋主還是包租婆？她是獨身還是有丈夫兒女？她對司徒先生好不好？

*　　*　　*

這個婦人當然對司徒先生好。她是這間屋的業主，她有丈夫和一個幾歲大的兒子。她的丈夫是遠航輪船的大副，一開始啟航最快也要一年多才回來一次。她雖然有兒子，兒子上學了，就只有她一個人在家，沒有甚麼家務做，去行街購物也去不了這麼多，長長的日子難遣，甚感無聊寂寞。司徒先生住的尾房，原先是租給一個有妻子兒女的小家庭，因為他們申請到政府的廉租公屋，搬走了，房子空了，才再租給司徒先生。

司徒先生單身一人居住。他的身材高大，相貌堂堂，有男子氣慨，又有學問，與她的丈夫相比，差得太遠了。司徒先生早上起牀，她一見到他，就對他點頭微笑，讓他先入廁所（廁所、浴室同一室）洗漱，他出門的時候，又去替他開門，送他出去，望着他寬闊的背影落樓梯了才關上大門。

司徒先生出去工作了，她的兒子上學了，只有她一個人在家裏時，她沒有事做，得閒無聊，就進入司徒先生的房子，替他倒掉字紙籃中的紙屑，打掃地板，摺疊被鋪，整理牀單，仿如做自己的事一般盡責投入。她喜歡聞司徒先生的體味，就躺在他的牀上，頭枕着他的布枕頭，閉目想心事。

她的丈夫屠先生年已半百，身子瘦小，其貌不揚，他在遠航輪船任大副，長年累月在海洋中漂流，每到一處城市停泊碼頭，就和他的同事上岸飲酒，去風月場所尋歡作樂，泡洋妞上牀。

他回航香港，回家作短暫的停留，跟她行房時，把身上的性病傳染給她，令她的下體痕癢難當，甚為苦惱，去求醫服藥才解決身上的疾病。

不過，她的丈夫也有個好處，就是不賭錢，很顧家，他任職的輪船公司總部在香港，她每月都可以去他的輪船公司領取他的三份之二工資。這些錢她的丈夫不管，任她支配使用。

屠太和她的兒子住在自己的屋中，還有房子收租，衣食無憂，生活舒適悠閒。但她的丈夫長年累月不在家，她獨守空房，心靈寂寞，並不好受。晚上兒子放學回來，做好家課，食飯沖涼，早早就上牀就寢。孩子貪睡，在牀上一陣子就呼呼酣睡，直到第二日早上才醒來。

晚上司徒先生回來了，她不便在兒子面前對他太好，等小孩呼呼酣睡了，她才舀雞湯送入他的房間讓他飲。起初司徒先生不好意思飲她的雞湯，微笑婉謝。

她在心中時刻都想他，晚上他從外面回來了，她才有機會親近他。但司徒先生是正人君子，不想若事。她就藉着請他飲雞湯討好他，表示對他有情。她說：「嫌我煲的雞湯不好飲？」

司徒先生說：「不是，不是。」她說：「既然不是，你不飲我的雞湯是不給我面子，要我下不了台？」

司徒先生不好再推辭，接過她碗子飲湯。她說：「雞湯淡不淡？」他說不淡。她說：「鹹不鹹？」他說不鹹。她說：「合你口味？」他說合。她說：「合你口味就好，以後我都請你飲，不要讓我失望。」

司徒先生是聰明人，聽得出她的話別有意思，不出聲了。他飲完湯，放下碗子，她仍然不離開。他當然不會叫她走，兩人默默地坐着，等待對方——下一步作出反應。

司徒先生飲了她的杞子雞湯，因為湯熱氣騰騰，飲下肚子，就渾身發熱，額頭冒出晶瑩的汗珠。她站起來，從衣襟拿出手帕，替他拭汗。抹汗珠的時候，她的胸脯挨着他的手肘，隔着她身上薄薄的睡袍，他感覺到她豐滿的乳房在微微顫動。她的乳房仿如磁石，吸引着他的鐵手，她的乳房牢牢吸着他的手掌了。

她嬌聲嬌氣地說：「你壞。」他一怔，鬆開自己的手。她一轉身，快速除下身上的睡袍，她赤裸的胴體呈現在他眼前。他體內的血液沸騰了，頭腦發熱，失去理智，忘渾世間的一切，把她推倒牀上……

有了第一次，就有第二次，以後兩人就心照不宣地親熱。

13

陳凡的老板（師父）接不到電力工程，幾個伙計沒有工作派給他們做，要減除人手，陳凡也被辭退了。他是打工仔，又沒有多少錢儲蓄，失業了，只有支出，沒有工資收入，他頓時徬徨起來，不知道何時才可以找到工做。如果長時期找不到工做，沒有工資收入，那就不好了。

失業期間，他託朋友為他搵工做，又看報紙的招聘廣告，試圖經招聘廣告找到工作。失業雖然令他煩惱不安，但失業對他也有一點點好處。他十分珍惜時間，勤奮好學，沒有工做，他就去圖書館讀書。

那時港島中環的大會堂中有圖書館，九龍城界限街有中山圖書館。兩間圖書館的藏書都很豐富。陳凡居住土瓜灣馬頭角道，由住所去界限街中山圖書館不遠，步行二十多分鐘就到達。

圖書館中一排排大書架，書架上的書籍分門別類，甚麼書都有，喜歡哪本就取哪本下來看，最好的是，館中沒有嘈雜聲，清靜的環境，是理想的閱讀場所。他從早上讀到中午，肚餓了，就去九龍城的大排檔食飯，在街上走走，又回圖書館讀書，一直讀到圖書館清場關門才離開。

圖書館是他閱讀汲取知識的地方，也是他失業時期的避難所。他想：如果不必做工都有錢生活，終日躲在圖書館中閱讀就好了。

圖書館中的管理員是中年人，他見陳凡天天都是一開門就入來，一坐下來就閱讀到關門。他說：「你看書看了這麼久，不疲倦、不肚餓嗎？」陳凡說：「又累又餓，看到你關門才去食飯。」管理員說：「你又不是返工，你出來這麼久，你媽不理你嚒？」陳凡說：「我沒親人在香港，無人理我。」管理員說：「你不用工作嚒？」陳凡說：「本來要做工，現時失業了，才得閒來圖書館看書。」管理員說：「你為何咁喜歡看書？」陳凡說：「我窮，沒有機會入學讀書，又不想做個無知無識的愚蠢人，沒有辦法，只好爭取時間看書，自學知識。」

管理員嘆息說：「有些青年人，父母供他入學讀書，他都無心機讀，走去街上玩——這些人真是生在福中不知福，枉費他的父母希望他成才。」陳凡說：「他們的父母有錢，讀不讀書都無所謂。」管理員說：「如果他們父母家財百萬千萬，錢使不完，讓他們做二世祖倒好。最弊是他的父母窮，辛辛苦苦供他讀書，他不知道父母的苦心，無心向學。」

陳凡也感嘆說：「有人無書讀，有人有書不去讀，世事就是這樣。」

某日傍晚，圖書館清場關門，陳凡又累又餓，饑腸轆轆。他離開圖書館，走去九龍城的街邊大排檔看看，那裏幾個大排檔，有的賣粥粉麵，有的是潮州「打冷」食品，有的賣油雞燒鵝飯。他坐上那檔賣油雞燒鵝飯的長凳上，看到一隻隻油光可鑑的燒鵝掛在檔口上面，就垂涎欲滴。他點了一碗燒鵝飯。檔主說聲好，就從飯缸中舀飯入碗，除下掛在上面的燒鵝，放在砧板上斬件。檔主是肥佬，赤着上身，豬八戒一般的肚腩上掛着圍裙。他手起刀落，刀法純熟，好快就斬好燒鵝肉，放入飯碗中，再淋上一勺子燒鵝汁，遞到陳凡面前。

白飯熱氣騰騰，燒鵝香味撲鼻，如此美好的飯菜，對一個饑腸轆轆的人來說，世上再沒有甚麼東西比這碗燒鵝飯好食了。他仿如餓獸噬肉一般食着燒鵝，大口扒飯。很快就食光一碗燒鵝飯。

食飽飯，他渾身發熱，就去街上蹓躂。那年他從大陸偷渡來這個城市，此地無親無故，沒有地方落腳，沒有飯食，在這裏的街頭流浪，餓了撿餐廳棄置的麵包皮、人家食剩的殘湯冷飯裹腹、瞓了就在人家騎樓底下睡。後來在街頭遇到一位洋神父……

想着這些往事時，有一人迎面來，叫他的名字。他一看，認得是那年帶他去領取身分證的天主堂職員莫先生，他十分高興見到故人，上前跟他握手。莫先生說：「幾年沒見，如今好嗎？」陳凡說：「好就說不上，只是領到身分證後，學了幾年師，學到一門電器技能，可以為人家安裝電器搵錢生活了。」莫先生說：「這樣就好。為何不去教堂聽道理做彌撒？」陳凡說：「禮拜日我都返工，無得閒去。」莫先生說：「為何無去教堂探望甘若望神父？」

甘若望神父幫助過他，他離開天主堂就沒有回去探望過他。他感覺內疚，歉然道：「沒有時間去，對不起你們。」莫先生說：「晚上都沒時間？」陳凡說：「日間做了一日工，很疲勞，晚上趁還有一點時間，就看書自學知識。」莫先生說：「既然是這樣，我們都不會怪你。」陳凡說：「近來失業，無工做，下個禮拜日我去教堂聽道理、探望甘若神父。」

*　　*　　*

告別天主堂的莫先生，回到土瓜灣馬頭角道的住處，大門洞開，屋中鬧鬧騰騰，兩個警察在屋裏辦案。陳凡不知道發生了甚麼事，向同屋住的人打聽，才知道屋裏有人失竊報警。失竊的是中間房的房客。

中間房的住客，兩個都是三十歲上下的男人，一個姓江，一個姓胡，同屋住的人在背後沒說他是江先生，胡先生，說他們是「江湖孖寶」。他們是做甚麼工作謀生的，他們不對別人說，別人也不便問。早上只見他們一人挽着一個藤篋，另一人拿着一個紙皮盒，兩樣東西都十分輕便，裏面似乎沒有甚麼貨品。如果他們做擺地攤小販，藤篋和紙皮盒中當然有貨品，怎會如此輕飄飄？而且他們出去回來都無定時，不似有固定工作地點和時間限制。那麼，他們做的是不是自由職業？是貨品推銷員？是新聞記者？看來他們的樣子和行為又不是。

警員來查案的原因，是「江湖孖寶」說他們的藤篋有好多錢，問同屋住的人是誰偷去的，如果是自動交出來就算了，不再追究，要不然，他們就去報案讓警方來查。屋中沒有人承認偷他們的錢，叫他們要報案就去報，大家都是清白的人，不怕他。

警員來了，首先對大家說，江湖兩人在屋中失去錢財，必然是同屋住的人所為，若是自動交出來，罪名就小得多，或者警告一下就了事。若不是，警方追查出來是誰做的，法庭就會判他盜竊罪，要坐監，有案底，不是良民了，不可不知。沒有人承認，也沒有人顯得驚慌，等待警員調查。

這時查案的警察反而更加注意報案失竊者，問他們的錢放在甚麼地方，甚麼時候發覺失去，失去多少錢。姓江的說，他們的錢都是放在藤篋中，他午時回到房間就不見他們的藤篋了。警員問他房門有沒有上鎖。姓江的說，沒有上鎖，但關好房門才出外。

警員說：「你們有咁多錢放在藤篋中，為何沒鎖好房門就出去？」姓胡的說：「我不知道屋裏有賊，才沒鎖房門。」

警員開始掃指紋。他們在房門板上灑上一層白色粉沫，在粉沫上貼上一張透明膠紙，用軟掃子在膠紙上來回掃了幾下，才小心翼翼把膠紙拿下來放好。他們掃了房門的指紋，又去掃房中的枱凳和牀上的用具。

同屋住的人剛才都讓警員問過話了。陳凡最後一個回屋，警員就搜查他的牀位，搜來搜去，只搜出他皮篋中的幾件衣服，一本銀行存摺和幾本書。

警員在陳凡的牀位搜不出失竊者的錢，也搜不出甚麼可疑的東西，就問他做甚麼行業工作、在甚麼地方做工。陳凡說：「我是電器師傅，是安裝電燈的，因為老板接不到工程，要減少人手，我也被他炒了魷魚，現時失業。」

這樣一來，他盜竊的嫌疑最大。警員接着問他：「你失業了，無工錢收入，哪有錢交租食飯？」陳凡說：「我在上海街的電器舖做了幾年工，出糧的錢唔捨得使，都存在銀行中，如今失業了，也有錢生活。」警員說：「現時你無工做，日間得閒去哪裏？」陳凡說：「日日都去圖書館看書。」警員說：「一日咁長，哪有人咁有耐性從早到晚都在看書？你要作古仔也要作得好些！」陳凡說：「我講的都是真話，不是作古仔。」

警員半信半疑，說：「你去哪間圖書館看書？」陳凡說：「界限街的中山圖書館。」警員說：「那是你講的，誰知道！」陳凡說：「我日日都去，那裏的管理員認得我，你不信，可以去問他，他會為我作證。」

這時夜已深，圖書館早已關門了，警員無法帶他去查證。警員就押他和同屋住的人回九龍城警署印指模查案。

陳凡是年青人，現時失業沒有工做，他的嫌疑最大。警員押他入「雜差房」，單獨審問他。審問他的警員高頭大馬，手肘粗壯，滿臉橫肉，瞪着眼對他說，江、胡兩人的錢財是他偷去的，要他承認。

陳凡說自己是良好市民，不會做偷竊的事，極力否認。警員說：「如果你承認，交出來，我保證就這樣了結這件事，不再起訴你。若不是，等警方找到證據了，就告你上法庭，法官就會判你盜竊罪，捉你去坐監，留案底，你的前途就盡毀，以後就難做人了。」陳凡說：「我無做這種事，我是清白的，叫我怎樣認？」

警員發火了，大聲說：「畀機會你，你不飲敬酒飲罰酒，你想打，好，我就砌你！」他舉起瓦煲一般大的拳頭，手勢像要向陳凡的頭打下去。

陳凡聽別人說過，警員想破案立功，很多時候都會在「雜差房」中對有嫌疑的人拳打腳踢，你不承認，就打到你認。你受不了這種私刑了，承認了，就逼你在供詞紙上打指模、簽名，告上法庭判刑，好好一個人成了罪犯，白擔罪名。

陳凡雖然害怕眼前這個警員對他屈打成招，但他沒有偷人家的錢財，怎麼可以揹這個黑鑊？他顫聲說：「我無做過壞事，無偷人家的錢，你打死我都不會承認。你們做警察的，只會懷疑我們這些好人偷錢，怎麼就不懷疑失竊的人報假案要陷害我們？」

警員見他理直氣壯地說，放下高舉的拳頭，說：「你說他們報假案陷害你，你能提出證據嚒？」陳凡說：「我提不出他們失錢的證據，但我知道他們是壞人。」警員說：「他做了甚麼壞事，你講出來。」

陳凡早就知道「江湖孖寶」的秘密，但他從沒有對同屋住的人說，如今眼前這個警員要用非法手段對他逼供，為求自保，才把江、胡兩人的惡行說出來。他說：「起初我也不知道姓江的和姓胡的做甚麼工作，也不知道他們的人品怎樣。有一次我在街頭經過，見他們把一個紙皮盒放在地上，姓江的拿一副啤牌在紙皮盒上做莊開賭。初時沒有路人埋來下注，姓胡的假扮路人走到他的同黨面前下注賭錢。他們當然早就合謀好，姓胡的鋪鋪贏錢，做莊的江先生鋪鋪賠錢。那些路人見到這種情形，就有人埋來下注賭錢。到了紙皮盒上面下注的錢多了，姓胡的就大聲叫『走鬼』，姓江的就快手快腳把那些下注的錢放入他早已預備好的藤篋中，急急逃跑入人群中失去蹤影。那些下注的路人聽到姓胡的大叫『走鬼』，恐怕被警察拉，不敢去追，都散去了。」

審問他的警員說：「我現時放過你，你可以回去了。」

陳凡說出真實的情況，以為警員會轉移目標去審查「江湖孖寶」，自己沒事了。但他剛剛回到土瓜灣馬頭角道的住處，又有兩個警員上門要他落樓，上警車押他回九龍城警署。他一入到警署的房間，就見到「江湖孖寶」在那裏了。

警員讓他坐下，問他眼前這兩人是不是在街頭設騙局做莊開賭的人。

陳凡猶豫了，心想：好不好當面頂證「江湖孖寶」的確是騙子？若是頂證他們的罪行，他們就會記他的仇，等待機會找他算帳。反之自己就是講大話，作假證供，犯了罪。衡量利害得失，他挺身出來頂證「江湖孖寶」的確是做莊開賭的騙子。

警員叫他在供詞紙上簽了名，放他走。他離開房間的時候，江、胡兩人都向他狠狠地瞪了一眼，仇恨的目光令他心驚膽跳！

翌日午時，包租婆入廁所解溲，發現抽水馬桶上放着一個藤篋，她看看，認得藤篋是「江湖孖寶」的。她心生疑惑，他們報案時，說他們的錢都放在藤篋中，錢財和藤篋都一起被人偷去了，怎麼這個藤篋而今又在廁所中？若是有人偷去他們的錢財和藤篋了，怎麼又會把藤篋送回來？世上有這樣愚蠢的賊人嗎？

包租婆為了不犯嫌疑，她沒有去觸模抽水馬桶上的藤篋，大聲叫同屋住的房客入廁所看。

在屋中的人聽到包租婆的呼叫聲，都進入廁所。在大家的見證下，包租婆打開藤篋，裏面只有兩件衣服，沒有錢，沒有貴重的物品。

這時「江湖孖寶」不在他們的房間，大家就你一言我一語在談論，究竟是誰把這個藤篋放在廁所中？他們已經報案失去錢財和藤篋了，怎麼他們的藤篋又出現在廁所中？

目前應該怎樣做？後來大家的意見都贊成馬上致電報警。

警員來了，問是誰先發現藤篋在廁所。包租婆說，是她先發現的。警員問：「你看見藤篋了，有沒有打開藤篋看？」包租婆說：「我一個人不敢打開，等大家入廁所了，在大家面前我才打開。」警員問：「打開了有甚麼在裏面？」包租婆說：「別的東西都沒有，只有兩件衣服在裏面。」

兩個警員不再查問別的房客，拿着藤篋離去了。

傍晚陳凡從圖書館回來才知道午時屋中發生這件令人疑惑的事。他想：「江湖孖寶」的藤篋失去又回來，這件事不是他們做的還有誰？警方已經知道他們是壞人了，必然會懷疑這件失竊的事是他們自編自導自演的，如今他們又把他們的藤篋放在廁所中，警方還不加緊審查你們？

第二日清晨，屋中的人還未起牀，就有人在外面拍門。下格牀位的老婦去開門，兩個警員站在門外。她讓警員入屋。警員出示拘捕令，拘捕「江湖孖寶」，扣上手銬，押他們落樓，上警車，回九龍城警署去了。

這時陳凡如釋重負，鬆了一口氣，相信警方不會再找他麻煩了。案發初時，因為他失業，沒有工資收入，警員懷疑他沒有錢生活，去做竊賊，在警署的「雜差房」中幾乎被那個警員屈打成招。好在他說出「江湖孖寶」是開賭檔的騙徒，警方才轉移目標去追查江、胡兩人，放走他。

由這件事他才知道失業沒工資收入的人會犯嫌疑，他必須快些找一份工作做，解決目前的難題。他沒甚麼學識，又不懂英文，文職工作不會做，又沒有更好的技藝，只可以做安裝修理電器的工作。但等待了這麼久，都搵不到這個行業的工做。這樣等待下去，猶如守株待兔，不是辦法。他想當初踏足這個城市，無親無故，人生路不熟，彷徨無計，偶然在街頭撿一張舊報紙，看到招聘版上的招聘電器學徒的廣告，依照地址去應聘，讓他找到一個只供食宿的落腳處，幾年之後學到一門電器技能。

想起這件事，他用一毫錢賣一份報紙，坐在公園樹蔭下的長條椅上，看招聘版，但沒有適合他做的工作。他又破費一毫錢賣另一份報紙看招聘版的廣告，還是令他失望。

某日經過木廠街的東方紗廠，廠門前的牆頭上貼着一張招請工人的招紙，白紙黑字寫着招請雜工，還寫明無須技能，無須學歷，身體健康，無不良嗜好，夜班工作，上班時間由午夜十一時至翌日七時，工作八小時，每班工資若干。

陳凡想：這份工的工資雖然微薄，總好過無工做，當是過度性質，若是找到好的工作，就辭工不做，做回老本行。在紗廠是做夜班，白天睡足了，去圖書館讀書也是好的。

想好了才進入東方紗廠應徵，見人事部主任。主任是女人，她看看陳凡是年青人，身體健康，沒問他甚麼問題，索取他的身分證登記在文件上，對他說，今天晚上就可以上班。還對他說，工資按日計，每晚廠方增貼麵包錢五角，半個月出一次糧。最後她還加上一句：做得好有晉升機會。

陳凡想：我做這份工只是過度性質，做一晚算一晚，隨時都不做，還等你晉升甚麼？而且工資按日計，返工才有工資；沒返工就沒有，我做不做得足十五日都說不定，一有電器工作做就走人。

住處距離東方紗廠只隔幾條街，步行十分鐘就可以到達。他拿着紗廠的員工證，依時上班。工人依班次輪流上班，廠中的機器不停，一天二十四小時都在轉動，隆隆之聲不絕於耳。他去雜工部報到，領班就帶他去工作地點，指點他如何工作。

我們這個城市人多地少，住宅樓房要向天空發展，廠房也要向天空發展。這幢廠房，樓高好幾層，下層大門前面是辦公室，佔地不多，進入一點，隔着一堵牆就是棉花車間。車間十分寬敞，打棉花的機器隆隆滾動，工人穿着背心，短褲頭，把綑紮棉花的黑鐵條剪斷、拆開，投入機器槽中，粗糙的棉花經過機器的大小齒輪撕打，從機器尾部吐出來的就變成又白又綿的棉花卷了。

陳凡的工作很簡單，但也十分忙碌。他站在打棉機器的尾部，用一塊寬闊的透明膠紙包紮好從機器尾部推出來的棉花卷，搬到升降機那邊堆疊起來，回到原來的地點，機器尾部又推出一卷撕打好的棉花卷了，重複做剛才一樣的包紮工作。

工作時，領班不必管他，是機器在管他，他變成機器的奴隸，催促他不能停頓，做到不停手。人的頭腦好聰明，製造各種機器代替人手，但人反而又要受機器控制，受它的驅使。

這個大車間的機器將粗糙的棉花經過大小齒輪的撕打，變成軟綿綿的細白棉花卷，隆隆的機器聲中就揚起猶如雲霧般的棉花塵霧，遮天蔽地，人就像身處迷霧之中。這些棉花塵霧在空氣中飄蕩，呼吸時就一下下吸入腔肺中去，人在車間中工作八小時，難以想像吸入腔肺中的棉花塵霧該有多少。日積月累，損害人的身體健康是必然的了。

夜班沒有女工，都是男工。有一個男工人，他的年紀並不大，因為車間悶熱，他連背心都除掉赤裸上身，工作時躬着腰背，前後的肋骨彷如洗衣板，凹凸分明，皮包骨，面頰凹陷，眼窩深深，面青唇白，時常咳嗽喘氣，身子瘦到讓人不忍看。

看到他骨瘦如柴、時時咳嗽的可憐樣子，陳凡想起自己童年時在大陸鄉村的情境，他們家中沒有米糧，只食一些雜糧野菜，缺乏營養，又患上瘧疾，天天「打把子」，雖然沒有死掉，卻哮喘咳嗽，白天咳得並不頻密，晚上一睡在牀上，就不停地咳到天明。咳嗽的時候，牀板震動，小小的身子也震動起來。

沒有糧食，缺乏營養，加上日夜咳嗽，小小的肺部咳傷了，發育不全，後來長大成人，身子還是很瘦小。不過，因為自小就受苦受難，天天下田勞作，上山砍木挖樹根燃燒焗炭，擔去墟鎮賣給鐵匠，賺一點錢維持生計，日日勞作，練就了勞作的體力，也練就了堅強的意志。

偷渡來香港之後，他還時時咳嗽，就去公立醫院求醫。醫生讓他入X光室照肺，醫生看他的X光照片，說他的肺部沒有問題，也不是哮喘病，認為他的咳嗽是營養不良所致，沒給他開藥，只給他一大瓶鱉魚油回家飲，增加身體的營養病就會好。但這種魚油太腥，飲下肚子，也會嘔吐出來，等如沒有飲。

醫生為他診症，檢查身體，說他不是肺癆，不是哮喘，既然不是致命的疾病，他才放心，不再去求醫。後來他去電器舖學師，天天有飯有魚有肉食，有了營養，身體漸漸強健了，也不再咳嗽了。

如今在棉紡廠做工，又是當夜班，車間的棉塵如煙霧在空氣中飄浮，天天吸入這些棉花塵，吸得多了，對肺部自然會造成傷害。見到那個皮黃肌瘦的男工友時時咳嗽的可憐樣子，他替他擔心。他為了生活，明知環境惡劣也要做下去。

陳凡十分同情他，領班不在時，問他的家庭情況怎樣？他說，他家中有老婆，兒女又小，只會食，不會做，靠他一人養活幾人，生活困難。陳凡說：「這裏是棉紗廠，棉塵滿車間，對你不好，你去找別的工做哩。」他說：「我讀書不多，沒有知識，又沒有甚麼技能，可以做甚麼工作呢？」

陳凡想：我還沒有老婆兒女，又有安裝電器技能，失業了，也要來棉紗廠做雜工維持生計，何況像他這樣無知識無一技之長的人？

大家工作到凌晨兩點三十分，就輪流去飲茶水食麵包。缸裏有茶水，拿自備的杯子去取便可。白麵包廠方每人供給三片，大家坐在車間後面的通道飲食。吃茶點的時候，機器不停，照樣隆隆轉動，輪到吃茶點的人可以歇息一下，而在工作崗位的人就要加緊勞作，一個人做兩個人的份量，生產出來的白棉卷一點也不減少，廠方一點沒有損失，等如沒有工人在中途停手去食茶點。

勞作到翌日早上七點，日班的工人來接班了，陳凡猶如卸下犁耙的牛，拖着疲乏的腳步回住處去。他的作息時間顛倒了，夜裏工作，白天睡覺。但這種情況，並不像他初時想像的睡足了可以去圖書館讀書。白天尾房的幾個小孩在家中追逐嬉戲，包租婆開收音機聽粵曲，下格牀位的老夫婦在談話，樓下的打鐵鋪在叮叮噹噹打鐵——這些嘈雜聲音聲聲入耳，震動着他的心靈，令他煩躁不安，從早睡到晚都無法入眠。

白天睡得不好，晚上去棉紗廠工作就頭痛欲裂，無精打采，呵欠連連，手軟腳軟，做不好份內的工作，一下子不留神，手腳都有被機器輾斷的危險。

到了這時他才知道自己不適宜做夜班工作，如果繼續做下去，不累死也會病倒。而且做雜工的工資這樣少，不做就算了，所以他只做了十多個晚上，拿到第一期工錢，就辭工不做了。

14

又失業了，白天沒事做，他不願浪費時光虛度青春年華，就去圖書館讀書，尋求知識。圖書館是清靜地，坐在書城中，想看哪本就去書架上尋找。書架上的小說，有古典的，有現代的，有外文翻譯成中文的，甚麼樣的小說都任他選擇。沒有人指導他，哪些是好的小，哪些是不好的小，哪本到手就讀哪本，都是從頭到尾讀完了才放下。小說讀得多了，有了對比，自然就有一點感想和心得，漸漸可以分辨小說的好與壞了。有時候看到別人分析某部小的文章，得到啟發，對照自己的感想，也能提高自己的欣賞能力，等如有老師指導他。

讀書求取知識，可以充實自己的人生，對心靈有裨益。但知識不能當飯食，必須做工掙錢才能生活。失業無工做，生活不下去，彷徨不安，讀書也精神恍惚領悟力減少。

隔鄰牀位的曾生是建築工人，天天都去開工。陳凡問他可不可以關照他，介紹他去地盤做工。曾生說：「做建築工作好辛苦，你做得來嚒？」

陳凡想：以前我在大陸鄉村耕田，扶犁鋤地，擔糞下田，擔水澆菜，日灑雨淋，面對黃土背朝天，仿如牛馬般勞動，而且食不飽，餓着肚皮鋤地翻土都做得好，如今去建築工地做勞工有甚麼難？他說：「只要有工做，有工錢拿，我不怕辛苦。」曾生說：「我是打工的，等我明日返工問我老板，看看他肯不肯請你。」

幾天後的一個早上，曾生和他去茶樓飲茶食點心。飲完茶，曾生叫伙計埋單。陳凡說：「你介紹我去做工，我應該請你飲茶，讓我埋單。」曾生說：「你失業無工做，手頭緊，我請你。等你去地盤開工，出糧有錢了，請我飲茶不遲。」

陳凡身上有錢，請曾生飲茶沒有問題。不過，見他這樣說，只好讓他埋單。

埋單落樓，兩人搭巴士去官塘，到了建築地盤時，曾生的老板還未到。他們在那裏等待。大約十多分鐘，一個中年人到來了。曾生向陳凡介紹說：「這位是唐仁先生，是我老板。」

唐仁看看陳凡，見他的身子瘦小，這樣說：「我是釘石屎板的，這種工作並不難，但要有氣力，捱得苦，你做得嚟？」陳凡說：「我相信我做得到。」唐仁說：「你講無用，要做了才知道。」

陳凡想想他的話有道理，這樣說：「你讓我做一日，如果我做不到，你可以不要我。」唐仁說：「好。反正我們做三行的，都是散工，工錢按日計，返工有工錢；無返工沒有。就讓你試試能不能食這行飯。」

建築樓房的工序，首先是建造好樓房的地基，才一層一層起上去。起樓先是釘石屎板，石屎板釘好了；紮鐵工人在石板上紮鋼筋；鋼筋紮好放好位置，才灌注混凝土。

陳凡是新入行，不會釘石屎板，判頭唐仁就讓他從地上搬木板上竹棚架，送到上層的樓面去。木板木方都很重，他做慣勞工，手腳粗，腰板硬直，逐塊去搬可以搬得上去。他知道，技能是練習得來的，氣力也是鍛練得來的，只要不辭勞苦，堅持天天去做，就會熟能生巧，做得好做得快了。

他有信心做好這份工，理由是，此前他去廠房安裝電燈電器，使用鐵錘在牆壁和天花板上釘碼仔，鑿石屎牆壁，藏喉管穿電線，又厚又堅硬的石屎牆壁他都鑿得穿，沒有氣力怎會做得到呢？在樓房中安裝各種電器需要技能，也需要氣力，而搬運木方木板上樓只需要有氣力就行，比做電工簡單得多。

釘石屎板這種工作雖然辛苦，但工資比安裝電器高，也是一種補償了。靠勞力掙錢生活，哪一行不辛苦？只要工錢多就好。

唐仁是判頭，他承接建築公司的釘石屎板工程，公司方面賺他的錢。他判出來的工程請工人做，他也要賺工人的錢。陳凡來地盤開工之前，唐仁和他講好，他是新入行，不會釘石屎板，只當助手，工資沒有老手那樣多，問他願不願意做。

陳凡想：當初他去電器舖做學徒，學師期間老板只供他食飯住宿，沒有工錢。如今他來地盤學習釘石屎板，是新入行，工資比老手少一點合情合理。他接受唐仁的條件，即刻開工。

學習釘石屎板比學習安裝電器容易得多，學習安裝修理電器沒有幾年時間苦練不行。釘石屎板並不難，看情況一年半載就學曉。一年半載的時間容易過，到了那時，他就熟手了，工資就可以和別的老手一樣多了。

唐仁是判頭，他承接了幾個地盤的釘石屎板工程，每個地盤他都要去視察，看看工程的進展如何，吩咐工人如何按工序去做就離開了。他有時候同伙計一齊做。他手下的伙計做得好做得快，工程順利完成，他就多賺一點錢，是伙計為他賺錢。

唐仁要去別處巡視地盤，沒有同他們一起工作，陳凡和幾個工友做，沒有壓力，辛苦一點無所謂。在棉紗廠工作時，領班在場監察，機器不停轉動，它的尾部推出的棉花卷，一卷接着一卷推出來，催促他不停手去包紮，人被機器逼着去做，他變成機器的奴隸，受打棉機的驅使。

在建築地盤勞作，工作時辛苦，也有輕鬆的時候。早上勞作到午時，大家停工洗手腳，去茶樓飲茶食飯。食飯的時候，幾個工友圍着飯枱，飲茶飲啤酒，談天說地，講馬經，講女人，講嫖妓，講到高興時，哈哈大笑，甚麼疲勞煩憂都暫時忘記了。

食飯時間大約一個鐘頭。一個鐘頭容易過，食飽飯回到地盤接着做上午未做完的工作。勞作到下午三點半，又放下工具洗淨手腳去大排檔飲汽水，飲咖啡，食糕餅。飲完下午茶，回地盤做到傍晚，就完成了一日的工作。

建造樓房，是從地基開始一層一層起上去，頭一層釘好石屎板，紮好鋼筋，灌注混凝土了，等待混凝土凝固堅硬需三日，這段時間釘石屎板的工人就要休息，不開工。

做地盤工作的，無論甚麼工種都是散工，開工有工錢，不開工就沒有，收入不穩定，有時多，有時少。雖然如此，因為做地盤勞工比一般工人的工資高，平均每月的入息也會比工廠的工人多。

陳凡不介意有時候沒工開，沒有工錢收入，有工開就去做，沒有工開的時候，就去圖書館看文藝雜誌、讀書，自學知識。每學到一點新的知識，心靈有「進脹」，比掙到工錢還要高興。

在地盤做工的人，一般都沒甚麼知識，他們喜歡飲酒，喜歡賭錢，一有空閒時間就三五人聚集在一起賭十三張，賭骰寶。有些人賭術不高，運氣又不好，身上的錢很快就輸光了，搞到開工時沒有錢食飯，要別的工友替他埋單。

曾生就是這樣的人，他喜歡飲酒，也喜歡賭錢，放工後，他去街邊的「大檔」賭番攤，賭牌九。有時候贏了錢，不滿足，想贏多一點，繼續賭，最終還是輸光了。沒有賭本了，就拿手錶作抵押，再賭幾鋪，手錶也輸掉。身上沒有錢了，他就向朋友借，借去的錢往往有借無還。他不是不想還，而是沒有錢還。這就失信於朋友了，上過他當的人，知道他的行為，就不再借錢給他了。

陳凡是他介紹去建築地盤工作的，還教他釘石屎板，學到這方面的技能，對他有恩。有時候曾生的運氣好，手風順，贏到錢，要請陳凡去酒樓食飯。陳凡不想拒絕他的好意，也順着他，同他一起去酒樓食飯。食飯的時候，他必然飲酒，也要陳凡陪他一齊飲。陳凡不吸煙，不飲酒，婉拒了他。

他說：「不賭錢不飲酒不算男人，窮人不賭錢不會發達。」要陳凡和他賭錢。

陳凡想推辭他，這樣說：「我無大志，不想發達，不飲酒不賭錢。」

他的人生態度和曾生的完全不同，心想：如此看來，我無法和他維持友誼了。

曾生贏錢只是偶然的運氣，輸得多，贏得少。他身上沒有錢了，就向陳凡借。起初陳凡不好意思拒絕他，借錢給他。但他不是因為生活過不去向別人借錢，而是借錢去做賭本。有句老話說：十賭九輸。他借去的錢往往有借無還。

陳凡是窮人，靠做勞工掙錢生活，而且有時有工開，有時無工開，他必須未雨綢繆，積蓄一點錢，失業時也有錢生活。曾生借他的錢都是有借無還，所以他鐵了心，不借錢給他了。

曾生自然不高興，人前人後說陳凡忘恩負義，無義氣，早知如此，就不介紹他去地盤做工，不教他釘石屎板了。如今他學到這門技能了，會掙錢了，就過橋抽板，不理他這個師父了，真的是「教曉徒弟無師父」啊！

陳凡聽了這些話，心中不好受，不想和他一起工作，也不想和他住在同一間屋的牀位了。心想：不和他住在同一間屋的牀位，可以去別處租地方住，但要去尋找另一份工做，就不是一件容易的事。

他想好了，能夠做得到的事先去做。沒有工開的時候，有空閒去租房子。租房子的事，他有過碰壁的經歷，光猛大梗房的租金貴，他租不起；牀位的租金便宜，但無牆壁遮擋，太嘈雜。細房的租金不平不貴，有些包租婆不租給單身男子。如今他應該去租哪樣的地方？

要租房子，除了去街道上看張貼在牆邊、電燈柱上的招租紙，沒有別的門路可尋了。他想起司徒先生，他如今住的房子，是有人介紹的還是看到街邊的招租紙租到的？如果他是看招租紙租到的，他是單身男人都有人租給他，自己為何不去碰運氣？人家願意租給他，算他好運；不租給他也沒甚麼大不了。

想通了，他就放心去找房子。光猛大梗房的租金貴，負擔重，他不想租，他只想租細房。有了確定目標，招租紙上寫明細房出租的，他才按地址去看房子。這天他看了幾個地點，有的無人應門，有的說她的房子已經租出去了，有的說他是單身男子，不租他。但他的運氣也不算太壞，到下午，終於讓他租到了。

這間六百多呎的舊唐樓，包租婆一家幾人住騎樓房，中間一條通道，由大門口通往後面的廚房、廁所，通道兩邊用木板間格成六個小房間。小房子長方型，裏面只能放一張小小的木板牀，一張小桌子，猶如一個度身訂造的棺材，再無多餘的空間了。

屋中六個這樣的板間小房，五個都有人租住了，餘下中間的一間，包租婆才在街邊牆頭張貼招租紙招租。陳凡上樓看了，租金便宜，好過住牀位，隨即交了上期租金，拿了包租婆寫的租單，租下來了。

這個房子雖然狹小，卻有板牆與別的房子相隔，還有房門，勝過無遮無擋的牀位，還有甚麼苛求？

租到小房子了，打鐵趁熱，隨即回到原來的那幢唐樓，向包租婆退掉居住的牀位，執捨好自己的被鋪衣物，搬去新租下的房子，成為這間舊唐樓的新房客。

住下了，他才知道這間屋間格成六個「棺材房」的，有一間不是一個人住，而是兩個年青男女居住。他不知道他們是夫婦還是別的關係，只見他們出雙入對，親密到仿如糖黐豆，只有羨慕人家好艷福。而自己沒有女孩子中意，形單隻影過日子，心靈不免孤單寂寞。但交不到女朋友，有甚麼辦法？

一間六百多呎的舊唐樓，一間騎樓房，六個板間小房，住着大小十幾個人，他們有男有女，早上大家差不多時間起牀，大人返工，小孩上學，屋中只有一個廚房，一個浴室（廁所在浴室裏面），大家都要去浴室洗漱、便溺，就爭先恐後，你說你要趕着返工，我說我要趕着上學，引起紛爭。為了公平，有人提出排隊，輪到誰誰入去。但這樣也得不到安寧，先入去的逗留久了，在外面排隊的人就大聲催促，說自己屎急尿急了，要裏面的人快些出來，再等待一下，他就要瀨尿了！

晚上，大家前前後後從外面回來，仿如百鳥歸巢，屋裏就擠滿了人。因為屋中只有兩個小窗戶，小小的窗子又被板間房遮擋了光線，空氣不流通，屋中又熱又悶。一間唐樓，七個房間，住着男女十幾個人，人的身體發出的汗臭氣味，腳臭氣味，令人難以忍受。大家都想入浴室洗面沖涼，而屋裏只有一個浴室，沒有辦法，只好在通道中排隊輪候，輪到誰誰入去。

晚上大家放工回來了，有的女人在廚房洗菜煮飯，食完飯才入浴室沖涼，這樣廚房和浴室起了分流作用，可以減輕浴室的負荷，好了一點。

最麻煩的是早上，大家都趕着上學上班，有人酣睡了遲起牀，又屎急，就大聲催促裏面的人，要他（她）快些出來。有一個紋身的青年人，別人在背後叫他做九紋龍，他一起牀就走到通道，說自己屎急，要別人讓他先入去。

有人不讓他，說自己要趕着返工。九紋龍威脅說：「你不讓我先入去屙，要我在裏瀨屎？」那人說：「你屎急為乜不早些起牀屙？」九紋龍說：「我起牀了才肚絞痛要屙屎。」

起初頭一次別人聽他這樣說，以為他說的是真話，恐怕他在通道上瀨屎，先讓他使用廁所。而今他又這樣說，別人就知道他在說謊了。有一個老伯是硬漢子，他最不滿別人耍流氓，他挺身出來抱打不平，他說：「你日日早上都是這樣說，我知道你詐肚痛騙人。」九紋龍說：「你怎知道我不是肚痛？」老伯說：「我就是知道。」九紋龍說：「你是我肚裏的屎蟲？」

老伯受了這樣的侮辱，發火了，大聲說：「我不是屎蟲，是你老子！」

九紋龍見他年紀大，不肯示弱，回敬他：「你個死老鬼，你有資格做我老子？我是你阿爺！」

老伯無法忍受了，一拳就向九紋龍的頭顱打去。九紋龍想不到老伯出手時又快又狠，閃避不及，面頰上吃了重拳，滿天星斗，彷如瘟雞般旋轉，站不穩，只是死撐着不倒地而已。

眾目睽睽下受了重拳，又無還手之力，大失面子，他定了定神才說：「你敢打我？」老伯說：「你這個無賴，不教訓你不行！」九紋龍說：「等我𠺢馬來你就死！」老伯說：「你有種就隻揪，打死無怨。𠺢你的豬朋狗友來打一個老人，就是你們打贏我，也是狗熊！」

九紋龍見老伯的功架好，懂得功夫，會拳腳，害怕了，這樣說：「隻揪我可能砌不過你。但你等着，你會變成燒豬！」老伯說：「你敢放火？老子是嚇大的，不怕你！」九紋龍說：「不怕？我要你們一鑊熟！」

大家都曉得「一鑊熟」的意思，很害怕，勸老伯忍讓一下，不好同九紋龍硬碰，免得大家都要被他害死。

老伯看穿九紋龍只是靠嚇，不敢來真的，這樣說：「你們莫怕他，像他這樣的無膽匪類，不敢亂來。」

有人想化解這場紛爭，說大家同屋共住，以和為貴，不可和九紋龍鬥。但老伯就是不想再忍讓他，這樣說：「像他這種人，我見得多，你讓他一尺，他就進一丈。鬼怕惡人，蛇怕棒，不惡對他不行！」停了一下又說：「大家都聽到了，他說要我們一鑊熟，我去報警備案，讓警方知道他說過要放火的事，看他怎死？」

九紋龍像凋謝了的殘花，耷拉着頭，這樣說：「我只是一時火起，才說要你們一鑊熟，我不會做這樣的事。」老伯說：「你個無賴，反口覆舌，誰信你講？」

九紋龍為了脫嫌疑，豎起三隻手指發誓不會做壞事。老伯說：「你這種人，誓願當食生菜，信不過。」九紋龍說：「大佬，你要我怎樣才相信？」老伯說：「我要你向大家叩頭認錯，保證以後不再在這間屋裏惹是生非。若不是，老子見你一次打你一鑊！」

九紋龍猶如惡狗被趕到盡頭沒有去路了，但他死都不向大家叩頭謝罪，倖倖然地走出門去了。

陳凡敬重老伯是一位好漢，見義勇為，收服了九紋龍，為大家爭一口氣。但他一直在站着觀看，不說甚麼。

這間唐樓的房子多，房客也多，有好人，也有壞人。人多就紛爭多，很麻煩。但能夠租到這樣的「棺材房」居住也算不錯了。房子雖小，有木板牆壁，有木門，晚上放工了，在外面的大排檔食了晚飯，回來關上房門讀書歇息，外面發生的事情都可以暫時不理。明天的事明天做；明天的煩惱明天才去承擔。

15

湛市的姨母寄來一封信，裏面兩張信紙，一張只是簡短的十多個字，是姨母寫的，另一張寫滿字的是弟弟陳清寫的。陳清在信中說，他和家中的親人捱過了三年大饑荒，都沒有餓死，比那些餓死的人幸運得多了。最好的是，哥哥（陳凡）早幾年逃跑到了香港，能夠有一條生路，媽媽才有希望，而且把一切希望都寄託在他身上。陳清又說，自己的家庭成份是地主，如今的地主仔沒有女子願意嫁給他了，注定要做寡佬過一生了。媽媽說，他在香港沒有階級鬥爭，沒有家庭成份之分，叫他快些找個好的女子結婚，為她生幾個孫子，她死了才能瞑目。

陳清在大陸鄉村沒有甚麼書讀，文化水平低，他的信寫得零零碎碎，沒有文采，但他這些樸實平淡的文字充滿感情，言詞懇切，真情流露於筆端。陳凡一邊讀着信一邊流淚，讀完信還大哭一場，幾乎暈倒。

這天晚上，他躺在板牀上，往事如波浪般在他的腦海中翻滾，衝擊着他的神經，無法入眠。七八歲的時候，那年他的爸爸大學畢業，在省城大學病重，家中的親人接他回家看中醫（家鄉沒有西醫），服中藥，治不好病，在家中臥牀一個多月就死了。他的媽媽成了年青寡婦，他和弟弟成了孤兒……

陳凡偷渡到香港，避過三年大饑荒，也擺脫了村幹部的控制，能夠在這個自由城市工作生活，他的媽媽自然把一切希望都寄託在他身上了。他知道媽媽最希望是他快些找個好的女子結婚，成家立室，為她生幾個孫子，後繼有人。

陳凡十分為難，如今他在香港的工作並不穩定，生活得不好，養活自己可以，要娶妻養家活兒就難。但他不想將自己的生活如實告訴媽媽，這樣會令她失望，傷她的心。所以他每次寫信給姨母都說自己在香港工作順利，生活得好。為了安慰媽媽，他在信中說，他已經認識一位女子，和她談情說愛了，他還在信封中附上他「戀人」的相片。

寄出這封附上「戀人」相片的信，他痛心又後悔，其實他哪裏有女子和他談情說愛？只是他一時衝動，去店舖買一張女明星的照片，充當他的「戀人」放入信中寄回去讓他的媽媽高興而已。

信寄出去了，他才領悟到不應該這樣做，媽媽熱切期望他成家立室，出於好意，他怎可以弄虛作假做這種事欺騙她啊！但不錯都做錯了，怎樣好呢？寫信回去向母親解釋、道歉賠罪？不能這樣做。若然這樣做，她會更加失望傷心。

他不是不想認識一位女子談情說愛，撫慰一下自己孤寂的心靈，只是沒有機會遇到。不過，他也不是完全沒有遇到過，但那位女子並不是真心對他，只是抱着玩玩的心態，要他請飲茶食飯，請看戲，給她買衣服，買首飾，掏他的錢，欺騙玩弄他的感情而已。過了一段時間，他發現她有幾個像他這樣的男朋友，假情假意和他們輪流「拍拖」，才知道自己上了她的當，被她騙情騙錢！

陳凡是做電器、建築勞工，辛苦掙到的工錢讓她花掉，實在不值得，還一次又一次被她當傻子般玩弄！如果再和她來往，就像失足跌入泥沼，會愈陷愈深。他必須快些抽身，離開她，不要再見到她。

他需要的是一位對他有真感情的女子。虛情假意、騙情騙錢的女子風月場所多得很，但他從不上舞廳找舞女掏腰包買她們虛假的愛情。

社會上有好多勤勞善良純潔的好女子，為何他結交不到？他貧窮？他的樣貌不好？還是他一有時間就躲起來讀書、不想浪費光陰去活動交朋友所致？

目前他在建築地盤做釘石屎板工作，地盤的勞工都是男人，沒有女人，身處男性的生活圈子中，哪有機會去認識女子？如此看來，他必須轉換工作環境，去有女子的地方做事了。工廠有好多女工人，就去工廠覓一份工做吧。但他不認識在工廠工作的人，用甚麼方法入工廠做事呢？他曾經有過看報紙招聘版的經驗，就用報紙的招聘廣告作媒介去找工作啊。

街邊的報紙檔，中文報刊琳瑯滿目，其中×報的招聘小廣告最多，招聘甚麼員工都有，他拿兩毫錢買一份×報回來，翻閱小廣告版，逐欄瀏覽。版面的右上角有一欄字體大一點，好醒目，白紙黑字寫明××大塑膠花廠，招請一名電器維修技工，具安裝修理電器經驗，應徵者請寄信件××郵政局××號信箱。

陳凡看了這欄廣告，感覺這份工適合他，隨即將自己的資歷、年齡、住址等事項寫好，放進信封中，去附近的郵政局投寄，希望得到那家工廠的回信。

幾天後的一個晚上，他從外面回到住處，包租婆將一封信交給他。他把信封拆開看信，是那家塑膠花廠寄來的，通知他去面試。他想：廠方既然回信了，就有機會獲得這份工作。他懷着希望，依照信中指定的時間、地址去應徵。

廠址在新蒲崗大有街××號。他去到那幢工廠大廈門前，好熟悉，原來是他早兩年在上海街電器舖任電工時，老板吳先生派他們來這裏安裝廠房中的電力工程，幾個同事做了幾個月才完工。

這家塑膠花廠，樓高八層，大門向大有街與五芳街的角位，廠房又高又大，雄視新蒲崗工業區。大門前有保安員看守，陳凡拿出信件給保安員看，才讓他入去。

進入大門，右邊一道玻璃門往寫字樓，裏面分門別類：總經理室、廠長室、人事部室、會計室等等。陳凡道明是來應徵維修電工的，那人才讓他入廠長室。

廠長室的男子坐在辦公桌前，他旁邊的小辦公桌前坐着的是一位女職員，大概她是廠長的女秘書。廠長拿着電話筒在談話，女職員叫陳凡等一下。陳凡垂手而立等待。

廠長的衣着整潔，結着領呔，紅光滿面，神彩飛揚。雖然事隔幾年了，他一看就認得是那年和他一起偷渡的冷向東。當年他在湛市的煉鋼場煉鋼時認識張錯、冷向東，煉鋼場停頓了，他們三人就想辦法去到深圳郊外的打石場做工，伺機偷渡。那天晚上三人潛逃到深圳河邊，天落大雨，他們就從蘆葦叢中跑向深圳河邊，爬鐵絲網。當時有邊防軍和狼狗追捕，各自逃命，他成功踏足英界，不知道張錯、冷向東怎樣了。

大家失去聯絡好幾年，而今在這裏見到他，感到意外又驚喜！只是自己至今還是生活不安定，東奔西跑去找工做，而冷向東已經坐上大工廠的廠長高位了。他是怎樣奮鬥才有如今的成就？

冷向東見到他，神情也驚愕。他講完電話，放下電話筒，示意陳凡坐。陳凡在他面前有點自卑，不好先開口說話。冷向東說：「陳凡，想不到在這裏相見。」陳凡說：「我也想不到。」

冷向東是廠長，為廠方做事，目前是辦公時間，不便談個人的事情，只可講公事。他說：「你是來我們廠應徵做維修電器工作的，有資歷證明嚒？」陳凡說：「我是在電器工程舖學師出身的，沒有甚麼證書。」冷向東說：「沒有資歷證明，怎知道你有沒有這方面的技能？」陳凡說：「我做安裝修理電器都好幾年了，會修理各種電燈電機。」

冷向東說：「你只是口講，我怎樣相信你？」

陳凡有點為難了，想了想才說：「我一到香港領到身分證，就去電器工程舖學師，滿師了老板又不給我寫滿師紙。如果要證明我有這方面的技能，我只能告訴你，你們這間廠的電燈、電機當初都是我和我的同行安裝的，可以證明我有這方面的技能吧？」

冷向東還有顧慮，他說：「你說我們廠裏的電器裝置你有份安裝，可以說說我們廠中某層樓是某個部門嚒？」

陳凡想：如果說得出，他會相信我，就會僱用我。他說：「當初我們安裝這間廠的電器，我們做了幾個月才完工，對這間廠的各個部門都記得好清楚。地下這一層，除了寫字樓，後面有車牀、鑽牀、刨牀，是做膠花公模的。二樓是塑膠機注塑部門。三、四樓是塑膠花裝嵌部門……」

冷向東見他說的都對，相信他，聘用他。接着叫女秘書給他一張表格，叫他填寫，作為廠方存檔案之用。陳凡逐項填寫好，交給冷向東，問他還要不要辦其他手續。

冷向東說：「按照我們工廠的規矩，主要職員入職時，需要店舖作擔保人。我同你相識，這層就免了。現時你有沒有工作在身？如果沒有，明日早上八點之前來上工。」

陳凡說：他現時是在建築地盤做散工，沒有工開，說他明天早上可以返工。辭別的時候，他問：「冷先生，你有沒有張錯的消息？」冷向東搖頭作答。

那年他到達香港，沒有張錯、冷向東的消息，陳凡一直在懷念他們，不知道他們怎樣了。如今見到冷向東，他不但成功來了香港，還坐上了廠長的高位，陳凡為他感到高興。而張錯如今怎樣了，他和冷向東都不知道。當初他們三人的志向相同，目標一致，大家躲藏在梧桐山的時候，大家講好，如果大家都能到達這個自由城市，就在九龍城冷向東的舅父的舖子聚會。他到達九龍城時，就去他舅父的舖子打探他的下落。那店主說，他沒有一個叫冷向東的外甥。他不知道冷向東說錯了他舅父的居住地址還是甚麼原因，大家彼此都沒有對方的消息了。

如今陳凡遇到故人，還獲得一份工作，也算是幸運了。他十分高興，他必須好好地做好這份有穩定收入的工作，安頓生活，希望從此結束多年以來顛沛流離的厄困。

這天晚上，陳凡早早就去曾生喜歡光顧的大排檔，等待他來臨。這個街邊大排檔，是三名兄弟經營的，他們兄弟同心，老大當爐掌勺，炒小菜，老二煮飯燒烤，老三開枱送菜做下手。因為老大炒菜時下的調味好，鑊氣夠，炒出的菜色香味俱全，食過他炒的菜沒有不讚好的。不止街坊鄰里的人來幫襯，別的地方的人也聞風而至，因為口碑好，生意做得火紅。

陳凡在地盤釘石屎板時，晚上也來過這個大排檔食晚飯，食了老大炒的小菜的確好食，確實是名不虛傳。老大炒菜的時候，爐火猛烈，炒菜時逐樣加上各種調味和配菜，聚精會神，一點也不馬虎，不管有多少的顧客在等待，他也不會偷工減料，你有耐性等待就等，沒有就走人，不會敷衍你，反正他們有的是顧客，幾兄弟做到不停手，不希罕少你一兩人，免得影響他做采的質素。

大排檔在街邊，沒有固定的座位，顧客來了，老三就打開摺枱摺凳讓你坐，晚上顧客前後到來，摺枱摺凳一張張打開，向街道那邊排開去，仿如這半條街是他們的產業。（街道當然是公眾的，是市政局管轄，街邊的大排檔自然有規定的範圍。但這個地區有這個地區的警察去「收規」，警察得到人家的好處，就隻眼開隻眼閉，任他們擺枱凳，半條街邊都被他們暫時佔據了。）

陳凡今晚早早到來，坐在一張小摺枱前面，擺上碗箸，等待曾生。不多久曾生來了，他就站起來招呼他，讓他在對面坐下。曾生說：「你怎麼會來這裏食飯？」陳凡說：「來請你飲酒食飯。」曾生說：「咁好來請我飲酒，中了馬標，發了達？」陳凡說：「發達無我份，只是我搵到一份電器維修工作，做回我本行。」曾生說：「不做釘屎板啦？」陳凡說：「暫時不做了，親自來同你講一聲。講起來我好多謝你，如果不是得你帶我入行，又教曉我釘石屎板，我幾乎無錢開飯。」

陳凡轉換話題：「我知道你喜歡食這裏的紅燒豆腐鯇魚，掛爐大鴨，鼓椒排骨，先來這幾樣，好嚒？」曾生說：「你大佬請我，當然好。」陳凡說：「你是我師父，關照過我，應該請你。」曾生說：「我以為你忘記我哩。」陳凡說：「對我有恩的人，我永遠都不忘記。」

陳凡點的菜上枱了。他說：「你喜歡飲九江雙蒸，要大樽的，飲了一樽，如果唔夠喉，再來一樽，今晚多飲幾杯！」曾生說：「有你大佬肯同我一齊飲，奉陪！」

陳凡本來不會喝酒，為解開曾生對他的誤解，自己斟了半杯，斟大杯的給曾生。曾生是醉貓，見到酒就像貓兒見到魚，兩眼發光。他連掛爐香鴨都不夾來食，就喝酒。陳凡說：「菜你不食，就空肚飲酒，不怕醉？」曾生說：「飲一兩杯就醉，哪是飲酒佬？今晚太高興，要飲多幾杯。」陳凡說：「咁高興，贏了錢？」曾生說：「就是！今晚一收工，幾條友就在地盤賭骰寶，我手氣好，大殺三方，一直到他們輸到無賭本才收檔。你說值不值得高興？」

曾生太高興了，最喜歡食的紅燒豆腐鯇魚都不多食，只是大口喝酒。陳凡恐怕他當堂醉倒，就夾菜入他的碗中，叫他多食一點菜。他說：「有酒飲，我不食飯，菜也不想食。」陳凡說：「我是飯桶，不食飯不行。」

他食了兩碗飯，一點菜，已經飽了，不想再食。他想埋單，但曾生還在一杯又一杯飲酒，沒有意思要走。他說：「急甚麼？等我飲夠喉了，帶你去廟街叫雞，打她一炮，提提神，解解酒。」

陳凡不會做這種事，他說：「酒我有錢請你飲，叫雞就無本事。」曾生說：「今晚我手風順，一個贏他們三個，大把錢，我請你。」陳凡說：「我搵到一份好工，好高興，特地來請你飲酒，順便同你講一聲，我失業無工做的時候，多謝你帶我去地盤做工度過難關。」

最後，陳凡半認真半開玩笑說：「老哥，我無飲酒，無須叫雞解酒，不同你去啦，你自己玩得開心些。」

* * *

頭一日去塑膠花廠上班，不熟悉廠方的情況，他早早就到達，工廠的鐵閘大門一打開，他就入去等待人事部主任安排他的工作（昨天來應徵的時候，他見過人事部主任郭先生）。郭先生叫他在打咭機上打咭作為上班紀錄。

陳凡照做了。郭先生就帶他上二樓的維修部工作室，對他說，工作室中的馬達電器檢查一下，還未修理好的就修理，以後接到哪個部門的「柯打」，就去哪個部門做修理工作。

維修部門分為木工和電工兩個部份，有牆壁相隔，各自獨立。木工是個上了年紀的肥佬，面相慈祥，容易相處。電工房有工作枱和各種工具，木架上一綑綑粗幼不一的電線，有原封不動的，有用了一半的，地上的馬達電具有完好的，也有需要修理的。等待修理的馬達明顯是上手的電工遺留下來的。

陳凡想：上手這人為甚麼不做了？他自己另有好的出路還是廠方解僱他？不管是甚麼原因，如果他還在職，廠方就不會登廣告請人了，他就不會有這份工作了。自由社會，可以自由選擇工作，有人放棄，有人爭取，人家放棄的工作，自己接手做，不一定是這份工作不好。比如一位又漂亮又賢淑的女子嫁了人，不多久就被丈夫離棄，再婚了，能夠和第二任丈夫相親相愛，白頭到老；人棄我取未必是壞事，理得上手是甚麼原因離職不做呢？再講，如果他沒有離職，廠方就不會登廣告請人填補他的位，自己就不會來這裏應徵；沒有來這間廠應徵就見不到失去多年未聯絡的好朋友冷向東，這不是一次好的機遇？

到達電工維修房十多分鐘，注塑部門就有人入來，說他們部門的一台注塑機壞了，開不動了。陳凡拿了工具箱子，測電儀器，跟着那人走去注塑部門。

二樓全層都是注塑機器，大約三四十台，每個工人操作一台，各就各位，正在忙着工作。注塑工人是按照產量計算工資的，多勞多得，沒有領班監視，他們都做到不停開動機器，從機器中取出塑膠花枝、花瓣，再按機器注塑，周而復始地工作。機器壞了手停了，就沒有產品出來了。

陳凡走到那台停頓了的注塑機器前面，檢查機器開不動的原因，用測電器測試，三相電源其中一相沒有電，原來是保險絲斷了一條。他換上新的保險絲，三相電源都有電了，一按開關，機器裏的馬達就轉動了，機器中的組件就如臂使掌一般活動起來了。

這是上任頭一次出動，一擊即中，不必花多少時間就修理好這台注塑機了。醫師將病人醫好，是他的本份。他是維修電工，修理好機器中的電器是他應該做的事，不是甚麼功勞，他不會沾沾自喜。他知道，機器斷了電源開不動，只是小毛病，是小修小補，才如此容易修理好它。機器猶如人的身體，機器中的各種組件猶如人體內的器官。機器出毛病壞了，電工就要去檢查它是哪個組件出了問題，找出原因了，或修理或換一個新的零件上去，才能恢復機器的正常運作。

不過，一家工廠的機器多種多樣，設計不同，組件各異，它們出了毛病，要修理好它，也不是一件容易的事；沒有足夠的技能、欠缺經驗就不行。

陳凡昨天來廠中應徵的時候，說自己能勝任這份工作，有機器壞了，要是他修理不好，怎樣向廠方交代？醫師醫治病人，是「醫病不醫命」，不必包醫好這個病人。修理機器中的電器，必須把它修理好。若是修理不好它，你就下不了台，難以向廠方交代。

據廠中的人說，他的上手就是在這種情況下離職不做的。因此，他就有這樣的心理壓力。好在他做了一段頗長的時間，沒有遇到這方面的難題，才放心去做好這份得來不易的工作。

16

注塑部門上面的三四樓是裝嵌塑膠花的，這個部門清一色是女工，都是眼明手巧的年輕女子，去到那裏，仿如進入女兒國。她們坐在裝配枱前，把花托、花葉、花朵，按順序捺在花枝上，工序完成後，就成為一支顏色鮮艷仿如真花朵一般漂亮。

塑膠花插在花瓶中不會凋謝，長時間還是鮮艷奪目，不像真花朵那樣過了幾天就殘謝了，要棄掉換上新的。塑膠花如此漂亮，有優點，很受歐美人士歡迎。有了市場銷路，香港的廠家就大量生產，出口去歐美等國家，賺他們的錢，振興我們這個城市的工業，推動經濟發展，利益民生。

裝配部門沒有男工人，陳凡去三四樓修理電器的時候，猶如進入女兒國。她們見到陳凡，仿如貓兒見到鮮魚，眼睛一亮，目光都投向他。這樣的情況，陳凡不禁面紅心跳，不好意思正視她們。她們都是年輕姑娘，春心萌動，偶然有青年男子進入她們的天地，都偷偷看他。

陳凡來到她們這裏，是修理壞了的電燈、電器，有了甚麼問題只是和女領班接觸，無必要和別的女工談話。女領班的年齡較大，樣貌也不錯，但她的神態仿如聖女般嚴謹。陳凡只是同她談工作上的問題，不便談別的事。

女領班姓楊，大家都叫她楊姑娘。據別人說，初時她還沒有成人身分證，在這家工廠做童工，一直做到如今。她做童工的時候，是在舊廠那裏工作的，由舊廠搬來現時的新廠，可以說，她是和這家膠花廠一起發展成長起來的，以年資計，她是名副其實的「老臣子」。

初時陳凡不知道她嫁人沒有，她有沒有情人也不知道。後來他打探到了，她不但未嫁人，連情人都沒有，還是「老姑婆」。其實她並不老，只是比別的女孩子年長一點，神態成熟端莊一點而已。

陳凡想：她未嫁人又怎樣？可以追求她嗎？他曾經有過這樣的經歷，想起來也難受。他想認識女朋友，轉換了幾次居住地點，其中一次租住的小房子，同屋一個小房子是個單身女子居住。這個女子叫陳見歡，她在工廠車牛仔褲，早出晚歸，晚上放工回來，在大家共同使用的廚房煮飯食。他細心觀察她，沒有男子約會她，晚上食完飯，跟同屋住的太太們閒聊一下，偶然和她們打一場麻雀，就回自己的小房子歇息了。

陳見歡的性情隨和，見了面也跟陳凡打招呼，有時候也同他談些閒話，對他的態度和對別人沒有甚麼差異。她不肥不瘦，瓜子型的面孔，高鼻樑，唇紅齒白，樣貌說得上漂亮。陳凡喜歡她，但沒有勇氣約會她，只是暗戀着她。

某日他寫了一紙文字放入信封中，趁她未回來，悄悄從門縫掉入她的房子去。他的信寫得熱情漾溢，充滿感情，用星星和月亮作比喻，星星在月亮的映照下，他這顆星星就顯得黯然失色，自憐自傷。

情信已經掉入她的房子了，猶如潑出去的水，收不回來了。他忐忑不安，疑惑起來，他為甚麼寫這樣的情書？她的文化程度不高，能領會他信中文字的意思嗎？如果她能領會，她有甚麼感想？譏笑他還是接受他的愛意？

翌日晚上，大家放工回到屋裏，他見到她，胸口卜卜跳，不知道她有甚麼反應。她對他的神態同往日一樣，沒有甚麼變化。他想：她有沒有看到他的情書？他明明掉入她的房子去了的，又沒有人和她一起居住，沒有人撿去，她當然會看到。

此後一連幾個晚上見到她，她對他的態度一如往日，沒有異樣。這種情況，他更加不安，她接不接受他的情意，他都要知道。她為甚麼不向他表態搞到他坐立不安？

有一天晚上，他和她在屋中的甬道中相遇，她對他微笑說：「多情種！」。顯然她早就看了他的情書了。她說他是「多情種」，甚麼意思？譏笑他還是接受他的情意？他摸不透，令他更加困惑。

幾天後的一個晚上，廳子裏的公用電話鈴聲響了，他去接聽，他聽得出是陳見歡的聲音。她在電話中叫他去「一心涼」會面。一心涼是涼茶舖，在隔鄰街的飯店旁邊。既然是她打電話給他，他高興極了，即刻落樓赴她的約。

走進「一心涼」涼茶舖，見不到陳見歡。店中有顧客投硬幣入機器中點唱他喜歡聽的歌，有人在看「麗的呼聲」有線電視，有人坐在枱前飲涼茶飲蔗汁。人家開舖子是做生意的，既然入來坐下了，就要幫襯人家。陳凡向店主要了一杯竹蔗汁，坐着等待她。他無心情聽別人點唱的歌，更加無心情看電視熒幕上的足球賽，只是注視着門口，盼望陳見歡到來。

但是時間慢慢過去，杯中的竹蔗汁飲光了，她還是沒有到來。陳凡疑惑起來了，心想：既然是她打電話回屋中叫我來「一心涼」會面，她不會爽約吧？那麼，我在這裏等待大半個鐘頭了，為甚麼不見她到來？剛才她在甚麼地方打電話給我的？就算她在她任職的製衣廠打電話給我，也應該到來了。

想到這裏，陳凡更加焦急了。他有點擔心：是不是她遇到意外？如果是，那就更加不好；發生意外的事可大可小，重的是災害，輕的也有麻煩。她是女子，小小的意外對她也不好。現時她在甚麼地方？她不來赴約，可以再約，只要她不是發生意外就好。

又等了幾十分鐘，她仍然沒有出現。等待不是好辦法，但現時又不知道她身在何處，去哪裏尋找她？沒有更好的辦法，回屋去吧。

回到屋裏，陳見歡在廚房煮飯。廚房是大家共用的，別的婦人也在洗菜煮飯。陳凡不便去問她，只好回自己的房子。他坐在牀邊想：她沒有發生意外就好，但她為何不去「一心涼」會我？

陳凡急欲知道她爽約的原因，時不時在房門探頭向外望，看她在甚麼地方，希望有機會單獨會見她。但她煮好飯回她的房子食飯了，一直沒有出房門。他想：她食飽飯了，要出來洗碗碟，也要出來洗面沖涼，不可以躲在房子裏到明天吧？

往日的晚上，陳凡躲在房子裏讀書，而今他無心看書了，只站在房門口觀察她的動靜，等待她出來洗碗碟（他不好去她的房子，以免被同屋住的人知道他兩人的事）。

終於等到她拿着碗碟出來了，他急急離開自己的房子，走到廚房去。但廚房中又有別的女人在水槽邊洗碗，有別人在場，他不好意思開口問她了，只好轉身回自己的房子。怎麼辦？要等到甚麼時候才可以和她單獨在一起問個明白？

等待令他焦慮。等待令他失魂落魄。等待令他無心讀書。等待令他坐立不安。晚上大家放學放工回來，都在屋裏，阻礙他和她談只有兩人才知道的事。

等待猶如守株待兔，他必須變通。想好了，他就落樓，走入一間餐廳借電話打回屋給她。電話接通了，他聽得出是包租婆的口聲。包租婆在電話中問他找誰？他恐怕包租婆聽出是他的口音，就用手指捂着鼻孔說找陳見歡姑娘。包租婆叫他等一下，她去叫陳姑娘。

過了一陣子，又傳來了包租婆的口音，說陳見歡入了廁所，不能聽他的電話。沒有辦法，只好收線。他在心裏說，她早不入廁所遲不入廁所，怎麼偏偏就在這個時候入？

離開餐廳，在街上蹓躂，看看腕錶，過了半個鐘頭了，心想：她從廁所出來了吧？走入一間士多店借電話打回屋去，但電話接不通，屋中的電話別人正在使用（屋裏的電話是大家共用的，晚上多人使用，往往接不通。）

借士多店的電話用，接不通沒有理由賴在人家的店中再打，而且再打也不一定接得通，只好離開士多店。怎麼辦？現時去哪裏？回屋去？但既然來到街上打電話給她，就不應該在這個時候放棄，多打幾次總會接得通吧？

時間消逝，夜深了，恐怕她沖完涼也睡覺了，一睡熟她就不會聽電話了，應該把握時間打電話回屋去找她。來到街口一間餐廳，他入去借電話用。撥電話號碼的時候，他暗暗祈望上帝保佑他可以接得通電話。很幸運，屋裏的電話接通了。電話鈴聲只響了幾下，就聽見那邊傳來包租婆的口音。陳凡壓低聲音說：「麻煩你叫陳見歡姑娘聽電話。」包租婆說：「你是誰打電話給她？」陳凡說：「我是她的朋友。」包租婆查根問底：「你找她甚麼事？」

問長問短，真討厭！但陳凡不好得罪她，只好回答她所問，這樣說：「陳姑娘叫我今晚打電話給她，她有事同我講，請你叫她聽電話。」

包租婆沒有叫他等待，也不收線。他估計她去叫陳見歡了。他拿着電話筒等待。只一陣間，那邊的女子出聲了。他聽得出是陳見歡的口聲，又高興又焦急地說：「陳姑娘嚒，我是陳凡啊。」對方說：「你打電話給我甚麼事？」陳凡說：「早前你打電話回來約我在一心涼見面，我在那裏等了你兩個鐘頭都不見你來，怎麼會這樣？」她說：「沒有啊，我無打電話約你啊，是不是搞錯了？」陳凡說：「明明是幾個鐘前接到你的電話，你說在一心涼涼茶鋪見面嘛。」

陳見歡否認，這樣說：「可能是你的女朋友打給你吧？」陳凡說：「我沒有女朋友，沒有女人打電話給我……」

那邊收線了，陳凡放下電話筒，仿如墮入迷霧中。在香港都幾年了，他一直交不上女朋友，除了在租住的屋裏認識陳見歡，就沒有認識別的女子，可以肯定沒有別的女子打電話給我。而且陳見歡帶有磁性的口音他十分熟悉，一聽就知道是她，她做了的事怎麼又否認？她是不是故意玩弄我？但陳見歡的樣貌老實端莊，是正經的女子，相信她不會玩弄他。那麼，又是怎麼一回事？

不管怎樣，難得認識同屋住的陳見歡，猶如獵人在山中發現了獵物，怎麼不去捕獵牠？追得到當然好，追不到也要盡最大的能力去追，你不去追求她，想她自己送上門？世上哪有這樣美好的事？

問題是，追求女子，不是追捕獵物，拚命去追捕就可追到。想同女子做朋友，同她戀愛，必須她願意，她不喜歡你，你不能勉強她。有人說，追求女子要膽大心細面皮厚，真是這樣嗎？他自卑，面皮又薄，不是追求不到女子？

追求不到女子怎麼辦？他在大陸鄉下的母親就一直盼望他快些找個好的女子成家立室。因此，他必須大膽去追求女子，追求不到女子怎樣成家立室？他必須在愛情路上跌倒再爬起來，追求不到這個就去追求那個。若是討不到老婆，他就辜負母親對他的期望。

為了不可讓母親失望，他就要嘗試「膽大心細面皮厚」的方法去做。不過，他自卑的個性，又不敢當面向陳見歡表明愛意，更加不想讓同屋住的人知道他想追求陳見歡。晚上大家都在屋中，他有話對她說也不好說，免得讓別人知道，必須想辦法跟她在外面會面。某日傍晚，他早早就去到她任職的製衣廠門口等她放工。

陳見歡任職的工廠在官塘工業區，區內工廠大廈林立，有紡織廠、漂染廠、電子廠、假髮廠、製衣廠等等。他早已打探她在××製衣廠車衣，也知道她的放工時間，就提前去到那家工廠的大門前等待她。

這家工廠樓高數層，工人多，放工的電鈴聲一響，門前的大鐵閘開啟，工人就魚貫而出，人頭湧湧，身影晃動。這時陳凡就全神貫注，目光在撒網，唯恐她成為漏網之魚，白等一場。

陳見歡圓臉短髮，鼻子高高，腰肢小臀部大，他對她倩影太熟悉了。但這時工廠門口仿如捅穿了的蜂窩，人像蜜蜂，嗡嗡營營，亂紛紛，很多女工的樣子和她相似，難以捕捉，見到同她相似的女子，就瞪大眼睛看是不是她。

過了一陣子，從大門口出來的人漸漸少了，斷斷續續，疏疏落落了，他緊繃的神經放鬆了一點，等待她出來。但所有人都走光了，還是沒有她的影跡。他呼了一口氣，猶如嘆息。他想：是不是剛才那些女工人一窩蜂似的湧出來，自己看不到讓她離去了？現時都沒有人出來了，難道她今天沒有返工？但她今天早上入浴室洗漱完畢就出門了，不是返工去了哪裏？

不知道甚麼原因沒見她從工廠出來，工廠的員工都出來了，大門鐵閘也關上了，還在站在這裏等待甚麼？搭車回去吧！

失望而歸。回到屋裏的時候，陳見歡已經食飽飯在廚房的水槽邊洗碗了。陳凡走到她身邊，沒有其他人在場，他說：「今日你無返工？」陳見歡答有。他說：「你們工廠放工時怎麼不見你從工廠出來？」

她疑惑地望他，眼神似乎在說：你怎知道？他說，今天傍晚他早早就去到她任職的工廠門口等待她。她說：「等我做甚麼？」他說：「想見見你。」她說：「在屋裏也見到，為乜要去工廠門口見我？」他說：「同屋住的人多，說話不方便，我想避開他們，單獨同你說話。」

陳見歡不明白他的意思，這樣說：「工廠放工時人不是更多？」陳凡說：「在工廠門前的人我不認識他們，他們也不認識我，不怕他們知道我同你的事。」她說：「我同你有甚麼事？在屋裏說不就得了？」

這時包租婆拿着碗碟入來廚房了，他即刻離開她，裝作沒事一樣回自己的房子。

這天傍晚他在她任職的工廠門前等待不到她的迷團還未解開，夜裏他躺在牀上思索，睡得不踏實。

這幾天他沒工開，翌日下午他又是早早去到她們工廠門前等候她放工。他一聽工廠放工的電鈴聲，恐怕看不到她，就走上前幾步，放眼尋找她。

陳見歡一出來，他高興到如見到仙女下凡，即刻走入人群中叫她。她回頭見到他，神情有點愕然，問他來做甚麼。他說：「來見你。」她說：「我放工回到屋裏見不是一樣？」他說：「屋裏大家都認識，不好意思同你說話。」她說：「我同你又沒有甚麼秘密，怕他們甚麼？」他說：「我心中的事，不想讓他們知道，要找個地方單獨同你講，可以嚒？」

陳見歡也想知道他的心事，答允他。他說：「現時去餐廳飲茶好不好？」她點頭作答。他好高興。

工廠區沒有好的餐廳，都是大排檔，他不想去大排檔飲茶。他帶着她經過幾條街，從交通燈位橫過官塘道，來到裕民坊，進入餐廳，在牆邊的卡位坐下，他向伙計點了飲品和糕餅。

兩人相對坐着，他心中有很多話要同她說，又不知道怎樣說好。她一邊飲茶一邊說：「你說你有話同我講，而今又不講？」他說：「昨天晚上我在你們工廠門口等你，為甚麼不見你放工？」她說：「我車衣到下午，肚痛，不舒服，向廠長請半日假，回屋去休息。」

迷團解開了。他說：「原來是這樣，不是我看漏眼。」

說了這句話，他又沒出聲了。她說：「你今晚又來等我放工，只是要知道這件事？」他說：「還有別的事。」她說：「有話就講，我聽。」他說：「你知道我對你有心嘸？」她說：「當然知道。」他說：「怎樣知道？」她說：「我看得出。」他說：「你看得出，就不用我講哩。」她說：「我同你根本無可能。」

他不明白「我同你根本無可能」這句話的意思。為何不可能？心想：她不喜歡我？嫌我窮？嫌我的樣貌不好？

陳見歡知道他是聰明人，性情敏感，這樣說：「我又不是靚女，如果生得靚，我早就去舞廳做舞女哩。」他說：「你為乜這樣講？」她說：「以前我放蕩貪玩，同飛仔搞埋一齊，是壞女子。」

大家同屋住，陳凡暗中觀察她多時，她的神態端莊，言行舉止甚為檢點，早上搭巴士返工，晚上放工就順便去街市買菜回來煮飯食，一點也不似放蕩貪玩的飛女。她說的不會是真話，只是想他打退堂鼓放棄追求她？他馬上說：「我不理你以前做過甚麼事，我都喜歡你。」她說：「沒有用，無可能。」他說：「有甚麼不可能？我不信你講的。」她說：「信不信由你。」

談話到此，陳見歡說自己車了一日衣服，好疲累，要回去休息。陳凡見她這樣說，就叫伙計埋單。

離開餐廳，兩人去巴士站搭車。回到土瓜灣落車的時候，他讓她先回屋，他在街上等待一陣子才上樓。如果他和她一齊回屋，別人會以為他們在「拍拖」，出雙入對。

（如果她真的和他戀愛，那就好哩。）

不管她的心意怎樣，陳凡都不會放棄追求她。過了幾天，到了傍晚，他又去她們的工廠等待她放工。他一見到她從工廠門口出來，就上前叫她。這次她不再驚愕了，走到他面前。

陳凡好高興，他說：「我請你去看電影，希望你同我去。」她說：「我要回去買菜煮飯食。」他說：「戲票我都買好了，七點半場。現時我們去餐廳食飯，食飽飯就可以入場了。」她說：「你還未問過我，就買了戲票，是先斬後奏？」他說：「對不起，我這樣做不對。希望你同我去食飯看戲。」

陳見歡想：他這樣做等如要脅，好不好順他一次，看他又怎樣？她說：「戲票你都買到了，不同你去得嚒？」

陳凡用「先斬後奏」的方法有效了，他十分高興。這時一輛的士從馬路那邊駛來，他急急招手。的士中沒有乘客，在他面前停下。他打開車門，讓陳見歡先上車，自己跟着她爬入車廂，坐在她身邊。他告訴的士司機去旺角「麗聲戲院」。

的士在小街轉彎抹角行駛一陣子，到了大路，就風馳電掣向前駛去。陳見歡跟他去看戲，雖然有點強逼性，總算請到她了。她頭一次肯同他去看戲，下次約會她，她也願意吧？

中午他去戲院買票時，沒有信心她肯赴他的約，只是抱着一試的心理而已。她願意赴他的約當然好，反之，自己去看戲就是了。（只是多花一張戲票的錢而已）

現時他如願以償了。

車廂前面的士司機在駕車，他不好意思和她談話，兩人只是默默地坐着，各自想心事。到達「麗聲戲院」門前停車，他付了車資，落車時看看腕錶，時間尚早，他帶她入附近一間餐廳，在牆邊的卡位坐下。

這時餐廳的客人不多，他點了的飯菜很快就送上來了。為了爭取時間，他為她斟茶，夾雞絲麵入她的碗中讓她吃。她說：「你請我食飯看戲，沒有誠意。」他說：「真心真意啊。」她說：「你這樣做，只是強逼的。」他說：「如果我預先同你講才去買戲票，怕你不答應我，不得已才這樣做。」她說：「你對我好，只是花錢花時間，沒有用，我們之間無可能。」

陳凡不知道她說的「無可能」是甚麼意思，沒有心情食飯了，只是吃了一點麵。他看看腕錶，差不多要入場看戲了。埋了單，離開餐廳，去到戲院門前，有人入場了。

入場看戲的，多是年輕男女，他們雙雙對對，親親熱熱，似乎是情人，似乎是夫婦。自己和陳見歡是甚麼關係呢？

帶位員用電筒照照他手上的戲票，帶他們去那行座位坐下。銀幕上出現「美高梅」的商標，接着又出現「亂世佳人」的字幕。陳凡在報章上得知這部電影改編自美國女作家瑪格麗特．密歇爾的小說《飄》。他看過這部小說，知道小說的內容，才去「麗聲戲院」買票看這齣電影。

片中的人物以英語作對話。他聽不懂英語，只看中文字幕。陳見歡坐在他身邊，面對着銀幕，他不知道她看不看得懂、對這齣電影有沒有興趣。如果她沒有興趣看這樣的電影，就為難她了。

看完電影，從戲院出來，陳凡問她剛才的電影好不好看。她說：「這個西片是英語對白，中文字幕又看不清楚，不明白這個電影的意思。」他說：「我也不曉英語，只是看過這個電影的中文版小說，才知道內容是講美國南北戰爭中的愛情故事。」

陳見歡不答話了，只是同他在街上慢慢走。她忽然說：「陳凡，我的年紀大過你，你就當我是你大姐吧。」陳凡說：「年紀大小一點無所謂，大家相愛就好。」

這時陳見歡不可以不說白了，她說：「我不可以同你相愛。」他說：「怎麼不可以？有人阻止你？」她說：「事到如今，不想瞞你了，遲兩個月我就要嫁人了。」

陳凡不相信，他說：「大家同屋住了這麼久，我都沒見到有男子約你出街，怎麼就要結婚了？」

陳見歡說，她認識一個男子都好幾年了，他是遠洋輪船的大副，一啟航就一年多才回來一次。下個月他就回香港做事，準備一切和她結婚。

陳凡半信半疑，以為她不中意自己才這樣說，想他打退堂鼓。但她的神態十分認真，這樣說：「你不相信？下個月我派請帖給你，希望你去酒樓參加我們的婚禮，飲我們的喜酒。」

陳凡猶如被包子噎住，不出聲了，情緒頓時失落。他想：她的未婚夫是航海的，在遠洋輪船上任大副，高薪厚職，而自己呢，連一份穩定的工作都沒有，怎樣比得上人家？自己甚麼都不如人，怎樣跟人家競爭？他失落之餘，含着淚說：「陳姑娘，既然你要嫁人了，如今我只好當你是妹妹一樣疼愛你。祝你們新婚幸福快樂，白頭到老。」

（幾年後的某日，他們在街上不期而遇，她是人家的妻子了，更加成熟端莊秀麗。她帶著一個幾歲的兒子，她叫兒子叫陳凡做舅父。陳凡愕然說：「我是他舅父？陳見歡說：「你不是說過當我是你妹妹一樣疼愛我？既然當我是妹妹，我兒子叫你舅父不對嘛？」陳凡微笑說：「對，原來我有外甥了。他好靚仔呵。他的樣貌似你哩。如果他是我的兒子就好囉。」大家告別。此後都沒見過她，只在心中懷念他，祝福她。）

17

心愛的女子嫁了別人，情緒低落了幾個月，茶飯不思，提不起精神做事。幸而不久讓他找到一份頗為安定的工作，才振作起來，如常工作過日子。在塑膠花廠任電器維修工的時候，他認識裝配部門的女領班楊嬋娟，但不知道能不能贏取她的愛。如果追求得到她，也可以補償自己愛情路上失敗的傷痛。

如今這份工作，有穩定的工資收入，最好的是，廠中有這麼多年輕女工人，如果贏不到楊嬋娟的歡心，追求不到她，也可以轉移目標，追求別的女子。就算今時追求不到，來日也有機會。

楊嬋娟的年紀較大，成熟端莊。起初陳凡不知道她是女孩子還是少婦，如果她結了婚，是人家婦，當然不可以打她的主意了。稍後他聽別人說，她連男朋友都沒有，和她的父母一齊生活，一放工就回家去，沒有甚麼相好的朋友。陳凡不知道她甚麼原因沒有男朋友，難道她不想結婚？還是她的性情高傲看不起身邊的男子？

陳凡想：高傲？她有甚麼優越之處值得嬌傲？沒有人知道。廠裏有人說，寫字樓有男職員追求過她，機器部的男工人追求過她，當然還有別的男子追求過她，都不成功。

一年一年的過去，她由青春少女變成成熟的女子。

陳凡想：人家的條件比自己好，都贏不到她的芳心，自己怎好明目張膽去追求她自討沒趣？不過，別人做不成的事，自己就不能嗎？還沒有做就裹足不前，哪有成功的機會？天不會落下女子到你手上的。

某日晚上，工廠放工了，陳凡看準她去巴士站搭車，他尾隨着她去到巴士站。她上哪輛巴士，他隨後也上去。在車廂中，他們仿如不認識，沒有談話。巴士一路向前駛去，到了中途站，她落車，他也落車。

楊嬋娟轉過頭問他去哪裏。他說：「送你回家。」她說：「你是跟蹤我？」他說：「我又不是偵探，不是跟蹤你，只是送你回家。」她說：「你是我甚麼人要送我回家？」他說：「如果你不歡迎我，就在這裏說拜拜，你在路上要小心。」

兩人各走各路，各自回家。

翌日，他們在工廠碰面，陳凡的神情有點尷尬，只和她打招呼。他正想離去做自己的工作，楊嬋娟說：「昨晚你送我回去，是跟人家打賭？」

他想不到她會這樣說，是甚麼意思？他說：「跟別人打賭？打甚麼賭？沒有這回事，是我自己要送你回家。」

楊嬋娟轉身去做她的事了。他呆呆望着她的背影，陷入沉思中。他在心中思索了很久，都解不開她心裏的謎底。

他是電器維修員，負責修理全廠的電燈、電機，哪個部門的電器壞了，主管就找他去修理。因此，他和各個部門的主管都熟悉。裝配部的主管雷先生，他是中年人，有老婆兒子了，對人熱情，又熟悉這個部門的女領班楊嬋娟。他問陳凡是不是中意楊姑娘。陳凡說：「我中意她，她不中意我，有甚麼用？」雷先生說：「你有沒有約會過她？」陳凡說：「大家都說她高竇（傲），我不敢約會她。」雷先生說：「你不明白女子的心理。要不要我幫你手約她？」

陳凡說，求之不得，問雷先生怎樣幫他。雷先生說有辦法。陳凡問他甚麼辦法。雷先生說：「星期日工廠放假，大家都得閒，我約她去離島遊玩，約定時間在長洲碼頭集合。一切由我安排，你依時去就可以了。」

到了星期日，陳凡早早就起牀，洗漱完畢，就落樓搭巴士去佐敦道碼頭，乘油麻地小輪船過海去中環離島碼頭。他登上往長洲的輪船，爬上樓梯，在上層的長靠背椅坐下，一看，楊嬋娟已經坐在他前排的靠背椅上了。她身邊的女孩子，他認得她是裝配部門的女工。

陳凡靜悄悄坐在她們後面，沒有驚動她們。他想：她怎麼要這個女工友陪她一起去？如果沒這個女孩子在她身邊就好哩。他可以跟楊嬋娟打招呼，明知故問她去哪裏。

不消說，她會回答他去長洲。

現時有這個女孩子坐在她身邊，他不便去跟她們打招呼了。

過了一陣子，輪船啟航了。天空湛藍，海水碧綠，波濤湧浪，海風吹拂，滌蕩凡塵俗氣。輪船慢慢離開碼頭，向前駛去。這時雷先生從下層爬樓梯上來了，他身後是個女人，兩人手中都挽着裝滿食物的膠袋。陳凡一見到他們，就站起來伸手去接女人手中的膠袋。

雷先生向他介紹，說她是他的太太。

雷太太比雷先生年輕一點，漂亮又端莊。陳凡讓他們坐，跟他們談話。楊嬋娟見到他們，微笑着和他們打招呼。

雷先生說：「若是我們慢一步，送船尾，就要搭下一班船，這樣，要你們在長洲碼頭那邊等哩。」

開往長洲的輪船每天只有幾班，班次這樣疏，若是送船尾，搭下一班船，就要等兩個鐘頭，要在長洲碼頭等到發悶。而今雷先生夫婦能夠及時上船，大家一齊去，有雷先生夫婦在一起，太好了。

雷先生對長洲似乎十分熟悉，上了岸，他帶領大家一齊走。到了銀礦灣，他指點大家去搬石頭，砌燒烤爐。

陳凡請纓的機會來了，他說：「你們幾位女士，坐着休息，我有氣有力，石頭由我去搬。」

石頭好重，大的上百斤，小的也有幾十斤，大約半個鐘頭，他就從堤岸那邊搬來十幾塊了。燒烤爐也是他一人動手砌，砌好了，他又去搬來幾塊方正的石頭，讓大家當凳子坐。

燒烤爐砌在沙灘旁邊，頭上有樹冠遮擋陽光，海風吹拂，海中有人游泳，他們一邊燒烤一邊觀看海景，真是燒烤消遣的好地方。

陳凡搬石頭，走來走去，又親自砌燒烤爐，陽光下，他的頭上身上每個毛孔都流出汗珠，衣服都濕透了。楊嬋娟從膠袋中拿出可口可樂汽水，遞給他說：「你飲啊。」

陳凡從她手中接過汽水，放入口中咬去蓋子，仰起脖頸就咕碌咕碌地喝。汽水並不冰涼，飲着她給他的汽水，感覺透心涼。海風吹來，波濤拍岸，身心舒暢，剛才的勞累頓時煙消雲散了。

大家圍在爐火旁邊燒烤。陳凡用鐵叉子叉着醃製好的雞翼放在爐子上燒，雞油滴落爐子熊熊的炭火中，發出滋滋的響聲。

燒熟了的豬排、雞翼香氣四溢，讓人聞之垂涎欲滴。陳凡燒好了，自己不食，分別遞給三位女士食。雷先生說：「你不必燒給我們食，我自己會燒，你只燒給嬋娟食就可以了。」

陳凡燒好一塊豬排遞給楊嬋娟。但她沒有接，這樣說：「我自己會燒，你燒的你自己食。」

陳凡碰了釘子，感覺沒趣，只好遞給嬋娟身邊的好友梅芬。梅芬並不推讓，接過來就食，他的心理才好過一點。他心中的對象只是楊嬋娟，她並不領他的情，而梅芬只是她帶來的同伴，卻喜滋滋地接受了。

梅芬不漂亮，有點粗野，陳凡不大喜歡她。不過，她接受他的好意，不讓他再碰釘子也是好的。

楊嬋娟是雷先生幫陳凡邀約她來長洲燒烤遊玩的，初時她不知道陳凡也會來，在中環碼頭上了船大家見到面了，她才知道他也是玩伴。她心中起了疑問：陳凡是幕後策劃這次遊玩的？是他叫雷先生替他佈局聚會的？陳凡為何不直接邀請自己要雷先生幫他做？是不是他自卑面皮薄不敢當面邀請她才這樣做？

現時她坐在陳凡對面，看着他只是忙着替別人燒烤，燒好了的豬排、雞翼他不食而給別人食，為的是甚麼？是不是在她面前獻殷勤討她的歡心？

陳凡見楊嬋娟不說話，只拿着叉子在爐火上默默地烤雞翼，不知道她心中想甚麼。他燒好了一塊搽了蜜糖的豬排遞給她。她遲疑了一下，想要又不想要。就在她遲疑的一瞬間，梅芬就伸手接去了。她一邊食一邊讚賞陳凡燒的豬排好食。

楊嬋娟心中起了醋意，這樣說：「你喜歡食豬排就自己燒，為乜要他燒給你食？」

梅芬知道她說這句話的意思，她也有對策，藉口說她不會燒。

楊嬋娟在心中罵她：你個死梅芬，你怎麼不會燒豬排？只是想他燒給你食！她說：「你不曉得燒，我燒給你食好不好？」

梅芬沒答她，只是笑笑，表情尷尬。

楊嬋娟想：你個狐狸精，我真是不應該帶你來！如果沒有你在這裏，陳凡的心思就會完全放在我身上，專心對我好。

燒雞翼、豬排打牙祭，大家談談話，時間容易過。雷先生帶來的豬排、雞翼燒完了，食光了，大家就去遊山玩水，尋找另一種樂趣。

長洲有好多地方值得遊覽。大家都是年青人，精力充沛，肚子填飽了，就步行去長島那邊的張保仔洞遊玩。

張保仔原先是海盜的頭領，他們的船隊在海上游弋，一有機會就把船快速駛過去搶劫漁船、商船，因為他們人多兇悍，官兵也奈何他們不得。他們搶劫到的財物，回到岸上的石洞中，收藏在洞穴裏，日後才拿去使用。

陳凡聽過張保仔的事跡，沒有來過長洲的張保洞，不知道這個洞穴是怎樣的。如今來到石洞口，他作先鋒，頭一個爬入去尋幽探秘。這是個海邊的石洞，裏面彎彎曲曲，沿着石頭的罅隙向下面伸延下去，石洞中崎嶇不平，狹窄到只能容身，轉彎抹角的時候，若是不小心就會碰頭。他們幾人，一個跟着一個，梅芬纖陳凡爬入洞，跟在他後面，因為愈往下攀爬，洞穴就愈深沉。她故作驚慌，拉着陳凡的手，要他帶領她，照顧她，保護她。

他們的舉動，楊嬋娟在她後面，看得清楚，她在心中倖倖然罵：你個死梅芬，去到甚麼地方都跟實他，如果我不是在你後面，你不是要他抱着你？當初若是知道你這樣姣，想勾引他，打死我都不會帶你來！如果不是你在這裏做攔路虎，他必然會小心照顧我，呵護我……

「楊姑娘，下面愈來愈難爬，你要小心啊！」陳凡的話聲從下面傳上來。她在心裏說：你顧着狐狸精就好，何必理我！

洞穴狹小，只能容身，只有向前攀爬過去，不能走回頭路。梅芬在陳凡身後，他只能照顧她，照顧不到楊嬋娟。雷先生在後面，他要照顧他太太，兩個男子，三個女子，只有楊嬋娟一人沒有男子照顧。

陳凡在心中自責，是他和雷先生合謀「騙」楊嬋娟來長洲遊玩的，要是她有甚麼閃失，在石洞中絆倒受傷，他怎對得起她？他喜歡的是楊嬋娟，想追求她，而今梅芬反客為主，捷足先登，緊緊地跟着他，抓着他的手，似乎不願離開他。嬋娟看到了會怎麼想？他時時甩開梅芬的手，示意不想親近她，但不知道她是故意不在乎還是故意這樣做的。真是討厭！

他想：楊嬋娟為何要同她一起來？可能她不知道他是幕後搞手才帶梅芬來？而今她知道了，會後悔帶梅芬來嗎？有些事情已經做了，後悔也無法補救了。他不是故意冷落她，是梅芬從中作梗，叫他怎樣做？

到達石洞底了，向那邊攀爬的時候，洞中同入來時一樣狹窄，幾個人又是一個跟着一個向上爬，後面的不能超越前面的。梅芬在他身後做攔路蛇，他始終無法接近楊嬋娟，照顧不到她。說起來，錯不在他，錯的源頭是她帶梅芬來。目前在這樣狹窄的石洞中，沒有辦法了，爬出去了再找機會補救好了。

從狹小幽暗的石洞中爬出來，他們猶如離開了陰曹地府，還陽人間，大家都舒了一口氣。外面陽光明媚，海濤拍岸，景觀寬闊，和在石洞中是兩個不同的世界。

陳凡想：如此狹窄的石洞，當年張保仔帶領他的手下搶劫了漁船、商船，得到的財寶放在甚麼地方？如果這個海邊石洞真的是張保仔那幫海盜的藏身之所，官兵知道了追捕到來，他們不是仿如甕中之鱉一網成擒？既然張保仔擁有一個船隊眾多手下和官兵作對，勢力如此龐大，他們不會在這樣狹小的石洞中爬出爬入吧？

出了洞口時，雷先生對陳凡說：「你打頭陣，我殿後，三位女士在中間，我和你是觀音兵，前後保護他們，盡我們做男人的責任啊。」

陳凡沒說甚麼，尷尬地笑笑。他曉得雷先生這樣說，是想討好楊嬋娟，幫他一把。但雷先生不知道梅芬在中間作梗，做攔路蛇，阻礙他沒有機會親近照顧嬋娟。

雷太太是女人，她曉得女人的心理，她一眼就看出梅芬有圖謀，向陳凡送秋波，拋媚眼，想親近陳凡，搏取他的歡心。但她不便在眾人面前說出自己的觀感，免得大家尷尬，搞壞了氣氛。

海邊都是石頭，路面坑坑窪窪，凹凸不平，十分難走。楊嬋娟著高踭鞋，走路時搖搖晃晃，東歪西倒，到了一處山澗時，跳不過去。陳凡跳過去了，轉身伸手想拉嬋娟，當他一伸出手，梅芬就搶先拉着他的手跳過去，順勢跌入他的懷抱中。陳凡扶着她，她的身體平衡了，才伸手去拉嬋娟。

梅芬的言行舉動，嬋娟都看在眼裏，恨在心頭。她心中有氣，不想去拉陳凡的手，但沒有他一臂之力的幫助，自己又跳不過眼前的山澗，只好伸手去握着他的手才跳過得過去。

陳凡握着她的手時，感覺她的手好軟好滑，在心中回味很久。

18

他們的塑膠廠，男女工人過千人，各人的思想不同，想法各異，有工人安於現實，勤勞工作；有人說，現今百物漲價，工人的工資太低，不合理，大家應該團結起來，要求廠方增加工資。

要求廠方增加工資，需要派代表去跟廠方交涉，誰有能力做勞方的代表？有人自告奮勇，說他有能力擔當這個任務。

廠裏大部份工人都做得好好的，這些人不想搞事，不參與這種行動。於是廠中工人就分成兩派，一派贊成要求廠方增加工資，另一派安於現狀，讓「贊成派」去搞。

最先提出要求廠方增加工資的，是一個注塑部門的黃波，另一個是藍仁。他們提出要求廠方增加工資的理由是：他們工廠接到歐美國家商人的訂貨單源源不絕，工人加班加點都做不完，生意這樣好，資方賺大錢。但工人做牛做馬一般辛苦，因工資微薄，不能溫飽，這樣太不合理。如果勞方不提出要求廠方增工資，只是肥了資方，苦了工人。

很多工人都認同黃波、藍仁的話有道理，贊成他們做工人代表，跟廠方交涉。有人沒有表態，觀察事情的發展，有人認為不應該去搞事，有工做有糧出就好。因為塑膠花廠中沒有甚麼組織，不是開會表決應不應該做。但黃波、藍仁是為工友們爭取合理權益，就讓他去做。

黃波、藍仁去廠長室，向冷向東提出增加工資若干的要求。冷向東知道勞方的要求了，叫他們先出去開工，等待廠方的高層行政人員商討後，才給他們答覆。

事出突然，關係廠方的權益，冷向東一人作不得主，就請老板和廠裏的高層人員齊集會議室開會，商討處理這件事。

會議室關上門，外面的門頭上亮起紅燈，一切閒雜人不能進入。會議室中的會議桌長方型，老板是公司的主席，坐在長桌的前端，各要員分別坐在長桌兩邊。廠長冷向東先發言，說明這次會議的原因，請大家提意見。

頭一位提意見，他說，公司的歐洲，美洲的訂貨單源源不斷而來，公司賺了不少錢，儲備的基金甚豐，勞方要求增加一點工資，是合情理的。而且公司的資財也是工人付出的勞力所得，應該考慮加他們一點工資。

有人持不同意見，說現時公司給員工的工資比別的廠都高，我們廠的訂單充足，要工人加班，有加班費，工人的收入穩定。因此，不必增加工資給工人，他們也會繼續做下去。

冷向東在大陸生活到二十多歲才偷渡來香港，對政治問題頗為敏感，他從政治上考慮勞方要求增加工資表面看是為錢，內裏可能是左派工會有人滲入廠中搞事。他還說明這是他個人的看法，不一定對，請各位要在這方面考慮。

老板的生意頭腦好精明，他從小小的山寨廠子做起，發展到有如今的事業成就，他本人的努力奮鬥是最大的關鍵，還得力他身邊忠於他的職員。他在會議上聆聽了各位職員的發言，在心中分析考慮他們的意見，最後拍板不向勞方讓步，不增加他們的工資。

勞方代表的黃波、藍仁遭到廠方的拒絕，正中下懷，就煽動支持他們的工人罷工抗議，要搞跨他們的膠花廠。支持罷工的人不過半數，翌日都沒有來上班，幾百人聚集在膠花廠下面，大有街、五芳街都站滿坐滿了人，車輛通不過，造成交通大阻塞。

警方接到市民的報告，警車馬上嗚嗚駛到現場。警長落車了解情況後，才知道是香港最大的膠花廠的工人罷工，在街上包圍工廠。警長是「鬼佬」，他懂粵語，會聽會講。他說，工人要求老板加工資，就同廠方的話事人講，罷工包圍工廠是犯法，必須馬上散去，否則就要拘捕他們。

煽動罷工的黃波、藍仁，他們不能退縮影響士氣，就站出來對警長說，他們已經跟廠方提出增加工資的要求了，但遭到廠方拒絕，不得已工友才罷工抗議。警長說，香港法例不容許工人包圍工廠罷工，工人必須即刻散去，若不散去，阻塞交通，阻差辦公，就要拘捕他們告上法庭。

黃波、藍仁已經發動工人罷工，不能退縮了，就是被警方拘捕，也不能帶頭散去。他說：「廠方一日不答應我們的要求，我們都不會散去。」

警長見滿街都是罷工的人群，人多勢眾，馬上致電警署，要即刻增援，加強警力。

幾輛警車、「豬籠車」很快嗚嗚到達現場，新蒲崗工業區擠滿了大小貨車和各種車子都被阻塞，無法開動，交通頓時癱瘓。行人有些站在街邊看熱鬧，有事需要做的人在人群車龍中穿過來走過去，亂紛紛，打亂了日常的秩序了。

警長見警方派警車警員來增援，警力大了，就不怕罷工的人，要行使職權進行拘捕罷工者。拘捕令一下，有人散去，有人反抗，警員就拔出警棍對付他們，拘捕他們。

這些參加罷工的人，平時十分憎恨香港皇家警察，現時這麼多人罷工，看警察能夠拘捕得幾多，他們就大着膽子和警員對峙。警員拿警棍打他們，他們就去搶奪警棍；警員用槍威嚇，他們有人不怕死，去搶奪警槍。

事情到了這個時刻，警長就向天開槍警告，震懾騷亂的人群。

起初站出來跟警長對話的是黃波、藍仁，他們又拒捕，警長認定是他兩人搞包圍膠花廠罷工的頭領，最先拘捕他們，扣上手銬，推上「豬籠車」，押回警署去。

黃波、藍仁分別押入警署的房間審問，探員又去調查他兩人的身份背景，調查所得，知道他們是左派工會的骨幹分子，假扮注塑工人潛入膠花廠借要求廠方加工資煽動工人罷工。

經過一番審查，別的罷工者可以保釋回家。但黃波、藍仁不准保釋，拘禁在警署的看守所，等待審查。

警員分別審問他們的時候，他們都不承認是左派工會的人，更加不肯說出是誰派他們潛入膠花廠煽動工人罷工。警員問一句，他們就反駁一句，激到警員發火，使用暴力對付他們。警員重拳擊打他們的胸口，腳踢他們的腰背，沒有傷口，不見血，不能證明警員使用暴力濫用私刑。警員重拳打他們的時候，黃波還大喊口號，說警察是漢奸，是英國佬的走狗。

警員更加怒火了，拿繩子綑綁他的手腳，推他落地，在他的胸口上一腳一腳踐踏。每踏一腳，他的身體就震顫一下，痛徹肺腑。

黃波是一條硬漢子，警員如此用私刑對付他，他都咬緊牙關忍受，寧死也不肯供出是誰指派他潛入膠花廠煽動工人搞事。警員大力打他，他甚麼都不說，不再打他了，拘禁他在警署的看守中等待上頭處置他。

他和藍仁在膠花廠中煽動工人罷工，犯同樣的罪，同一時間被拘捕。押入警署之後，兩人分別受審問，拘禁在不同的看守所中，他們就不能見到對方了。

告上法庭的時候，兩人是先後受審判。藍仁先黃波受審。藍仁被押解上法庭，黃波仍然拘禁在看守所中，不知道外面情況發展怎樣，只能在密室中苦苦等待。

首先審判藍仁。這天一早，看守所的鐵門打開，他就被警員拉出來，押上囚車，解去南九龍法庭。因為法庭上午九時三十分才開始審判，先押他入法院的地下室等待。

香港是英國的屬土，沒有民主卻有法治，審判疑犯時，無論他犯的是甚麼罪，都許可被告請大律師辯護。但左派人士不屑港英政府這一套，你有你的法，我有我的法，他們的工會就沒有請律師為黃波、藍仁上法庭作辯護。

藍仁在拘禁室時就想好了，上到法庭時，他就要高呼打倒港英政府的口號，作為抗爭，然後說自己帶領工友爭取合理工資是正確的，不算犯罪。但他想不到，他沒有這個抗辯的機會了。

法院地下室的看守所陰暗，只有藍仁獨自拘禁在裏面，鐵門一打開，他就知道警員要押他上法庭了。他一見到兩個警員入來，就舉起雙拳（他的手腕扣着銬），高呼打倒港英政府警察！打倒英國走狗！

兩個警察都是年青人，血氣方剛，警告他不要再喊口號。但藍仁不理他們，照樣高呼口號，還向他們的頭面吐唾沫。中了唾沫的警察忍不住怒火了，向他一拳打過去，他舉起扣着手銬的雙手還擊，警察的手肘被他的手銬擊中，痛徹肺腑，怒從心上起，一腳踢在他的肚腹上，他隨即昏倒地上，再不能動彈了。

過了片刻，警察見他不會動了，慌亂起來，伸手到他的鼻孔下試探一下，沒有氣息了！他大驚，不知道怎樣好，冷靜一下，計上心頭，對他的同僚說：「你在這裏看着他，我上去報告，說犯人昏迷地上了。我們要夾口供，說我們一打開鐵門，就看到他倒臥地上了。記住！」

犯人昏倒，法庭宣佈取消審判。

他們的工會，已經知道這天早上審判藍仁，早早就派人來法庭旁聽。警員上來報告藍仁死在法院地下室的看守所中，馬上打電話向他們的工會的頭人報告。

港九兩地的左派工會，他們的頭人一知道這件事，就在電話中作出應對，決定調動工友去大鬧法院。他們的行動迅速到出乎警方的意料，他們一來到，就大吵大鬧，與警察對抗。警員揮舞警棍威嚇，拔出佩槍震懾，工人並不畏懼，他們一腳踢翻枱凳，打斷枱腳凳腳作武器，跟警察打起來。

工人多，警察少，但他們不好在法院中開槍，急急致電警署派人來增援。警方預料到工人會愈來愈多，馬上派警車載「鐵馬」來法院下面的路口阻擋，不准任何人逾越衝擊法院。

增援的警員頭帶鋼盔手執盾牌衝入法院加入打鬥。這樣一來，雙方的力量就逆轉，變成工人少，警員多了。工人只靠枱腳凳腳作武器，當然敵不過警棍和手槍，他們就一個個被捉拿，扣上手銬，推上「豬籠車」，押解回警署去。

藍仁審判前一刻死在法院地下室的看守所中，不是警方整死的是誰？左派人士震動，要求警方給他們一個交代。

警方有責任這樣做，讓法醫官檢驗死者的死因。法醫官驗屍的報告出來了，死者身上沒明顯的傷痕，不是被打死的；死者體內沒有毒液，不是中毒死的；死者的呼吸器官沒有問題，不是窒息致死的。法醫官推測，死者是心臟病發死亡的。

法醫官的報告，左派人士當然有懷疑，理由是，法醫官是港英政府的官員，他會編幫警方，既然如此，還有甚麼辦法可以為藍仁討回公道？

藍仁是不是心臟病發死亡的？無法知道，只能說是一宗懸案。

藍仁是為工友的利益做事，他死得不明不白，很可憐。他沒有甚麼親人，工會方面有義務要殮葬他。工會派出代表向警方交涉，要求領回藍仁的遺體埋葬。

人都死了，警方沒有理由不讓他們領回屍體埋葬，准許工人去依利沙伯醫院的殮房認領屍體。他們領取藍仁的遺體，不是搬去殯儀館舉殯，而是搬回尖沙嘴的洋務工會的廳堂中，設靈堂讓各處的工友來弔喪。

靈堂貼滿白色的花朵，當中是藍仁的遺照，遺照頂上白紙黑字是「沉冤待雪」四個大字。

左派工友知道工會設靈堂拜祭藍仁，有人早上來，有人晚上來，有人午時來，一早到晚都有人來，工人向藍仁的靈堂上香鞠躬，以表哀悼。

工會方面，在華人永遠墳場買一口墓地，又買一副厚棺材安葬他。為了讓多些市民知道這件事，他們在靈車前頭掛上藍仁的遺照，在他的遺照上頭放着「沉冤待雪」四個白紙黑字。靈車在街上兜兜轉轉行駛，播放哀傷的音樂，引人注目。

藍仁的屍體下葬了幾日，黃波才被押上庭受審。他當然也沒有請律師打官司，法官准許他在犯人欄自辯。但他沒有為自己的行為自辯，他的辯詞是喊口號：罷工有理！抗暴無罪！

法庭按照法律程序審判，人證物證俱在，法庭判他聚眾罷工、阻塞交通、襲警、拒捕等罪，刑期兩年，即時解去監獄服刑。

19

塑膠花廠的工人不是鐵板一塊，一半工人沒有參加罷工，照常上班。一發生罷工潮，廠方馬上就作出應變，關上工廠大廈的鐵閘，防止有些壞人乘機混水摸魚，混入廠中作弊，上班的員工發給員工證；沒有員工證的人不能進入。

翌日，廠方在 街道的牆壁、電燈柱上貼街招，招請各部門的熟手工人，又在報紙上刊登聘請員工廣告。聘請員工的廣告一出現在報紙上，前來應聘的人就很多，有這方面技能的人隨即錄用，發給他們員工證，隨時都可以上班。

廠方對沒有參與罷工的員工，為獎勵他們堅守崗位，站在廠方這一邊，使各部門的工序能夠如常運作，宣佈增加他們工資百份之十。又宣佈，各部門的工人都要加班，另有加班費和津貼。原有的工人不少，加上新招請到的，新舊工人一齊開工，廠方的貨品生產數量沒有受到太大影響。

陳凡在這個自由的城市工作生活了好幾年，很多時候都失業，生沽不穩定，幾經辛苦挫折才覓到這份有穩定工資收入的工作，他當然不會參與罷工打破自己的飯碗。他知道，這是左派人士藉着大陸「文化大革命」的勢頭搞罷工，意圖搞跨香港。他不會做這樣愚蠢的事。

雷先生、楊嬋娟、梅芬都沒有參與罷工，如常上班。

自從在長洲野餐遊玩回來，不知道甚麼原因，他不但贏不到楊嬋娟的芳心，兩人在廠中相遇時，她的神態冷冷的，恍惚不想見到他。陳凡想：以前她對我雖然不熱情，也不會像現時這般冷淡，怎麼會變成這樣？我喜歡她，想追求她，想搏取她的歡心，才託雷先生約她去長洲燒烤遊玩，試圖同她發展戀情。想不到效果卻相反。

陳凡因此感覺落莫，恍惚失去了甚麼。心結他自己解不開，就把心中的苦惱跟雷先生講。雷先生說：「旁觀者清，照我看，嬋娟如今對你冷淡了，是由梅芬引起的。」陳凡說：「我也是這樣想。」雷先生說：「既然你也想得到，那天入張保仔洞的時候，你為何不照顧嬋娟去照顧梅芬？」陳凡說：「入張保仔洞的時候，梅芬搶着跟住我，隔開嬋娟，搞到我不能親近她、照顧她才這樣。」雷先生說：「她們兩個，你最喜歡誰？」陳凡說：「我喜歡嬋娟，又不好意思約會她，才由你出面約她去長洲燒烤遊玩，找機會向她表示我喜歡她。想不到她帶梅芬來，讓她在我兩人之間做攔路虎。」雷先生說：「我亦想不到，若不是，我就同她講明是我出面替你約她，她肯赴約最好；不肯赴約就表示她不喜歡你。想不到我這做反而搞得不好。」

陳凡想了想，這樣說：「這件事還有補救的辦法嚒？」雷先生說：「女子最忌男人一腳踏兩船，對她的愛不專一。如果你喜歡的是嬋娟，就要甩掉梅芬，才有希望補救。」

陳凡猶豫了，心中十五十六，搖擺不定，他對梅芬不是沒有情意，能夠贏得嬋娟的芳心最好，若是得不到，梅芬也不錯。梅芬的性格坦率，想做的事就明目張膽去做，她在嬋娟面前沒有顧忌。嬋娟的性情內向，說話含蓄，她對他的心意怎樣，他猜不透。梅芬對他的心意較明顯，他有可能贏得她的歡心追求得到她。追不追求得到嬋娟？他沒有信心。雷先生是情場老手，曉得女子的心理，他說女子最忌男人一腳踏兩船，對她的愛情不專一。而今他在她們之間搖擺不定，不是犯了戀愛上的大忌？

講到底，還是嬋娟做錯了，若不是她帶梅芬去長洲遊玩，就不會有今日的兩難局面啊。但想深一層，又不能完全責怪她，雷先生約會她的時候，她被蒙在鼓裏，根本不知道是雷先生替他約會她，她帶梅芬去作伴也是尋常事。事先不知道的事情，怎可以說她這樣做是錯呢？

陳凡的面皮薄，不好意思當面約會嬋娟作解釋，恐怕她會拒絕他。他只好寫一封信，在工廠遇到她才當面交給她。嬋娟接了他的信，沒有說甚麼，轉身去做她的工作了。這封信是晚上他在自己的小房間寫的。他知道她讀書不多，她又不是浪漫型的女子，他寫信時就不必花心思寫一些情書般的文句，只是言詞懇切邀請她去外面食飯、看電影，希望她賞面赴他的約。

平時在工廠中，他們天天都有機會見面，打了招呼，她就做她的工作去了，沒有時間說工作以外的事。這次寫的信，是他親手交給她的，她又不是收不到，她肯不肯赴他的約，都要有個答覆，怎麼她一直都沒有說？如果她斷然拒絕，他就死了心，轉移目標去追求梅芬，或許她不會令他失望。

在這種情況下，陳凡的心無法安靜了，時刻都想念着嬋娟。他想：她的心意是怎樣的？她不答覆我是要考驗我？是故意折磨我？工廠中這麼多女工友，有成熟的，有年輕漂亮的，為何我偏偏看中她？為何我喜歡的女子都是這樣難以理解？

陳凡想起以前認識的陳見歡，他邀請她去外面食飯看戲她也去。她說話時讓他難以捉摸，模稜兩可，直到她的未婚夫從遠洋輪船回來同她結婚，她才對他說出來。難道楊嬋娟的情況也是這樣？

他在心中說：愛情啊，你是甚麼魔鬼？這樣啃扯着我的心？怎麼人家一見面就兩情相悅、隨即結婚？是我的樣貌不好還是情緣未到？命運注定我要在愛情路上碰到焦頭爛額翻跟斗？這種愛情路上的挫折要到何年何日才完結？

20

塑膠花廠的工潮，引致藍仁死得不明不白，工會方面無法為他討回公道，左派人士十分憤怒，認為是港英政府的逼害。不過，藍仁的死也不是白死，他死了，導致一場長達八個多月的暴動，幾乎搞跨了殖民地政府，英國人要滾蛋！

這場暴動，人心虛怯，一些有財力能力的人，準備移民去澳洲、美國、加拿大等地。膠花廠的老板、股東正在考慮把資金撤走，去東南亞或台灣設廠。

陳凡十分擔心，如果膠花廠真的把香港的廠搬遷去外國，他怎麼辦？

某日，冷向東家中的電燈壞了，他駕車載陳凡去他家中修理。冷向東的家在又一村丹桂路××號，是一幢兩層的花園洋房，院子有花有樹，也可以停泊車輛。陳凡跟女傭爬樓梯上樓上修理電燈的時候，趁機瀏覽屋中的格局。

這幢獨門獨戶的花園洋房，樓下是飯廳和客廳，廳堂後面是廚房和浴室。右面牆壁旁邊一道柚木樓梯通往樓上，樓上兩間睡房和一間主人套房，三個房間都有陽台，人站在陽台上，能眺望園景和街景。

樓上的電燈壞了，陳凡檢查後，原來是總開關的一條保險燒斷了，換上一條新的，樓上的電燈就恢復光亮了。

電燈修理好了，冷向東帶陳凡落樓下的客廳坐。他叫順德女傭泡茶拿糕點來招呼陳凡。陳凡坐在皮梳化上，腳踏着油光可鑑的柚木地板，天花板垂下來的水晶燈，閃閃發光，他感覺眼花繚亂。

在冷向東面前，他仿如一朵凋謝了的花，低下去，低下去，幾乎不敢抬頭，只在梳化上坐着半個屁股。他租住的板間小房子，仿如棺材一樣狹小，跟冷向東自己買的花園洋房相比，簡直就是地獄與天堂。那年大家一齊偷渡來香港，至今將近十年，冷向東怎樣撈到風生水起，如今這樣風光？他不敢問對方。

陳凡不想發達致富，只要有工做有飯食有屋住，有家室，生活安定就好了。他十分關心現今的左派人士暴動，恐怕香港會變成大陸那樣。他詢問冷向東對目前這場社會動亂的看法怎樣？他們公司會不會轉移資金去外國設廠？冷向東只說他對這動亂的一點意見，會不會撤資是他們公司的行政秘密，他不可以有任何透露，只是笑而不答。

陳凡說：「如果公司撤資去外國開廠，你可不可以帶我去？」冷向東說：「那要和老板、股東開會要怎樣做才可以決定。」

這時一位女人從外面回來。她三十上下年紀，顴骨高高，嘴巴闊大，身子肥胖，手挽着鱷魚皮手袋和連卡佛百貨公司招牌紙袋。白衫黑褲後面紮着長辮子的女傭見到她，即刻走過去接她手上的東西。

冷向東從梳化上站起來表示迎接她。陳凡也站起來對她點頭微笑。冷向東對他說：「這位是我太太。」陳凡對她說：「冷太太，幸會，幸會！」

冷太太看看他才說：「他是甚麼人？」冷向東說：「他叫陳凡，是我們廠裏的電器師傅，來我們家修理電燈。」冷太太說：「電燈修理好了，為何不叫他走？」冷向東說：「以前我們是好朋友，留下他敘敘舊。」

冷太太轉身上樓了。陳凡見她的態度冷冷的，她又是闊太，自己是窮人，不便久留，說要走了。

冷向東挽留他，說：「你坐下。在廠裏，我們都是員工，要講的是公事。而今你來到我家，我就當你是老朋友，大家敘敘舊，你不想嚒？」

陳凡見他念舊情，心中高興。他說：「當然想和你談談，只是我不敢留下來打攪你們。」冷向東說：「我太太上樓休息了，不要緊。我要問你，你有張錯的消息嚒？」

陳凡說：「我一直都不知道他怎樣了，好掛念他。」冷向東說：「那年我們走到梧桐山時，大家講好，若是大家都能夠逃跑到這邊來，就在九龍城衙前圍道我舅父的舖子見面……」陳凡說：「我到新界第二日就搭車入市區，即刻去衙前圍道打探你的消息，但那間舖子的老板說不認識你這個人，當時我以為搞錯了地址，失望走了。」冷向東說：「你無搞錯。我到了這邊，才知道衙前圍道幾十間舖位都是我舅父的，那些舖子都出租給別人做生意，其中一間才是他開油糧舖，做批發生意。」

這時陳凡才知道他的舅父有幾十間舖位收租，是大業主，是大富翁。冷向東又說，他的舅父是大富翁，但他沒有兒子，只有一個女兒，他不願肥水流到別人田，冷向東一逃跑到這邊，他的舅父就將自己的獨生女兒嫁給他。他的舅父是九龍城地區首富，把大部份資金投資入他的好朋友的膠花廠，是廠中的大股東，舉薦冷向東做膠花廠的廠長，管理廠裏的行政事務。

陳凡想：原來冷向東憑着他舅父的財力才有今日的好景，還娶到他舅父的獨生女兒做老婆。而自己隻身逃跑到這邊來，身無分文，舉目無親，只憑着自己的勞力掙錢生活，真的是同人不同命，沒有甚麼好怨的。說起來，自己還好，如今張錯是生是死都不知道，人生就是這樣禍福難料！

與別人相比，他算得上幸運了，若不是那年在湛市煉鋼場認識張錯和冷向東，跟他一起偷渡來香港，他就要回到自己家鄉的公社耕田，如今是否還能活在世上也說不定。

21

香港左派人士搞反英抗暴，皇家警隊奉命大力鎮壓，雙方對峙，社會紛亂動蕩，人心不定，大家都不知道事情會演變到怎樣。有能力的人都鋪設後路，香港若然變得無法生活下去了，就移民去歐美國家或台灣，另謀出路。

陳凡沒有能力去外國，無論香港變成怎樣，他都要在這裏生活下去。他的心情焦慮又徬徨，晚上放工回到住所，也無心看書。

某日晚上，他去土瓜灣炮仗街探訪司徒先生。早幾年他們就認識，他敬仰司徒先生的人品和學問，心中有不少疑難想請教他，看看他能不能解開自己的心結。

上到司徒先生租住的那層唐樓按門鈴。開門給他的正好是司徒先生。他招呼陳凡入他租住的尾房坐。上樓之前，他在樓下的水果店買了一包橙和蘋果，坐下後，他們就削蘋果吃。

陳凡說：「司徒先生，依你看，這場左派人士暴亂的結果會怎樣？」司徒先生說：「從種種跡象看，暴動不會持續得太久了。」

陳凡不明白他這樣說是甚麼意思，他說：「大陸那邊要派軍隊來解放香港？」司徒先生說：「他們不會這樣做。」陳凡說：「怎見得？」司徒先生說：「大陸現在搞文化大革命，窩裏鬥，閉關鎖國，香港是中國的一個窗口，他們要通過這個窗口和歐美等國家通通聲氣，才可以知道外面世界的變化。如果他們解放香港，把香港變成中國一個普通城市，無異把這個通風的窗口封死了；這樣對他們只有壞處沒有好處。」陳凡說：「讓英國人繼續管治這個城市對他們就好？」司徒先生說：「他們說，香港是歷史遺留下來的問題，現在香港還有利用價值，所以不會解放香港。」陳凡說：「要到甚麼時候他們才收回香港？」司徒先生說：「不知道。不過，不是現時。」

陳凡想了想，這樣說：「你怎知道不是現時？」司徒先生說：「那些罷工的人沒有工資拿，不能生活下去了，好多人都想復工了。但他們原先的工廠企業都不會僱用他們了。沒有辦法，他們只好去別的工廠求職。這說明甚麼呢，北京政府不支持他們繼續罷工搞跨香港，沒拿錢給他們做生活費。他們沒有錢食飯養家，還罷甚麼工？他們沒繼續罷工搞暴動了，社會上各行各業就會恢復正常運作，他們的領頭人就逼住放棄搞跨香港了。」

司徒先生的分析雖然有道理，陳凡還是不放心，抱着觀望的態度，等待事態的發展。他沒有門路去台灣，更加沒有能力移民去歐洲、美國，除了觀望等待還有甚麼辦法呢？只要自己任職的膠花廠沒遷移去外國，自己有工做就好了。

* * *

動亂期間，時間進入冬季，雨季將盡，天還是不下雨，港九兩地的幾個水塘的存水量都下降到警戒線。這些山谷中的水塘，都是天下雨時經山上的引水道引山上的雨水入水塘的，天不下雨，無水可引，水塘天天都要輸送大量食水去濾水廠，過濾淨化的水經水管輸送到用戶給居民食用。天不下雨，水塘儲存的水天天下降，眼見快將沒有水使用了。政府的供水部門經研究商討，必須建造海水化淡廠。但建造海水化淡廠不是短時間就能建造得好。沒有更好的辦法，只有實施制水，減少市民的用水量。

實施制水不能一下子制得太緊，分三級制，逐步進行，起初每日供水四小時，過了一個時期，天不下雨，隔日供水四小時；又過了一個時期，天還是不下雨，四日才供水四小時。

我們這個城市，地窄人多，住所擠逼，一層樓往往居住十幾個人，四日才供水四小時，大家都要煮飯做菜洗衣沖涼，當然不夠用。樓宇的輸水管，從地面一層層接駁上去，每日一到供水時間，大家都打開屋中的水龍頭等水流出來，用桶用盆用煲去裝。水是從下面經過水管向上湧的，下層的水龍頭打開了，水流入人家的水桶水盆了，就沒有水到一層了。這時上層樓的人打開屋中的水龍頭也沒有水流出來，他們就大聲向下面喊：樓下閂水喉，樓下閂水喉呀！

樓下的人雖然聽到樓上傳來呼喊聲，卻不理他們，家中的水裝夠了才閂上水龍頭，上層的人才有水裝。

那些徒置區大廈、木屋區，家中沒有水喉，都拿着水桶、水盆去公用水龍頭裝水。去共用水龍頭裝水的人，需要排隊輪候，有人用竹桿挑着兩隻大水桶去裝，他裝滿兩大桶，差不多十幾二十分鐘，後面的人等待久了就說：「你裝了這麼久還未裝滿，等到制水都未輪不到我們呀！你只顧着你自己，不理我們無水用？」那人說：「你要裝水，為何不早些來排隊？我先排隊，當然我要裝滿兩桶才輪到你！」後面的人說：「你兩隻水桶咁大，一個人就等如我兩個人裝咁多，你好意思？」

那人強詞奪理說：「鬼叫你無擔大水桶來裝？」後面的人說：「如果個個都擔大水桶來裝，龍尾的人還有水裝嚟？」那人說：「我理得你咁多！」

那人如此自私，不講理，在後面排隊的人都不服氣，齊口夾聲說他是自私鬼，不理人家都在焦急等待。有人大聲說，如果他再這樣做，就要趕他走！

那人雖然橫蠻，但見到後面的人一齊攻擊他，軟化了，還未裝滿兩桶就拿竹桿挑着走了。後面的人才去裝。

塑膠廠的老板頭腦靈活，知道家家戶戶都要用膠桶裝水，馬上製造巨大的模子，注塑大膠桶上市，批發給各處的商店售賣。這種大塑桶，打不碎，又輕便，裝的水又多，很受用家歡迎，生意興隆，大大地賺錢，肥了自己的腰包，猶如發了一筆橫財。

但是肥了商人，卻苦了貧苦的市民，因為大家都要大膠桶裝水，市面上缺貨，商人提高價錢大家都要買。最煩惱的是，窮人的家居如此狹窄，要擠出地方放大膠桶，家中的人連容身的地方都沒有了。但水是生命之源，沒有水飲用就不能活命，就是把水桶放在牀上也要做。水比甚麼都重要，別的東西都要讓位給水桶。

茶樓酒家需要大量食水，裏面的儲水缸裝滿了都不夠四日使用，沒有水怎樣做飲食生意？有人見到這種缺水的情況，就製造巨大的鐵水箱搬上貨車上，駛去新界的溪澗旁邊，用水泵抽滿水，載回市區賣給茶樓酒館的老板，賺他們的錢。

這個時候，市民大眾不怕暴動，不怕土製炸彈，不怕宵禁，最怕沒有水飲用，大家都在為水發愁。暴動者只是跟皇家警察對抗打鬥，街頭巷尾的「菠蘿」不一定炸到自己，沒有水飲食就會死。

左派人士為了挽回因暴動失去的民心，他們從大陸運來大量白米，在街頭分派給窮人。但有米無水怎樣煮飯？他們又製造大鐵箱用貨車駛去新界溪澗取水回市區，在街頭免費分派給大家。

政府的水務局四日供水四小時，當然可以大大節省用水，但如果太長時間不下雨，水塘中的存水總會用光。建造海水化淡廠造淡水成本貴不說，問題是，建造須時，不能應急。政府方面也着急。

我們這個城市的人口天天增加，人口增多，儲存的食水必須增加。政府方面為了長久計，就派專家研究建造大型水庫，才能解決食水問題。水庫選址在三面青山環抱的海灣築堤壩。堤壩築好了，然後抽掉裏面的海水，挖掉污泥，等待天下雨，從山上引水入水庫——那是好幾年之後的事了。

陳凡從報紙電台知道政府這種大型長遠的基建計劃，暗自思考，如果北京政府要搞跨香港，趕走英國佬，港英政府為何還要花巨額金錢和人力大興土木建造這樣的大型水庫？英國殖民地官員會做這樣的傻事嗎？

港府一實行建造大型水庫，又有消息傳出，說大陸方面和港府合作，建造大水管引東江水輸入香港的水庫，以立方米計錢賣給政府。東江水滾滾而來，要幾多有幾多，我城的市民以後都不必為食水煩惱了。

那麼，港府為何還要繼續動用大量金錢和人力去建造大型水庫和海水化淡廠？有學者和政治家分析，港英政府方面憂慮，萬一大陸方面因某種原因關上東江水閘，不賣水給港府了，香港人不是受制於他們任他們擺佈？所以港府必須繼續建造大型水庫，儲存足夠的食水。

22

楊嬋娟辭職不幹了，她離去的時候，沒有對陳凡說，沒有跟他告別。她在這家膠花廠工作了這麼多年，別人稱她「老臣子」，不知道她甚麼原因不幹了。

陳凡只知道她十多歲就入膠花廠做工，由童工做到升級為裝配部領班，管理裝配部門的女工，猶如一位小小的女王。如今她辭職了，是讓別的工廠高薪挖角？是去嫁人不必工作了？不管是甚麼情況，他還是喜歡她，懷念她，見不到她，他的感覺彷如失去一件心愛的東西，心裏不好受。

梅芬還在裝配部工作。陳凡追求不到楊嬋娟，沒有辦法，轉移目標去追求梅芬，約會她放工後去外面食飯看戲。但她的神情冷冷的，沒有早前去長洲遊玩時對他的熱情了。他想：甚麼原因她會變了？是不是她認識新的男朋友了？

梅芬對他的態度何故變了，他不好意思問她，就是問她，她不一定回答他。若是這樣，他不是自討沒趣？他只好鼓起勇氣對她說：「梅芬，如果我有甚麼地方做得不對，你講出來，我可以改。」梅芬說：「你沒有甚麼做得不對，你的心只有楊嬋娟，初時我不知道，才想親近你，跟你做朋友，後來我看出來了，知道自己不應該在你們中間阻礙你。」陳凡說：「如今她不在廠裏做了，你可以放心了。」梅芬說：「我知道你只中意她，好失望。如今我有新的男朋友了，你還是去找她啊。」陳凡說：「我不知道她去了哪裏，找甚麼？」梅芬說：「她離開的時候無告知你？」陳凡說：「沒有。你是她的好朋友，她告訴你了吧？」梅芬說：「她怨恨我親近你，和我反面，怎會同我講？」

陳凡的心仿如被刀子刺了一下，原來嬋娟喜歡他，在暗戀他。要不然，她為甚麼會嫉妒梅芬、由好朋友變成情敵？如今嬋娟已經離職不在膠花廠了，要找她解釋道歉，也不知道去哪裏找得到她啊！

他失去了楊嬋娟，想轉移目標去追求梅芬，填補他失落痛苦的心靈。但梅芬已經說得好清楚，她另有心上人了，拒絕他的追求了！

陳凡的情緒低落又痛苦。翌日傍晚放工的時候，他去裝配部請主管雷先生去餐廳飲咖啡。兩人在卡位坐下後，他問雷先生嬋娟是甚麼原因辭職不幹了。雷先生說：「不知道。她辭職的時候，廠長挽留她，但她堅持要走，挽留不到她。」陳凡說：「廠長知不知道她甚麼原因要辭職？」雷先生說：「廠長見她在廠裏做了咁多年，做得又好，才挽留她，但廠長沒有理由問她因甚麼事辭職。」陳凡說：「如果她是讓別的工廠高薪挖走，廠長加薪給她，不是可以留得住她？」

雷先生是有人生經歷的人，這樣說：「廠長怎可以這樣做？我們工廠有規章制度，若是加薪，全廠上下員工一齊加。如果因她一個人辭職就加薪給她，不是破壞了廠中的行政制度？」

伙計送飲品糕餅來了，中斷了他們的談話。他們飲着咖啡，陳凡說：「雷先生，照你看，楊嬋娟在膠花廠中做了這麼多年，為何說不做就不做了？」

雷先生沉吟一下，說：「照我看，她是因感情問題。」陳凡說：「一個人因感情問題會放棄一份做了多年的好工？」雷先生說：「男人或者不會，女子就會，女子的情感往往勝過她的事業。」

陳凡想多了解楊嬋娟一點，說：「是不是沒有男子中意她？」雷先生說：「好多男子中意她，只是她對他們都是冷冷的，神情似聖女，人家就以為她不中意自己，打退堂鼓走人。我和她在裝配部共事好幾年，看得出她這個人是外冷內熱，只是想追求她的男子摸不透她的心理，不敢放膽追求她。其實，她只像莆萄架上一串熟葡萄，你不伸手去摘，想她掉入你手裏？」

雷先生的話讓他刺骨錐心，原來她只是葡萄架上的一串葡萄，只要他伸手去摘就得到。只因他的自卑心太重，以為嬋娟不喜歡他，不敢向她表示愛意，全力去追求她，白白失去這次難得的好機會！如今他想不顧一切去追求她，又不知道她去了哪裏，激死人！

梅芬原本是楊嬋娟的好朋友，那天大家去長洲遊玩發生的事，引致她們由好友變成情敵，反目成仇。這件事是她引起的，他要求梅芬幫他的忙去打探嬋娟的消息。梅芬起初不願意，但經不起他苦苦要求，而且她又有意中人了，不必跟嬋娟爭奪陳凡了，就答允幫他去打探嬋娟的情況。

幾日後，梅芬告訴陳凡，說她知道嬋娟的情況了。陳凡十分高興，以為自己有途徑再去追求嬋娟了。但他高興得太早了，馬上從興奮的高峰跌落喪氣的谷底。

梅芬說，她的表姐那年和嬋娟一齊入膠花廠做童工，大家一起在裝配部門工作，知道嬋娟的情況，也知道她在聯合道老虎岩（樂富）的木屋同她的父母居住。她的表姐去老虎岩木屋區打探，知道嬋娟前幾天嫁人了。

陳凡聽梅芬這樣說，又失望又傷心。他說：「嬋娟離開這間廠不到三個月，怎麼咁快就嫁了人？」梅芬說：「這也難怪，她在膠花廠做了咁多年，中意她的男子見到她高傲的樣子，都打退堂鼓不敢追求她。她的歲數一年年大，而今是老女了，她再沒有時間和條件挑選好的男子了。她的父母又催促她快些結婚，有個歸宿，她咬咬牙，把心一橫，不理甚麼樣的男人都肯嫁給他……」

陳凡急欲知道嬋娟嫁了甚麼樣的男人。梅芬說：「我表姐說她嫁了一個比她年紀大得多的男人。」陳凡說：「這個男人是不是有錢佬？」梅芬說：「窮過你。」陳凡說：

「他到底是怎樣的人？」梅芬說：「我表姐見過他，他是屠房的劏豬佬。」

陳凡的頭腦嗡的響了一下，以為自己聽錯了。心想：甚麼？嬋娟嫁了一個比她年長得多的劏豬佬？有沒有搞錯？我陳凡雖然是個平凡人，但我還年青，有技能，有文化知識，和年紀大的劏豬佬相比不是好過他？怎麼她肯嫁給身上染滿豬血的屠夫而不肯向我表示情意？如果當初她對我不是這樣冷淡，我就會放膽追求她。但她已經嫁給一個劏豬佬了，是人家的老婆了，還有甚麼好說啊！

* * *

以前他在樓房中拉電線安裝電器，在建築地盤釘石屎板，做這些樓房地盤工作的都是男人，沒有女子，找不到女朋友。來到膠花廠工作了，廠中的女子多得很，怎麼還沒有一個女子和他談情說愛？難道是姻緣未到？那麼，要何年何日才到？

等待姻緣到來，無異守株待兔，不能等，必須主動大膽去做。他喜歡楊嬋娟，沒有勇氣向她表白愛她，猛烈追求她，讓她下嫁給一個粗鄙的老屠夫，而自己落到悔恨不已的結局！

膠花廠這麼多女工人，有年輕漂亮的，有成熟的，不會沒有女子喜歡自己，不找機會去結識她們，怎知道她們不喜歡自己？和她們見面的時候，要同她們打招呼，找話題和她們談話，能夠引起她們的興趣最好，她們對自己沒有意思也無傷大雅。

這個工廠區，有茶樓，有大排檔，有餐廳，到了中午停工食飯時間，大家都去茶樓、餐廳食午飯。在餐廳食飯的時候，見到相熟的女子，他就和她們坐在一起，同枱食飯，談些個人的事情，見面談話多了，就會知道彼此的生活情況，也可以增加友誼。

陳凡以前有個錯覺，以為女子都高不可攀。他只知道男子想結交女朋友，忽略了女子也想結交男朋友。所以才不敢放膽去追求女子，錯失了戀愛的機會。造成這個原因，是他曾經有過幾次失敗的經驗，挫敗了他追求女子的自信心。

裝配部門有個叫冼若薇的女子，她見到陳凡的時候就向他拋媚眼，送秋波。陳凡的膽子大了，當面邀請她星期天去青山灣遊玩。冼若薇答應了，陳凡好高興。到了星期天早上，他早早就到約會的地點等待她。只等了一陣子，冼若薇依約來了，但她不是單獨來，還有兩個女子同她一起來。

陳凡認識同若薇一起來的女子，她們都是裝配部門的女工，一個叫梁以青，一個叫何喜兒。他想：她們三個女子，我一個男子，雖然不能和冼若薇單獨相處，三個女子陪伴我一齊遊玩也不錯。

星期天，學校、政府機構、銀行、工廠都休假，大家都不必返工返學，早上少人搭車，馬路上的車輛少，交通暢順。他們幾個人從竹園巴士站上車，只半小時就到達佐敦道碼頭了。落車後，轉乘去元朗的巴士。

元朗路線的巴士是單層的，車廂中都是雙人座位。冼若薇先坐，何喜兒坐在她身邊。她們後面的座位沒有人坐，梁以青坐下了，陳凡才坐在她身邊。三個女子，梁以青最漂亮，神情含蓄自然，不愛說話。

陳凡是邀請冼若薇的，如今卻和梁以青貼身坐着，不是冷落了冼若薇？她會怎樣想？她是聰明的少女，有心計，是不是她故意這樣安排的？如果是，他就不可以對梁以青太親密了。

好在他和梁以青坐在冼若薇後面的座位，他可以看到她，她背後沒有眼睛，看不到他，只要他和梁以青不談話，他的動態表情她看不到。

梁以青默默地坐着，眼睛望着前面，他不知道她在想甚麼。馬路上的交通暢順，巴士在青山道上開得好快，車子轉彎搖晃的時候，她的身子不其然挨到他的身邊來，她的頭髮拂着他的面頰。他感覺有點痕癢，也聞到她的體香。她的體香一陣陣飄送過來，他的心靈顫動，起了轉過頭去親吻她的衝動。但頭一次和她去郊遊，頭一次和她貼身坐在長靠背椅上，怎可以對她放肆？難道要嚇跑她？

巴士轉彎搖晃的時候，他兩腳踏着地板，保持身體平衡，以免傾倒她身上去。這次郊遊，事先他沒有邀請她，是冼若薇帶她來的。他聽裝配部的主管雷先生說，梁以青是冼若薇的表姐，是她介紹梁以青來膠花廠做事的。既然如此，她們的關係必然密切，她們有甚麼事情都會說出來。他必須注意這一點，不可讓冼若薇知道他心中喜歡她的表姐。

雷先生對他說過，愛情這回事，女子最忌男子用情不專，一腳踏兩船。雷先生說的一點也不錯。冼若薇是聰明的女子，她自然懂得這個道理，那麼，她為何要帶梁以青這條「船」來讓他踏？如果她單獨來，他和她一起去遊玩不是很好？

現時在巴士車廂中，他被梁以青的美貌和文靜的氣質深深吸引着，沒去想冼若薇的秋波媚眼了。她的眼睛如電眼，視線會穿透他的心，在她面前，他不得不小心！

陳凡的思緒在跑野馬，巴士在青山公路上也在跑野馬。青山灣是中途站。他們在青山灣路邊落車，步行幾分鐘就到海邊了。

青山灣的沙灘如彎月，沙子又幼又白，陽光下的沙子閃耀發光。沙灘上有瞭望塔，救生員坐下塔上對着海觀望。海上的浮台，有人游泳到那兒累了，就爬上浮台歇息。

冼若薇和何喜兒走入女更衣室換泳衣。陳凡問梁以青為何不去更衣，梁以青說，她的肚子有點痛，不想游泳。

陳凡聽她說不游泳，暗自高興，心想：冼若薇和何喜兒落海游泳，自己就可以在沙灘上和梁以青談話了。

梁以青問陳凡為甚麼不游泳。陳凡說，他沒帶泳褲來，不可以在海上游泳。

海風從大海那邊吹來，波浪一下一下湧到岸邊，捲起了白白的水花。

四個年輕男女，兩個在海中浮游了，這樣就讓陳凡有個好機會，他可以和梁以青在岸上的樹蔭下漫步時說些甚麼，冼若薇都看不到聽不到了。

在岸邊漫步的時候，陳凡靠近梁以青身邊，同她併肩而行。路邊的叢林，紅花襯托着綠葉，微風吹拂，讓人身心舒暢。陳凡說：「我們天天都在廠裏做工，好煩悶，難得到新界海邊吸吸新鮮空氣，吹吹海風，太好了。」梁以青說：「吹海風好？我不覺得。」陳凡說：「怎會不覺得？」梁以青說：「我一出世，就在漁船上隨我父母出海捉魚，一早到晚都吹海風，討厭死哩。」

陳凡不敢相信她是船家女，漁民天天都在海上撒網捕魚，晴天日曬，雨天雨淋，海風吹打，久經風雨，皮膚就會變得粗糙黝黑。梁以青的皮膚如此白淨，面孔白裏透紅，樣貌姣好，神態含蓄自然，仿如小家碧玉，哪像漁家女？

他說：「水上人住在船上，你怎麼上岸上做工？」她說：「我們早就無在海上捉魚了，政府收去我家的漁船，讓我們住廉租公屋，我爸轉行去地盤挖泥搬板，我入工廠做工。」他說：「你們如今住在哪裏？」她說：「油塘公屋。」

陳凡改變話題：「你同冼若薇的感情好嘜？」梁以青說：「我是她表姐，當然好。要不是，她怎會叫我陪她出來玩？」

冼若薇的皮膚粗糙，臉孔像個菠蘿包，喜歡在男子面前搔首弄姿，拋媚眼，樣貌舉止和她表姐相比，差得遠了。因此，陳凡的情意轉移到梁以青身上了。但他不能讓冼若薇知道。

為了不讓冼若薇見到他和梁以青如此親近談話，他和梁以青轉回沙灘等待何喜兒、冼若薇游上岸。

他站在沙灘上，眼睛在撒網。海上好多人在游泳，他看不到何喜兒和冼若薇。心想：她們哪裏去了？是不是已經上了岸？梁以青的視力好，她見到她們站在浮台上，正在向沙灘上觀望。

陳凡也看到她們了，心想：她們不游泳，是站在浮台上觀察我和梁以青的動靜？若是這樣，那麼，剛才我和梁以青併肩漫步的時候不是被她見到了？

梁以青向浮台那邊揮手，示意她們游回來。她們見到了，也揮手回應。

何喜兒和冼若薇游回沙灘時，陳凡問她們還游不游？冼若薇沒有回答他。她們的頭髮濕透了，身上的水珠向下流，踏着幼白的沙子，向上面的更衣室走去。

過了一陣子，她們換好衣服，穿了鞋出來。陳凡提議去青山墟飲茶食飯。冼若薇綳着面孔，說不想去。陳凡看得出她不高興，陪着笑臉再三要求她去。何喜兒、梁以青也在旁勸說，她才勉強和大家一齊去。

23

從青山灣遊玩回來，陳凡就想對冼若薇解釋，他對她是真誠的，沒有二心。但在廠中見到她的時候，有別人在場，他就不好開口了；這是男女的感情問題，必須兩人單獨在一起才可以說。

某日傍晚放工，陳凡見到她，說請她去餐廳飲茶，同她談談那天郊遊的事。冼若薇斷然拒絕了，她說：「我們之間的事沒有甚麼可談了。你中意她，就去找她！」

冼若薇說了這句話，轉頭走了。陳凡望着她的背影，心想：她說的「她」，明顯是梁以青。她的語氣堅決，神情倖倖然，自己和她的事無法挽回了，完了。

陳凡恢復了理智，心想：既然她堅決拒絕了，那是她的事，怨不得人。這樣也好，一意一心去追求梁以青就是了，免得自己三心兩意，一腳踏兩船。而且我喜歡的是梁以青，不是她冼若薇。

主意已定，就等待機會去做。但時機不容易得到，因為大家都在廠裏做工，按時返工，按時放工，工作時間，裝配部門的女工都坐在工作枱前忙着裝嵌膠花，整層樓的女工都看到彼此言談舉動，怎好貿貿然去邀約她？若是她拒絕了，在眾目睽睽之下，怎樣落得了台？

做任何事都是起頭難，初初約會女子更難。如果兩情相悅，她肯定赴約，約會多次了，只給她一張紙條，一句話，就可以約會到了。但他沒有邀約過梁以青，就是有機會邀約她，都不知道她肯不肯赴約。

好不好寫一封信親手交給她？塞一封信在她手中，只須一秒鐘，容易做得到。她看到信了，知道他邀約她了，她肯赴約最好；不肯赴約，別人也不知道，不會太難堪。

寫這樣的邀約信，簡簡單單，不必思考，無須文采，躲在牆角幾分鐘便寫好。寫好了，放入封套中，隨身攜帶，沒有人見到時塞入她的手中。

梁以青見陳凡如此突然塞給她一個封套，有點愕然，問他甚麼事。陳凡說：「你打開看就知道了。」梁以青怕別人看到，即刻把封套放入衣袋中，離去了。

三天後，陳凡在廠中遇到她。她的神情沒有像往日那樣自然，反而他的神經頓時緊張起來，不知道她有沒有話說。但她甚麼都沒有說。陳凡想：她已經拿到信了，知道我約會她了，肯不肯應約也要對我說，為何沒有一點表示？

他們見面的時候，在貨倉門口，沒有別人在場。陳凡即時抓住機會說：「梁姑娘，我好想同你做朋友，希望你應承我。」梁以青說：「我們在同一間廠做工，已經是朋友哩。」陳凡說：「我不是想同你做普通朋友，是想同你做男女朋友，你明白嚜？」梁以青說：「你在信中已經講過了。」陳凡說：「既然你知道了，好想今晚放工後，同你去餐廳飲茶。」

梁以青說，今晚她家中有事要做，不能同他去飲茶。陳凡急急問她甚麼時候可以。她說明天晚上。

她承諾了，陳凡十分高興，說：「明天放工我在廠門口等你。」梁以青說：「在廠門口等我會讓若薇見到不好。」

陳凡想：女子做事細心，想得周到。他說：「在哪裏等你好？」

梁以青說，明日放工後，在啟德遊樂場門口見面。

啟德遊樂場在新蒲崗，面向彩虹道，距離膠花廠不遠，不必搭車，步行十多分鐘便可到達。翌日傍晚放工的鈴聲一響，陳凡就懷着緊張又興奮的心情，急急離開膠花廠，走去啟德遊樂場門口等待。

陳凡想：她提議在這裏見面，是不是她想入遊樂場遊玩？遊樂場最適宜年輕人玩樂，可以一邊玩一邊談話，再好也沒有了。好不好先買了入場票等她？如果買了門票，又要求她，就是她不大願意也要入場啊。

遊樂場門前好多人在走動，有人買了門票入場。陳凡去售票處窗口買票。買了門票轉身出來等待。

等待，再等待，梁以青還沒有來。昨日她說在這裏等，照理她不會忘記今晚的約會，難道她講的話不算數、不來赴約？花錢買了門票不算甚麼，她爽約他才傷心失望。看看腕錶，膠花廠放工都大半個鐘頭了，如果她不是爽約為甚麼還未到來？她不是遇到甚麼意外吧？

等待令他焦慮，但又不能不等。如果她不是爽約，等待多久他都願意等。他站立一陣子，又來回走動。他的視線掃來掃去，尋找她的身影，猶如擔心失去一條漏網之魚。這條「魚」對他十分重要，他不願失去她。

傍晚時分，大家都放學放工，街邊的行人多如過江之鯽。行人中有一個令他眼睛一亮的身影，梁以青終於來了！陳凡馬上走去迎接她，說：「我們入遊樂場玩好不好？我已經買了門票哩。」梁以青說：「票你都買到了，就入去哩。」

遊樂場中有玩耍攤位，有小劇場，有碰碰車，還有摩天輪。他們在場裏玩了碰碰車，看了孔雀開屏，陳凡問他去坐摩天輪好不好？她說好。兩人就向那邊走去。

摩天輪的座位，仿如一個個吊在高空的籃子，每座籃子坐兩個人。他和她坐一個，面向前方。摩天輪的機器啟動了，座籃就慢慢向上升。上升的時候，座籃搖搖晃晃，她的身子有點顫動，滑向他的身邊，貼得緊緊的，他不其然伸手去攬着她。

陳凡這一大膽的嘗試，她沒有抗拒，他高興極了。她的身子軟軟的，他聽到她的心跳，但不知道她這時心中在想甚麼。他想：好不好對她說「我愛你」？不好。這個詞太肉麻，說不出口，留在心中好了。

其實，真心愛對方，何必說「我愛你」？含蓄的愛不是更好？此刻在摩天輪上空保護她摟抱着她，就是愛的表現，千言萬語都不及如此摟抱着她來得真誠啊。

摩天輪由地面上升起，在大支架上轉了一個環迴就完結一次玩樂。他們坐的吊籃一下到地面，陳凡就跳下座籃，伸手去幫助她下來。兩人的手掌握在一起，他感覺她的手有一道暖流傳過來，暖在心頭。

離開啟德遊樂場，他同她去彩虹道的餐廳食晚飯。他們在牆邊的卡位坐下，他問她喜歡吃甚麼。她說：「我樣樣都食，你點甚麼我就食甚麼。」他說：「最好你點一樣，我點一樣。」她說：「你點就好，免得麻煩。」

伙計拿來兩杯清茶。陳凡點了一碟炒飯，一碟牛肉麵。伙計寫好菜單離開了。他說：「你肯同我遊玩、食飯，我好開心。你呢？」

梁以青不說好，也不說不好。陳凡不知道她的心意，不好再說這個問題。他們默默地坐着。伙計送飯麵來了，陳凡夾牛肉麵入她的碗子，放在她面前，叫她吃。或許她肚餓了，也不推讓，拿起筷子就吃。

他們吃了一碟牛肉麵，又吃楊州炒飯。她低頭吃飯的時候，因為兩人面對面坐，陳凡一邊吃飯一邊偷偷看她，她吃飯時不快不慢，食相好看。他想：如果贏得到她的芳心，娶她為妻，成立小家庭，和她在家中同枱食飯就好哩。

食完飯，陳凡埋單付錢。來到巴士站候車。天空的月亮在雲層中若隱若現，仿如美女頭面上罩着一塊蟬翼般的面紗。

這時工業區的工廠早已停工了，員工早已放工回家了，街道上的車輛行人稀少，在巴士站候車的人不多。他們等待十多分鐘，開往油塘邨的巴士來了。梁以青怕巴士司機「飛站」，急急揮手截車。巴士停下了，有人落車，她上車，陳凡也跟在她後面上車。在車廂中，她說：「你也是住油塘那邊？」他說：「不是。住在土瓜灣。」她說：「土瓜灣和油塘的方向相反，為乜你上這架車？」他說：「送你回家。」她說：「我自己搭車回去就得，哪要你送？」他說：「夜了，你一個女子回去，我不放心。」

巴士到達油塘終點站停下，她落車，他跟着她落車。她說：「你都送我回到了，你就在這裏搭車回去哩。」他說：「這些徙置區，人多複雜，不安全，我送你到家門。」

這些廉租屋邨，港九兩地各處都有，山坡上是一幢幢七層大廈，建造成一式一樣，以××座作區別。晚上路燈迷朦。梁以青在前，他在後，到了她居住的那幢大廈時，梁以青不讓他送她上樓，說她自己回家便行。

陳凡已經送她到樓梯口了，也放心了，就揮手跟她說「拜拜」，望着她走入大廈，才轉身離開，去巴士站搭車回家。

這天夜裏，陳凡躺在牀上，想着梁以青陪他遊玩食飯，是友情的好開始；有了好的開始，以後就有發展戀情的機會。他懷念她，當然也希望她報以懷念。男女之間，互相懷念才是好事。

過了幾天，陳凡在廠中遇到她，趁沒有人在場，邀約她星期日去外面遊玩。當她正在猶豫不決時，裝配部門一個女工來了，她不想別人知道她的事，就急急離開他，去她的工作崗位做事了。

他還來不及告訴梁以青的約會時間和地點，那個女工就出現中斷他們的談話了。陳凡心中有點埋怨她，但廠裏這麼多人，她不來，也有別的人來，又可以埋怨誰？再等待時機約會她吧。

周末那天早上，陳凡一回到膠花廠就見到梁以青，當時大部份員工都未上班，沒有人和她在一起，他即時約會她，還告訴她會面的時間和地點。梁以青沒說甚麼，答允赴他的約。

陳凡想不到，她這麼爽快答允自己的邀約，高興了半天。在廠中工作的時候，總是想着明天和她去郊外遊玩時，要說些甚麼話，怎樣向她表白自己的情意，單刀直入向她說清楚還是轉彎抹角向她暗示自己的心意？

第二天是星期日，陳凡早早起牀，洗漱完畢，穿上乾淨的衣服，就落樓搭車去約會的地點等待她。

約會的地點在彩虹邨旁邊的巴士總站，那裏有巴士直達西貢墟。西貢地區素有「香港後花園」的美譽，風景秀麗，景緻怡人，是郊遊的好地方。

陳凡在彩虹巴士總站等待了一個多鐘頭都不見梁以青到來。心想：她已經答應了我的約會，不會不來吧？是不是她臨時有事不能來？她的父母不讓她來？還是她故意遲來考驗我的耐性？

無論甚麼原因，他們昨天早上已經約好在這裏相見，就要等下去，未見到她就不可以離去。如果他等得不耐煩離去了，她到達時見不到他，她不高興不說，他也錯失這次和她同遊的機會；約到女子遊玩十分難得，怎麼可以錯失？不顧錯失就要繼續等待；這個時候除了等待沒有更好的辦法了。

星期日早上，好多青年人去郊外遊玩，巴士總站好多人走動。陳凡站在旁邊一棵榕樹下，眼睛在搜索，在走動的人群中，終於發現梁以青向巴士站走來了。他一邊向她揮手一邊向她走過去，走到月台那邊，往西貢的巴士司機發動引擎了。他即刻伸手去拉着她的手，到了巴士門前讓她先上車，他隨後跟着她上。

車廂中左右兩排座位都坐滿了人，甬道中也有人站着。他們一上到車廂，巴士就開動了。他拿零錢向售票員買了票，心才定下來。

梁以青說：「我來遲了，要你等……」陳凡說：「你來了就好，遲些不要緊。」

他這樣說不是虛言，是真話。只要她來，等待多久他都願意。而今他終於可以和她去西貢遊玩了，還會抱怨她遲來嗎？

馬路上的車輛稀少，交通暢順，巴士仿如奔馬，轉彎的時候，左搖右擺，在一處急彎中，陳凡站立不穩，傾倒她身上去，兩人的面頰貼在一起。梁以青紅着臉說：「斯文些！」

陳凡是故意借巴士晃動乘機倒在她身上的，聽到她猶如警告的話，內心慚愧，面紅心跳，向她歉然說：對不起。

巴士過了牛池灣，爬上陡坡，經過飛鵝山下，就是西貢地區了。公路兩旁，都是山林、農地，一些矮小的村屋，在樹林掩映中，若隱若現。山風吹拂，樹影搖動，農人在地裏翻土種瓜種菜。這些田園風景，讓久居鬧市的人耳目一新，感覺舒暢。

巴士到達西貢墟終點站，他們落了車，向海邊走去。防波堤下，有漁夫在小艇上撒網捕魚，岸邊有漁婦向行人兜售魚蝦。他們站在堤岸邊，眺望海景，海中一個個小島，大的海島有房屋，海邊的小碼頭有船隻往來離島。

陳凡讓那些小島的景緻所吸引，好想搭渡船過那邊遊玩。但他想起梁以青本是漁家女，從小就隨父母在海上捕魚生活，看慣了海，她可能對海沒有興趣了。他問她搭渡船去橋嘴島玩玩好不好。她說：「你想去我就同你去。」

陳凡得到梁以青順從他，十分高興，就和她走去那邊的小碼頭。小碼頭的木船正在等待乘客，他們先後上了船，在船艙中的木長凳坐了一陣子，渡船就開動了。

海灣風平浪靜，鷗鳥在海面上飛翔，渡船徐徐向前駛去。海灣中有年青男女在泛舟，也有豪華遊艇在行駛。渡船從豪華遊艇旁邊駛過時，陳凡抬頭向那邊望去，遊艇上的人飲酒閒聊，享受假日的悠閒。

他想：自由世界就是這樣，富人居住花園洋房，坐歐美名牌房車，坐豪華遊艇。窮人求一間小屋容身都不可得，兩者相比，簡直是天與地之別。大陸人人都窮，就沒有這種情況出現了。

渡船到了橋嘴島泊岸，大家先後上碼頭。那些青年男女有些去那邊燒烤野餐，有些爬上海島拍照遊玩。這時陳凡的肚子餓了，他和梁以青進入海邊的小餐廳食午飯。食飯的時候，他把自己的一張半身相片送給她。她接了看看，沒說甚麼，就放衣袋中。食完飯，離開餐廳，兩人在島上的林間小徑漫步。海島上沒有人認識他們，他們做甚麼說甚麼都沒有人理會，他們是情侶還是夫婦，別人都不知道。

林蔭道上清幽安靜，鳥兒在樹上跳躍唱歌，蝴蝶在林間雙雙飛舞。他們併肩而行，他對她一次又一次表示愛意。梁以青忽然說：「我同你出來遊玩，我擔心我表妹若薇知道。」陳凡說：「她知道又怎樣？」梁以青說：「她知道就不好。」陳凡說：「我又是她甚麼人，怕她甚麼？」梁以青說：「你不怕我怕。」

陳凡不知道她何故害怕冼若薇，問她她又不說。他自己思索，猜不到謎底。和她遊玩談話，本來好愉快，有了這個謎團，他心中就蒙上一層迷霧了。

遊西貢橋嘴島回來，時已黃昏。梁以青說：「遊玩了一日，我好累，要回家食晚飯休息，就在這裏分手啊。」

陳凡一怔，心想，她不說「拜拜」，卻說「分手」，甚麼意思？是不是意味着以後她都不赴他的約會發展戀情了？他堅持要送她回家。她拗不過他的好意，讓他送。

兩人回到油塘邨的公屋，冼若薇出現在梁以青居住的七層大廈樓下。梁以青愕然，還不知道她何事在此地，冼若薇的面色大變，她倖倖然說：「你同他好，同他去玩，以為我不知道？我早就看得出了！你已經有未婚夫，食了人家的茶禮了，還勾引他這個花心大蘿蔔！走！我同你回家，把你的醜事告知你爸你媽，你就死！」

冼若薇狠狠地瞪陳凡一眼，就推着梁以青上樓去。她銳利怨恨的目光猶如刺刀般捅了他一下，令他的心靈顫動，久久不能平復。

冷靜了，陳凡才會思索：她們回到梁以青家裏，她會怎樣向她的姑媽姑丈講梁以青的壞話？她會怎樣加鹽加醋損害我？她說梁以青有了未婚夫，是真的嗎？

翌日，陳凡回膠花廠上班，好想問梁以青那天晚上她回家後發生的事。但她一直躲避他，不願見他。他無法知道她的父母怎樣懲處她。

冼若薇見到他的時候，神情幸災樂禍，她那銳利怨恨的目光又像刺刀般射向他！此後裝配部門就有令他難受的話傳出來，說他追求一個又一個，起初追求領班楊嬋娟，對她死纏爛打，追求不到了，就非禮她，搞到她不得安寧，怕了他，就辭職不做離開工作了十多年的膠花廠。他追求不到楊嬋娟，轉移目標去追求梅芬，但梅芬看不起他，交了新的男朋友，拒絕他虛情假意的愛。他再去追求冼若薇，但冼若薇根本不中意他，不赴他的約會，他處處被女子拋棄，又去追求梁以青，但梁以青早就有未婚夫了，不會理睬他……

陳凡真心真意愛梁以青，就是她有了未婚夫，他還是不死心，都要繼續追求她。他想，她有了未婚夫又怎樣，但她還未結婚，不是人家婦，只要契而不捨去追求她，用誠心真情去感動她，還有希望贏到她的芳心。不是嗎，世上有些有夫之婦，經不起別的男子的真情感動，猛烈追求，她也跟原來的丈夫離婚，和她的情人再婚，何況梁以青如今還未嫁人？情場如戰場，各路英雄逐鹿中原，未到最後關頭，還不知道鹿死誰手。梁以青是隻美麗純良的「鹿」，是他心目中的維納斯女神，趁她還未和她的未婚夫結婚，就要把握時機去追求她，贏取她到手。

有了這個決定，他不理膠花廠裝配部的人風言風語中傷他，損害他，再去約會梁以青，一次約不到，再次去約她。但她始終沒有答允他，不赴他的約會，還把他早前送給她的相片退還他！

梁以青這樣做，無異跟他絕交！她的媽媽還來膠花廠找他算帳，說他勾引她的女兒，要她的女兒辭職不幹。梁以青在洗若薇和自己媽媽的迫逼之下，終於辭職不幹了。

陳凡失去他心目中的女神，大受打激，精神恍惚，工作時提不起勁，猶如生病了，沒了食欲，不對人歡笑，晚上還暗暗垂淚。他的人生路上跌跌撞撞，愛情路上也處處碰壁，這樣的厄運要到甚麼時候才完結？

他嘗試忘記早前和梁以青幾次遊玩食飯的情境，但那種兩人漫步林間海邊的甜蜜情意總是揮之不去。他對她有情，是不是自己自作多情？以前同屋住的陳見歡就說他是多情種，難道真的是給她說對了？

但世上很多人虛情假意、花言巧語去追求女子，也能追到手，怎麼自己誠心真意去追就追求不到？以後還去不去認識別的女子追求她？

以前他先後認識幾個女子，也和她們去看戲食飯，分手之後，也能漸漸淡忘她們。只是梁以青的身影，她的神情，她的言談舉止，卻深深印在他的腦海中，揮之不去，無法淡忘。梁以青在他心中的地位何等重要！

失去她，他的情緒低下去，低下去，這種難以形容的失落感，仿如跌入泥沼中，無法自拔。失戀的滋味，他頭一次嘗到，原來如此不好受！難怪有些人失戀自殺，了結自己的寶貴生命啊。

陳凡自問是個堅強又理智的人，他的人生路如此困頓，死裏逃生，他都咬緊牙關挺過去了，失戀痛苦又算得甚麼？但失戀就是痛苦，讓他的傷痛久久不能平復。

（後來陳凡和一個女子戀愛結婚了，還育了一子一女，但他還是無法淡忘梁以青，她是他心中的女神，她的音容常常在他腦中打轉，揮之不去。有一天他有事情去香港仔辦理，在街上和她不期而遇，他問她的婚姻生活是否快樂幸福。她坦言說不幸福，她嫁的丈夫是漁市場的大老闆，很富有，但他財大氣粗，沒有知識，她本來不喜歡他，她嫁給他，是冼若微和自己的父母強逼她的。她嘆息說：如果當初我不顧一切同你結婚就好了。陳凡呆了一下，不再說話，只在心中感覺錯失與遺憾。）

24

午飯時間，工廠的男工多數喜歡去茶樓飲茶食飯，女工人喜歡去茶餐廳。茶餐廳的食品多種多樣，價錢相宜，受女工人歡迎。

陳凡中午也去茶餐廳食飯，因為在餐廳食飯的女工人多，他希望能在食飯的時候交上女朋友，減輕他失去梁以前的失戀之苦。他的願望沒有落空，他在茶餐廳認識一位叫勞歡的女子。勞歡是上兩個月才來膠花廠裝配部門工作的，她年輕，樣貌也不錯。略遜於梁以青而已。

他在廠中見到她的時候，她總是臉紅，偷偷看他一眼才離去。他目送着她的背影，臀大腰細，曲線優美，步履輕盈。她一邊走一邊反手向背後撥弄衫尾。意圖引起他的注意。

陳凡喜歡她，想約會她，又怕她不答應。猶豫了幾日，有一天上班時，他在工廠門口見到她，問她晚上可不可以和他去看電影。她說她的身體有點不舒服，婉拒了。

他的面孔熱辣辣，仿如被她打了一記耳光，下不了台。他想：她說她的身體有點不舒服，是真的嗎？如果是，她不答應值得原諒。他說：「等你的精神好了，再約你好不好？」她說：「到了那時再講。」

勞歡這樣回答，模稜兩可，令他焦慮。但她沒有斷然拒絕，還有希望，等待就是了。她天天都回廠工作，明顯她的身體沒有問題了，好不好再約會她？

見到她的時候，他鼓起勇氣對她說：「你的精神咁好，今晚可不可以同我去看戲？」她遲疑一下才說：「我媽病了，放工了我回家照顧她。」他說：「你媽甚麼病？」她說：「一點老毛病，不要緊。」他說：「要不要我陪你去看她？」她說：「我媽不認識你，不用哩。」他說：「頭一次不認識，一回生，兩回熟。」她說：「我媽不想別人打擾她，你還是不好去。」他說：「你不歡迎我，我當然不去哩。難道我要被你下遂客令？」

陳凡這樣說，是他喜歡她，想知道她家中的情況。她說她媽生病，放工要回家照顧她媽媽，說明她是個孝順女。如今的世道，有幾個年輕人真心孝順父母？在家孝順父母的女子，嫁了人，必然是個好媳婦。如果追求得到她，娶她為妻就好囉。

前後兩次約會她，都被她有藉口婉拒了。他想：怎麼會這樣？是不是自己的樣貌不好、條件不符合她的要求才讓她用藉口婉拒？如果放工後她要回家照顧她媽媽是真的倒好，說真話的人心直口白，坦蕩蕩，沒有心計騙人。

陳凡的觀察，認為勞歡是好女子，就算她再三婉拒他的約會，也不要氣餒，要努力去追求她，真誠向她示愛，或許會感動她，贏得她的芳心。

他想好了，在廠裏見到她，又問她今天晚上放工了可不可以同他去看電影。勞歡說：「今晚不可以。」他說：「又要回家照顧你嗎？」勞歡說：「我媽的病好了，不用我照顧她囉。」他微笑說：「又是你的身體不舒服？」勞歡說：「我的身體無問題。如果今晚同你去睇戲，我媽不知道，她會以為我出了甚麼事，擔心死她。」他說：「打個電話回去不就得了？」勞歡說：「我家沒有電話。」

陳凡以為她又是找藉口婉拒他，這樣說：「如果你不想單獨同我去街睇戲，你可以叫你的好友陪你去。」她說：「為乜要叫我的女朋友陪我去？」他說：「我怕你不肯同我去睇戲才這樣講。」她說：「我不肯同你去就不去，如果同你去，就我自己同你去。要我的女友陪我去不好。」

陳凡想：最好就她同我去，要是她肯同我單獨去，就是好的開始。他說：「明天晚上去睇戲好不好？」

勞歡答應了。他十分高興，說：「明晚放工了，我們一齊去？」她說：「不可以一齊去。」他說：「為甚麼？」她說：「放工時人多，我不想讓人家看到我同你一齊去街。」他說：「既然這樣，我們就分開去，在戲院門口會合。一言為定。」

陳凡晚上在牀上興奮到睡不着覺。他想起頭一次追求同屋住的陳見歡，買了戲票才去製衣廠門前等待她放工，她一踏出門口，他就又要求又強逼她和他去看戲。第二次追求楊嬋娟，自己沒有勇氣邀請她去郊遊，暗中委託雷先生約她去長洲遊玩。前兩次都是在她們事先不知道的情況下同她們去的。如今不同了，是自己當面邀約勞歡的，她又願意赴約，怎麼不高興到無法入睡？

翌日，回到膠花廠上班，他總是想着晚上要同勞歡去街看戲的事，無心工作。好在這天廠中的電燈、電機沒有壞，不需要費神費力去修理。傍晚廠中的放工鈴聲一響，他就在打咭機上打了工咭，離開膠花廠，去約定的「麗宮戲院」門前買當晚放映的戲票，等待勞歡。

但是到了即將入場了，還不見她來。他十分焦急，站立不安，在戲院門前來回行走，左望右望，在人群中尋找她，都不見她的蹤影。他想：昨天親口邀約她今晚在這間戲院看七點半場電影的，難道她忘記了？但是昨天約好的，只隔了一日，無可能會忘記。是不是她搞錯了戲院的名稱？這間戲院是「麗宮」，旺角那間是「麗聲」，一字之差，她聽錯了不奇。如果她去了旺角的「麗聲」，在這裏當然等不到她啊！

勞歡說過，她家中沒有電話，現時去哪裏找她？看不到這場電影不要緊，可以明日晚上看，後日晚上看，要是她出了甚麼意外就不好。意外的事可大可小，比如遇到車禍，遇到塌樓，人就會傷亡。

看看腕錶，七點三十分，這場電影是七點半開映，戲院門前的觀眾都入場了，她還未到來。她會不會弄錯約會時間，工廠放工，她回家了？女孩子貪靚，她回家沖涼換衫耽誤時間了？若是這樣不要緊，他可以繼續等下去，這場電影看不到，看下一場就是了。只是浪一點戲票錢而已。

等待令人焦急。等待令人心緒不寧。等待令人時間難遣。但時間如流水還是流逝，不會停留。

看看腕錶，七點四十分了，遲來的觀眾也入場了，戲院門口只有他一人在等待。

立不安，行不寧，走去街上觀望。街道上的行人來來往往，猶如過江之鯽。他的眼睛在撒網，卻網不到他想網的魚。失望回到戲院門前，勞歡出現在他眼前了！她換了漂亮的衣服，面孔略施脂粉，唇紅齒白，眼波流轉，望着他說：「對唔住，我來遲哩。」陳凡放下心上大石，說：「不要緊，快入場！」

陳凡高興又緊張，連戲票都忘記拿出來讓驗票員看，就拉着勞歡的手衝入去。驗票員大聲說：戲飛！他停下來，從衫袋拿出戲票讓他看了，才匆匆進入去。

電影已經放映了，銀幕上的人物在活動，場內一片黑暗。帶位員拿電筒照照他手上的戲票，帶他們走到前面，指着第八排中間的座位就離去了。

場內的座位都坐滿了人，只第八排中間的座位空着。別人都聚精會神在看戲，他們從別人面前走過去，人家都縮腳讓他們過去才可以繼續看戲。到了那兩個空座位時，陳凡彎腰弄好座位讓勞歡坐下了，自己才在她座位旁邊坐下。

這場電影是粵語片，是陳寶珠、呂奇主演。勞歡喜歡看陳寶珠和呂奇主演的戲，一看到陳寶珠出現在銀幕上，她甚麼都不去想不去理，定神看戲。

陳凡的興趣跟她的不同，他喜歡美國荷里活出品的大製作、大場面的戰爭巨片。看這些大場面的戰爭片，可以學到歷史知識，也看得驚心動魄，刺激又過癮。他買「工廠妹」的戲票，是遷就勞歡的興趣，因為她也是膠花廠的工廠妹，合她口味，她必然看得高興，會在心中說他了解她，頭一次約會就給她留下好的印象。

陳凡對着銀幕，並不留心看戲，他的心思只在勞歡的身上打轉，偷偷轉過頭去瞄她。銀幕發出的光照射在她的面孔上，面皮光滑，美麗動人。他真想轉頭去親吻一下她的臉蛋，但他這樣做是「偷襲」，會引起她的反感和鄙視，不能這樣做。

他心中怎樣想，她不知道，有了舉動，她就能看出他的人格。

散場了，他們隨着人群走出戲院。陳凡看看腕錶，九點二十分。他對勞歡說：「大家都餓了，同你去餐廳食飯好嘛？」勞歡點頭說好。

進入餐廳，兩人在卡位坐下。伙計送上餐牌，陳凡接過來遞給勞歡看。勞歡只在家中吃飯，沒有去外面吃過，連餐牌都不會看，順手把餐牌推回陳凡面前。陳凡說：「你中意食甚麼，我叫伙計落單。」勞歡說：「你食甚麼，我就食甚麼。」

陳凡見她這樣說，就點一客斑塊粟米飯，一客肉絲炒麵，她喜歡食飯有飯，喜歡食麵有麵，任她選擇。

陳凡一邊飲茶一邊說：「剛才你遲來，不知道是甚麼原因，我好擔心。」勞歡說：「一放工，我回家沖涼換衫，換好衫了，我媽問我去哪裏。我說同朋友去外面食飯。她又問我同甚麼朋友食飯，男朋友還是女朋友。我不想她知道我同你去睇戲，就說是工廠的女朋友請我食飯。她不相信，又問這樣又問那樣，不讓我走，我費了好多唇舌，她才放我出門。」

陳凡說：「你媽擔心你年紀小，不曉事，怕你認識壞人，才這樣問長問短。你千萬勿嫌你媽囉唆。」勞歡說：「我知道她關心我。」陳凡說：「你識這樣想就好。」

伙計送飯麵上枱了。飯和麵都是剛剛做好的，熱氣騰騰，香味撲鼻。陳凡問她喜歡食飯還是食麵。她說：「飯麵我都食。」陳凡說：「好。你就食。」她說：「我不是食兩份，每樣一半就飽。」

伙計落單的時候，他心中就是這樣想：飯、麵和她一起分享才有意思。他用湯匙把飯舀入兩隻碗子，一碗給勞歡，一碗自己食。食光一碟斑塊粟米飯，他又用筷箸夾肉絲麵放入她碗中，叫她多食一些。

兩人面對面坐，他偷偷看她吃喝，她不快不慢地食，食相好看。他想：以後可以時常同她一起飲食就好哩。

埋單，離開餐廳，陳凡說，要送她回家。勞歡說：「我自己回去，不用你送。」陳凡說：「現時晚了，你一個女仔走路不好。」勞歡說：「工廠放工了晚晚都是我自己回家。」陳凡說：「工廠六點放工，時候早，你自己回去不怕。現時夜了，你一個女仔回家我不放心。」勞歡說：「不好意思要你送我回家。」陳凡說：「是我約你出來睇戲食飯的，如果你不讓我送，在路上出了事，我的良心過得去嚒？」

勞歡見他這樣說，好感動，不再執意了。他說：「你家在哪裏？要不要搭的士？」她說：「不遠，走路一陣就到。」

街燈幽暗，行人疏疏落落，她在前，他在她背後隨着她走。他想伸手去握着她的手慢慢走，但這是他頭一次約她去街，這樣做恐怕她害羞抗拒他，，已經伸出去的手隨即縮回了。

勞歡向那邊的七層大廈走去，他估到她的家在黃大仙徙置區了。這些徙置區屋邨，遍佈港九兩地，九龍最多，各個區份都有。在這些徙置區居住的人家，都是山邊的木屋被大火燒了，天台的木屋被政府的「寮仔部」清拆了，遷徙到這些政府建造的七層高的徙置區居住的。徙置大廈的租金低廉，屋內有電燈、插蘇設備，每層樓都有公共廁所、公共水龍頭給各住戶使用，讓這些窮人有個安全的居所。

勞歡的家在九龍城區東部，這裏一幢幢七層大廈，她的家在其中一幢的五樓，房子只有兩百多方呎，她從小就在這裏居住，天天走動，熟悉這裏的環境。到了那幢大廈的樓梯口，她停下來，說她的家就在樓上，叫陳凡不必送她上樓了。

陳凡不放心，說現時已經夜了，這些地方的治安不好，讓她一個女子獨自上樓不安全。勞歡說：「我在這裏住慣了，熟悉地頭，不怕。」陳凡說：「光天白日，人多行走不怕，現已深夜了不同。」

勞歡堅持不讓他送她上樓，理由是，她不想樓上的街坊鄰里知道她有男子送她回家。陳凡說：「他們知道有甚麼要緊？」勞歡說：「一讓他們知道，就會告知我媽。」

陳凡會意她的想法。他說：「你一個人上樓梯，要小心啊。」

勞歡說知道了，就回頭揮手向他說「拜拜」。

陳凡回到自己租住的那幢唐樓，爬樓梯上到三樓按門鈴。他聽到屋中的鈴聲叮叮響，卻沒有人來開門。等待一陣子，又伸手去按門鈴，還是沒有人來開門。如此按了幾次，都沒有人來開門給他。

看看腕錶，幽暗的光線下，午夜了。這樣深更人靜了，別的房客都睡熟了，包租婆不來開門就沒有人給他開門了。陳凡想：門鈴響了好幾次，屋中住着這麼多人，沒有理由無人聽到。別的租客沒有義務給我開門，不能怪他們，但包租婆沒開門給我，又不給我大門鎖匙就說不通。

陳凡想落樓，又不知道去何處度宿。心想：是不是包租婆故意沒開門給我，警戒我以後不可夜歸？若然是，我就要繼續按門鈴，一直按到她來開門為止。但自己這樣做，就會把同屋住的房客都吵醒，影響他們的睡眠，對不起人家。

正在猶豫的時候，門頭上面的燈泡亮了，裏面有人問：乜人？陳凡聽得出是屋中房客王婆婆的口音，立刻回答：「王婆婆，是我啊，麻煩你開門。」

大門打開了，他入屋，說：「王婆婆，吵醒你，不好意思，對唔住。」

王婆婆不出聲，回房去了。

陳凡回到自己租住的小房間，已經夜闌人靜，同屋住的人都熄燈睡覺了。他不好意思打擾別人，連涼都不去浴室沖，只拿手帕抹了一下臉就上牀睡覺。

在牀上合上眼，想快些入眠。但勞歡的身影神態卻在他的腦海中打轉。讓他最深刻的印象是，剛才在她居住的那幢大廈的樓梯口告別時，她回頭笑着跟他說「拜拜」，說明她以後會同他再見面，同他去行街睇戲。他不希望甚麼，只要她以後跟自己「拍拖」，發展戀情就好了。

25

勞歡回到家門，拿鎖匙開門，進入屋中，她的媽媽坐在廳子打盹。她一聽到開門聲，睜開眼睛見到女兒就說：「你三更半夜才回來，我以為你出了甚麼事，擔心死我啦。」勞歡說：「今晚出門的時候，我說我同女工友去外面食飯，擔心甚麼。」媽媽說：「你同女工友去食飯，食到咁夜？」

勞歡答不上話了，又不想說出夜歸的真正原因，支吾以對。媽媽說：「現時治安不好，你一個女仔深更半夜在外面走，若遇到壞人怎算？」勞歡說：「沒事啊。」媽媽說：「無事算你好彩。新聞都有報道，有女人夜歸，被飛仔用布塞住口，拉去暗處強奸，還有先奸後殺的，問你怕不怕？」

這種情況，勞歡當然害怕，但她今晚不是一個人在外面行走，有陳凡在她身邊保護她。陳凡不是飛仔，更不是壞人，是關心愛護她的好人；只有保護她，不會傷害她。但她離家的時候，不想媽媽知道她和陳凡去行街看戲，就對她說謊和女工友去外食飯。既然對母親說了謊，就要說到底，不可以反口覆舌了。

媽媽說：「既然平安無事回來了，明日一早又要返工，快去睡。」

勞歡舒了一口氣，猶如皇恩大赦，隨即除了鞋子外衣爬上上格牀就寢。合上眼皮，雖然睏倦了，想到和陳凡看戲食飯的情景，溫馨甜蜜，好一陣子才進入夢鄉。

睡熟了，腦子沒有完全靜止，開始作夢……從餐廳出來，陳凡的身子愈靠愈近她的身子，他見她沒有抗拒，就伸手去拉她的手。他的手肘強健有力，手掌大大，緊緊地握着她的小手，她接觸到他的肌膚，又驚又喜，欲拒還迎，沒有抽回自己的手。他的膽子大了，就低頭親吻她的面頰。她不抗拒，他就得寸進尺，伸手摸她的胸。她不能接受了，就推開他，向他的面孔一巴掌打去。因為用力太猛，打在牀椽上，發出響聲。

這間兩百多方呎的屋子，爸爸、媽媽、姐姐、哥哥、弟弟好幾人同住，夜深人靜時，彼此的呼吸聲都聽得到。她長長的呼氣聲，牀椽發出的響聲，吵醒了父母。他們倆老睡下格牀，媽媽問她甚麼甚麼事。她在半睡半醒中沒有回答，呼呼睡熟了。

不知道過了多久，媽媽叫醒她和哥哥、姐姐起牀返工，她才從朦朧中醒來，揉揉眼睛，天已大亮了。哥哥在建築地盤做打樁工作，姐姐在製衣廠車衣服，弟弟年紀小上學讀書。每天清晨，媽媽就起牀，張羅早餐給他們食。

哥哥在建築地盤工作，他去茶樓飲茶食包點，不在家中食媽媽做的早餐，只有傍晚放工了在家中食晚飯。

清早天濛濛亮，媽媽就起牀在門口走廊上開火水（煤油）爐煲粥，煎雞蛋。他們居住的七層徙置大廈是政府房屋署早期建造的，室內沒有廁所，沒有廚房，各個單位的人都在門口走廊搭一個木架子，放火水爐在上面煮飯燒菜，飯菜做好了，才拿回屋裏食。

夏天屋裏熱，家家戶戶都打開門，左鄰右里從外面的走廊經過時，都看到別人家中的內容，幾乎沒有甚麼秘密，街坊鄰里家中有多少人口，做甚麼事謀生，夫婦子女相處得和不和洽等等，彼此都知道。

「家醜不可外傳」在這些徙置大廈中無法做得到，你家中發生了一點事情人家都聽得到，都知道，而且很快就傳揚開去，人人皆知。

勞媽媽是個守規矩又愛面子的人，她管教兒女十分嚴厲，不願兒女做出損害家聲的事。但她有幾個兒女，不是個個都能循規蹈矩做人做事。大女兒勞喜就有點放蕩不羈，讓她十分傷心失望。

勞喜的樣貌並不美，卻喜歡漂亮的男子，一見到英俊的男子就暈浪，想親近他，和他做朋友，工廠放工了，她沒有即時回家，時時在外面成群結黨遊玩。因為有太多男子和她在一起玩樂，她認識一個油頭粉面十分帥氣的飛仔。那個飛仔有幾個女朋友，勞喜只是他囊中物的一位。勞喜想把阿飛從別的女子那裏爭奪過來，對他特別好，向他投懷送抱，沒多久就跟他去時租公寓開房尋歡，肚中留下阿飛的種籽。

勞喜是未婚少女，肚子卻一大天大起來，她害怕了，問阿飛怎麼辦？阿飛聳聳肩，不置可否，離開她了。人家是男子，可以一走了之，去別的地方再胡混。但她腹中的孩子一天天在成長，必須想辦法去解決他。

勞喜十分苦惱，自己解決不了，沒有辦法，腹中的「餡」又被母親看出來了，追問得緊了，她只好向母親說出實情。勞媽媽氣得罵了她一頓，就問她阿飛甩了她，去了哪裏。勞喜說，她知道他家在石硤尾屋邨，名字叫麥阿飛，不知道他的地址，也不知道他的情況。

勞喜提供阿飛的資料，沒有甚麼用處，尋找不到麥阿飛。家中的事，瞞不過大哥勞啟。他知道自己的妹妹被阿飛搞大了肚子，又不顧而去，十分氣憤，就查問勞喜麥阿飛的身形、面部特徵等等情況怎樣。勞喜就一一向大哥說了，還說麥阿飛梳着「飛機頭」，面頰有淺淺的酒窩。

勞啟記着麥阿飛的身形和面部特徵，就向他的朋友敘述一遍，叫他們去石硤尾屋邨尋找麥阿飛。勞啟在建築地盤做工，認識幾個黑社會朋友，和他們有交情。他們願意為勞啟做這件事。

過了幾天，勞啟的朋友回來對他說，已經查到麥阿飛的住在石硤尾邨××幢七層大廈中，平時甚麼時候落樓、何時回家、在甚麼地方「蒲頭」等等。勞啟掌握到麥阿飛的行蹤了，就在放工後去石硤尾邨「刮」他。

勞啟一連幾個晚上在麥阿飛居住石硤尾邨××幢大廈的樓梯口附近埋伏，等待他回家。到了第三晚凌晨時分，燈光下，勞啟見到他，從暗角走出來，截住他的去路，說：「請問先生是麥阿飛嚒？」

麥阿飛不知道面前的人有意圖，說：「我就是。」勞啟說：「麥先生，你認識一個叫勞喜的女仔嚒？」

麥阿飛一怔，說不認識。勞啟見他否認，知道他不會承擔責任了，說：「你睡了她，還說不認識她？」麥阿飛說：「我根本就不認識甚麼勞喜……」

勞啟見他矢口不認，怒從心上起，大聲說：「你搞大她個肚，就想𨅝完鬆？無咁容易！」說着就一拳向麥阿飛的頭顱打過去。麥阿飛吃了重拳，他迷迷糊糊的酒醒了，眼前滿天星斗，還來不及招架，第二拳又打到他的太陽穴上，一個趔趄就跌倒地上。勞啟不讓他爬起來的機會，就用穿着皮靴的腳，重重踐踏在他的身上、頭上。每一腳踏下去，腳下的人就呻吟一聲，一連踏了好幾腳，最後腳下的人不會呻吟了，他才停止。

黑暗中，勞啟看不清楚他的傷勢，但曉得他起碼也斷了幾條肋骨。他的憤怒之氣也消了，就大聲對他說：「如果你死了就算數，若你死唔去，就唔准你說是老子打你，也不准你去找勞喜的麻煩，要不是，下一次就送你去見閻羅王！聽到了？」

勞啟見周圍都沒有人影，在黑夜中速速離開現場。

回到家中，夜已深沉，以免吵醒家中各人。他拿起茶壺斟了一杯涼水飲，就除下皮靴、外衣上牀就寢。

勞啟打了麥阿飛一頓，出了一口氣，洩了心頭之恨，十分痛快。但冷靜了，才感覺自己逞一時之快，會留下後患。他拳打腳踢到麥阿飛重傷，要是他重傷致死，那麼，他就犯了殺人罪，警方會加緊緝拿他歸案，告上法庭，法庭不判他死刑也要判他終身監禁！但事情已經做了，沒辦法了，他希望麥阿飛不會因傷死亡，就好辦。如今只有等待事情的發展了。

第二日的新聞報道：昨夜凌晨有一青年被人毆打重傷，倒臥地上，有途人發現報案，送去醫急救才保命……

勞啟鬆了一口氣，心想：麥阿飛沒有死就好，就算這小子說出他被打的過程，警方緝拿到他，告他傷人罪，法庭判他的罪也不會太重。現時還沒有人知道是他打麥阿飛，他就裝着沒事人一樣去建築地盤打樁。

勞喜腹中的胎兒必須及早解決。麥阿飛不負責任，怎麼辦？母親說，這個孽種，不能留，快些打掉他。勞喜不大願意，說麥阿飛雖然是壞蛋，無情無義，但她肚中的胎兒是她的骨肉，她要生下他，養大他。

勞媽媽堅決反對，她說：「你趁早打掉他，沒有人知道你的這件醜事，還當你是黃花閨女。如果你生他出來，人家就知道你未婚生子，對你沒有好處。你趁早打掉他，從此忘記那個無情無義的狗雜種不是更好？」

勞喜陷入進退兩難的境地，不知道怎做好。後來她的爸爸，哥哥都贊成媽媽的意見。媽媽斷然說：「你想要孩子，就再搵個好的男子嫁給他，再生幾個都有，何必生下這個孽種連累你一世，斷送你的前途幸福？」

勞喜終於被媽媽說服了，決定打胎。

香港的法例打胎是犯法的，普通醫生不會做，但暗暗找個無牌醫生也能解決問題。經別的女人穿針引線，勞媽媽找到一位無牌醫生為勞喜做手術打胎。

這位女醫生姓易，在大陸行醫多年，來到香港，因為她不是這裏的大學讀醫科畢業的，不獲香港的西醫牌，不能開醫務所行醫，只好在九龍城寨租一間屋子開診所，為人家治病，又暗中為女人打胎。

勞媽媽帶着勞喜按照地址去易醫生診所，對易醫生說是×太介紹她們來的，為她的女兒打胎。

這時是早上，診療所中沒有病人，只有易醫生和她的丈夫。她的丈夫是個肥佬，和她一樣也是從大陸來的無牌醫生，夫婦拍檔行醫，因為他們收的診金藥費比街坊上的正牌西醫便宜，就有很多窮人家庭的病人來他們的診所求醫，他們的金錢收入也不錯。而且有牌西醫不敢違法為女人打胎，他們夫婦就在九龍城寨這個「三不管」的地方做，等如獨市生意，無人競爭，打胎的費用自然就高。

勞媽媽心生一計，對易醫生說，她的女兒去街夜歸，半途被壞人強奸，已經夠慘了，還在她女兒的肚中留下孽種。她是窮人，生活困難，要求易醫生可憐她們，可不可以少收她一點費用。

易醫生同情她們，答允她可以少收三成。不過，條件是，以後她若然介紹別的女人來做，就不可以說這個優惠價，以免影響她的生意。勞媽媽隨即說履行承諾。

女醫生叫勞喜除去衣服入房上手術室。勞喜見她的丈夫在場，有點不好意思，面紅紅，猶豫着，想除又不想。女醫生說：「做你下身，不除褲怎樣做？當初你不是在男人面前赤身露體，你肚裏怎樣有孩子？快除！」

勞喜不是被壞人強奸，是她自願除衣服，同麥阿飛交歡。女醫生說得對，她無話可說了，除衫褲爬上手術牀。

她懷孕只有三個多月，胚胎細小，不必全身麻醉，只局部打麻醉針就可以了。女醫生拿手術工具伸入她的下體轉動時，她感覺得到。她腹中的胚胎雖然未成人，但他正在她的子宮裏漸漸成長，已經是個小小的生命。而今自己和醫生合作打掉他，猶如謀殺他。醫生為錢做這種缺德的事，自己又是為甚麼呢？別人說她腹中塊肉是孽種，要她上手術牀打掉他，但他躲入她的子宮，是身不由己，有甚麼罪？他沒有罪，而是大人犯罪。別的女人，是合法或不合法的夫妻，她們腹中的胎兒，可以順理成章一天天成長，孩子出生長大後，可能會成為科學家、藝術家、政經人才。而自己腹中的胎兒若然可以自然成長、出生長大，誰敢說他將來不是一位出類拔萃的人物？但如今醫生拿手術工具打爛他謀殺他，他變成血肉模糊從她的子宮流出來，是一攤廢物了！

打胎有違人道精神，法律不容許，各種宗教也不容許。但明做不行，人們就偷偷摸摸做。大人被別人打殺了，他們的親友就去報官申張正義，警方會去捉拿殺人者歸案，判他的罪，為死者討回公道。腹中的胎兒無知無識，只能忍受大人的打殺，冤哉枉也！

血漿從她的陰道涔涔流出來，染紅了她的下身。生孩子時也是這樣，血水和嬰兒一齊出來，一個新的生命誕生了，做媽媽會心情歡悅。如今從她下體流出來的，只是一攤黏糊糊的血液，讓她傷心又難受。腹中的孩子沒有了，還要給醫生一筆打胎費用，真的是人財兩失，但是能埋怨誰？埋怨自己還是埋怨麥阿飛？

（勞喜打胎幾個月，就嫁給一個她中意的誠實男工人。）

26

勞歡想到姐姐的遭遇，母親管教得她嚴嚴實實，可以理解。當初姐姐結交的是不務正業、沒有良心的飛仔，才有如此痛苦的後果。如今他結交的陳凡先生，是一位勤奮的技術工人，他怎可以跟飛仔相比？

不過，母親現時還不知道她認識陳凡，也不知她剛才和陳凡去看戲食飯，怎不擔心她夜歸？她的大女兒勞喜行差踏錯，被飛仔欺騙了感情和身體，媽媽就不想她重蹈姐姐的覆轍上男子的當。

勞歡年紀輕輕，思想頗為成熟了。她和陳凡在同一間工廠做工，有好多機會相見，她暗暗觀察他，他對別人也好，對自己也好，他都是坦誠相對，沒有虛情假意的行為。他的年紀比她大，但年紀大一點的男子思想成熟，行為穩重。她喜歡思想成熟的男子。陳凡有知識有技能，他憑一手好的技能做工掙錢生活，勝過花言巧語、壞心腸的有錢男人。對她來說，錢財並不重要，她只希望有個真誠愛護自己的男子。

說起來，她勞歡也算幸運，膠花廠這麼多女工人，陳凡只看中她，邀約她去外面食飯看戲。但她不知道他以前曾經愛過別的女子，花心思去追求她們，都是失敗告終，令他失落失戀，感覺被他愛上的女子離棄。

勞歡不理會他以前有沒有愛過別的女子。如果他愛人又被人愛，人家已經嫁給他了，他是有婦之夫了，如今自己哪可以同他談情說愛？她中意陳凡，心中好想他又邀約自己去「拍拖」，進一步發展戀情。

裝配部門這麼多女工友，他來修理電器的時候，仿如進入女兒國，別的女子都有意無意看他。有些大膽風騷的女子，不但向他拋媚眼，送秋波，還找藉口跟他打情罵俏。她聽別的女子說過陳凡的壞話，她不相信，也不介意，可能她們有酸葡萄的心理吧？

勞歡的性情內向，對男子不會輕易表白情意。她擔心陳凡會被那些風騷的女子勾引去了。她必須注意他的感情變化和動態，預備作應變。世上的男子雖然多，要遇上一位只愛自己的男子就不容易。如今遇到了，就要好好把握時機，不可失去他。

但他沒邀約自己，難道自己主動去邀約他？男子邀約女子，才顯得自己可愛，有面子。相反，就顯得自己是個沒有自尊隨便的女子。她不想讓他感覺自己是隨隨便便的女子。男子苦苦追求的女子，才會感覺這位女子珍貴的；容易得到手的女人，他就不會珍重了。她想陳凡珍重她。

勞歡在工廠見到他的時候，就想他開口約她去行街看戲，發展戀情。但不知道廠中人多走動不便開口邀約她還是甚麼原因，他沒邀她，讓她失望。她想：廠裏這麼多女子，是不是他不止喜歡她一個、還喜歡別的女子、他正在她和別的女子之間作選擇？若是這樣，她就要跟別人競爭了。

情場如戰場，勇者勝，弱者敗，她不能不奮勇去爭鬥。要是別的女子主動邀約他，他就會跌入別人的懷抱去，看見到手的他又失去了，豈不可惜？

過了兩天的傍晚，工廠放工了，大家從工廠像雞群般走出來，混亂中，他塞一張紙在她手上。她急欲想知道紙條上寫的甚麼，走到街角處就停下來打開紙條看，上面寫着：這個星期日，賞不賞面同我去外面食飯？等你答覆。

終於等到他邀約了！他還問她賞不賞面同他去外面食飯，求之不得啊！心想：難道他以為我高不可攀？我是甚麼人，沒有多少知識的工廠妹而已。工廠妹能夠得到他喜歡已經好了，還想交上一位富家公子嗎？轉世投胎入富貴之家做千金小姐啦！

回到家中，母親見她面紅紅，神情興奮，問她甚麼事如此高興。勞歡想：媽媽的眼睛真的厲害，自己的言行心思都瞞不過她。但她不想把陳凡邀約她的事告訴媽媽，撒謊說，三天後的星期日，工廠的工友搞旅遊，大家一齊去元朗的泰園漁村食飯，費用由廠方支付，工友們不必出錢。

母親信以為真，這樣說：「工廠的工友都去，我就放心哩。」

勞歡說謊欺騙媽媽，心中有愧，但她只能這樣敷衍媽媽才可以過關，進一步和陳凡發展戀情。等到和他的感情深厚了，才坦白告訴她就是了。

勞歡晚上躺在牀上，老是想着和陳凡約會的事，久久不能入眠。她接到陳凡的紙條，知道這個星期日約她去外面飲茶食飯，但她還不知道他的約會時間和地點，在何時何地見面呢？還有，星期日著甚麼衣服好？著裙還是著褲？要不要整理姿容扮靚去赴他的約？

想着想着，因為白天在膠花廠工作了一日，睏倦極了，進入了夢鄉。

翌日早上起牀，洗漱完畢，媽媽已經做好早餐了。她食了媽媽煲的花生粥，就出門返工。到了工廠門口，陳凡匆匆到來，正想問她答不答應星期日約會的事。她急急問他，星期日在甚麼時間、甚麼地方見面。

陳凡見她肯赴約了，十分高興說，星期日早上八點，竹園巴士站見面。

他們約好見面的時間地點了，懸着的心才放下來。今天是周末，明天是星期日。一天時間容易過，因為佳人有約，黑板一般的裝嵌膠花也不感覺煩悶了。

星期日早上，勞歡比往日早醒，她急急落牀梳洗，不穿褲子，穿裙子，著扣帶皮鞋，煥然一新。媽媽說：「今日着得咁靚做甚麼？」她說：「我已經同你講過，今日工友都去旅遊，又去元朗泰園漁村食飯。」媽媽說：「你唔講，我都忘記哩。你和工友玩得開心些。」

勞歡再次對媽媽說謊，感覺慚愧。但前兩日她對媽媽這樣說了，不可以改口了，要一錯到底，才能自圓其說。

勞歡的家距離竹園巴士總站不遠，步行十多分鐘就到。她到達那裏的時候，陳凡已經站在巴士總站路邊等待了。他梳好頭髮，刮掉稀疏的鬍子，上身穿着白底藍花恤衫，下身牛仔褲，踏褐色皮鞋，肩上掛着相機。雖然他的身子瘦小，穿着如此漂亮入時的衣服，也好帥氣。好在她也梳靚了頭髮，穿着淺藍色裙子，要不然，自己就陪襯不起他，顯得自己有點「老土」了。

陳凡見她來了，就向她走過去，微笑說：「你今日好靚啊。」她紅着臉說：「你笑我！」

他們走入巴士站，爬上停泊在月台上的巴士。車廂中的乘客不多，他們爬上樓梯，在上層的靠背椅坐下。肩上掛着工作袋的售票員走到他們面前，陳凡從口袋中拿出零錢買票。

巴士司機爬上駕駛室，發動引擎開車。他們坐在上層，從窗口望出去，早上的空氣清新，街景清靜，街道兩邊的店舖好多未開門營業。上層的靠背椅一排排，由車頭到車尾，一排兩個座位，他們坐在一起，幾乎貼身而坐。

陳凡說：「你媽知道你同我去街嚒？」勞歡說：「不知道。」陳凡說：「你出來的時候，她無問你？」勞歡說：「有問。但我不好意思說同你去街。」陳凡說：「你怎樣同她講？」勞歡說：「我騙她，說工廠的工友搞旅遊，大家去元朗泰園漁村食飯。」

陳凡笑笑，這樣說：「你真會作古仔，你為乜要騙她？」她說：「我不想她知道我認識你。」他說：「你這樣不好。下次我約你去街，你又怎樣對她說？你瞞得過她一時，但以後都不能瞞得過她。」她說：「可能以後不用瞞她哩。」

陳凡想：可能以後不用瞞她的媽媽了？這話是甚麼意思？他說：「我不明你的意思。」她說：「現時不明白，日後你就明白了。」

他想：她這樣說，猶如出謎語，讓他搜索枯腸去猜，也不知道謎底；她的心讓人猜不透。

星期日好少人上班，街道上的車輛少，交通暢順，巴士大約半個小時就到達尖沙嘴終點站。他們隨着人群落車，走去碼頭搭天星小輪。

天氣晴朗，湛藍的海面上，白色的鷗鳥飛翔，海上大小船隻在航行，大輪船停泊在海峽中，躉船靠在大輪船旁邊，幾個人在躉船中吊貨物上去。海面風平浪靜，渡輪向港島那邊駛去。

他們坐在上層前頭，面對着港島，周圍的景物盡收眼底。他問勞歡有沒有去過港島那邊遊玩。勞歡說，沒去過。他想：她沒去過，當然甚麼都不知道，要說給她聽。

陳凡指着前面對她說：「那是皇后碼頭，碼頭後面那幢似火柴盒的樓房是大會堂，右邊那幢圓圓窗口的叫康樂大廈，是全港最高的商業大廈，康樂大廈對面那幢方型大廈是文華酒店，大會堂左邊那幢似高腳杯的樓房是皇家海軍總部。」

勞歡說：「這些你怎知道得咁清楚？」陳凡說：「這幾年，一有空閒時間我就去大會堂四樓的圖書館睇書，睇到累了餓了就去中環上面的橫巷買麵包食，行走得多了，就熟悉了。」勞歡說：「你入過天華酒店嚒？」陳凡說：「文華酒店是高級酒店，有錢人、遊客才入去住宿飲食。不過，早幾年起酒店的時候，我同一班工人在裏面安裝電燈電器，做了一年多才做好，對裏面的地方好熟悉。」

勞歡敬佩他有知識，似乎甚麼事情都知道。她喜歡有知識的男子。以前她認識一個男子，想追求她。她和另一個女子一起同他去大排檔飲過一次茶，發覺他沒有知識，甚麼都不懂，以後就避免見到他，沒有同他做朋友了。

渡輪泊碼頭了，他們隨着人群上岸，從大會堂旁邊經過，進入皇后廣場。廣場中央有一座坐在椅子上的銅像。陳凡走上前，在銅像前面站立觀看。勞歡問他這是甚麼人的銅像。陳凡說，是英國維多利亞女皇銅像。勞歡說：「這裏又不是英國，為甚麼要立英國女皇的銅像？」

陳凡向她解說，這裏不是英國，但是英國的殖民地，由英國人管治。香港割讓給英國的時候，是百多年前維多利亞時期，所以英國人就立她的銅像作為英國的勝利。

勞歡似懂非懂，點點頭跟着他走。他帶她走，猶如導遊，猶如母雞保護小雞。他們去甚麼地方，她都不怕了。

他們向紅棉道走去，到了纜車站，他掏錢買了車票，等待纜車從山上下來。纜車是兩個車廂，一上一下，一個上到山頂車站，另一個才落到山下車站。等待了一陣子，車廂落到車站了。車廂的門一打開，他讓勞歡先上去，他跟着她上。

纜車的車廂本身沒有電動機器，車廂繫着一條粗鋼纜，由山頂機房的機器動力拉着車廂順着路軌向上爬。到了半山中途站的時候，一個車廂在左，另一個在右，等待乘客落車上車完了再開動。

鋼纜拉着車廂向上爬的時候，人的身體向靠背椅向後傾斜，人的頭向上仰起，感覺纜車路兩邊的樹木、花園洋房向下滑。這些歐陸式的洋房，高雅美觀，勞歡頭一次見到，與自己居住的七層徙置大廈相比，相差得太遠了。

纜車廂到達山頂車站停下，他們離開車廂向外面走，沿着盧吉道漫步。藍天白雲，山風涼爽，風景秀麗，仿如身處人間仙境。

盧吉道周邊的洋房華宅，屋中的主人不是富貴的西洋人，就是本市的達官巨賈，以前一般窮人不能來這裏行走，如今社會進步了，人的思想開明了，只要你不做壞事影響人家就可以來這裏遊覽了。

盧吉道如馬蹄形狀，到了中段，向山下望去，下面的高樓大廈是中環、上環鬧市，鬧市的海邊是維多利亞海港，對海那邊是九龍半島，遠處的馬鞍山、獅子山清晰在目。

陳凡感覺這裏的景觀好，停下來，叫勞歡站在欄桿邊，他除下肩膀上的相機，調較聚焦點，咔嚓咔嚓為她拍照。一連拍了幾張，他把相機交給勞歡，叫她為他拍。勞歡說：「我不會拍。」陳凡說：「我已經調較好焦距了，你眼睛對着相機的小孔，看到我的身體就按下快門，聽到咔嚓一聲就拍到了。」

勞歡接過他手中的相機，按照他的指導去做，果然成功了。她頭一次拍照就做得好，好高興。她把相機交回陳凡，說：「你為我拍照，我為你拍照，都是單人相，要是我們站在一起拍，有一張雙人相就好囉。」

陳凡就是想和她拍兩人的合照，聽她這樣說，正合自己的心意，求之不得。這時一雙青年男女從他們身邊經過，他上前問那人：「先生，你可不可以為我們拍一張相？」那青年人停下來說可以，就從陳凡手中接過相機，叫他們站貼身，對準焦距，咔嚓咔嚓拍了兩下，說拍好了。

陳凡謝過他，從他手上拿回相機，繼續漫步，瀏覽周圍的風景。

勞歡小時候，一家大小幾人住在獅子山下的山邊木屋，一場大火把他們的木屋區幾十間木屋燒光，夷為平地，政府方面就安排這些劫後餘生的災民入住現時的徙置區七層大廈中。她從來沒有去過香港島，只是隔海遠眺，天氣好的時候，隱約看到太平山上的花園洋房和「老襯亭」（觀景台）。而今跟陳凡來到太平山上行走遊覽，頓時一新耳目，仿如到了另一個新世界。她不禁讚嘆說：香港真是一個繁榮美麗的城市啊！

陳凡說：「百多年前，我們這城市原本是一個小漁港，鴉片戰爭時中國軍隊打敗仗，被逼割讓給英國，成為英國的殖民地。經過百多年的建設發展，才有今日的繁榮美麗。」勞歡說：「你怎樣知道這些事？」陳凡說：「是睇書睇文章才知道的。」勞歡說：「原來睇書咁有用。」陳凡說：「甚麼知識都是從書本報紙上學到的。」

和情人一起遊玩時心情歡悅，遊玩時間容易過，很快就到午時了。他們都肚餓了，走入「山頂餐廳」食飯。這間餐廳，紅牆紅瓦，歐陸風情，只供應西餐，入去光顧的都是富裕人家和外國遊客。陳凡是窮人，因為從來沒有入過這樣高級的餐廳，而今又有女朋友陪伴，就一齊入去光顧，見世面開眼界。

入到裏面的餐桌坐下，身穿白制服的侍應拿兩杯凉水和餐牌放在枱上，轉身離去了。陳凡拿起餐牌看看，各種飲品食物的價錢都很貴。但已經入來坐下了，就是價錢昂貴也要點飲品食物了。他舉手招呼侍應來點食物。侍應露着笑臉寫好就離去。

隔鄰左右的客人有的在小聲談話，有的拿着刀子叉子切牛排，有的飲咖啡。陳凡和勞歡靜靜地坐着，他默默觀察別人的儀態和怎樣拿刀叉食東西。

過了一陣子，陳凡點的食品送到枱上了，兩碟都是黑椒牛排。陳凡拿起枱上的刀子叉子，切開餐包，夾上一片牛油，放在勞歡面前的碟子上，再切開另一個餐包夾牛油自己食。

他們兩口就吃了牛油餐包。陳凡又拿刀叉切牛排，切成一片片，又示意勞歡自己切。從小到大，十幾年來，她都是拿筷箸夾菜扒飯，而今拿刀子叉子在光滑的碟子上切牛排，就呆手呆腳，刀子在牛排上滑來滑去，刀叉碰着瓷碟得得響才切得開。她用叉子拮起牛排食。牛排嫩滑、香辣中帶着腥甜，似乎未熟透，味道和粵菜不相同。

陳凡甚麼東西都食，生與熟不大在乎。年輕時在大陸家鄉，常常鬧饑荒，沒有糧食，餓到發昏時，在山邊摘野菜野果食，捉到蜜蜂蟲蟻都食，能夠裹腹沒餓死就好，早就練就能入口的東西都食的能耐了。如今坐在如此高級的西餐廳中，食着這樣嫩滑香噴噴的牛排，有這樣好的東西食，是極好的享受了。他食了一個牛油餐包，飲了一碗子羅宋湯，食了一塊黑椒牛排，還未飽。但食西餐，每人一份，食完自己的一份，飽與不飽都算了。他想：還是中國人食飯好，大家一起食飯，食完一碗未飽，可以在飯盆舀第二碗、第三碗，食到飽為止，沒有限定你食多少。

食完西餐，陳凡招呼侍應來埋單。他給侍應一張五十元的鈔票，侍應拿去收銀處計數，然後拿着找贖的錢回來。陳凡見找贖回的錢不多，不拿了，那侍應對他們哈腰說謝謝才離去。

離開山頂餐廳，他們走去巴士總站，搭十五號巴士落山。巴士到了山下的司徒拔道的中途站，他們落車，橫過馬路的巴士站，轉乘6Ａ巴士去淺水灣。

淺水灣是個風景秀麗的海灣區，區內青山綠水，花樹搖曳，一幢幢花園洋房若隱若現在花樹掩映中。海邊是個娥眉月形狀的大沙灘，沙子又幼又白，沙灘上，男人女人身穿泳衣，有人在沙灘上漫步，有人仰臥沙灘上作日光浴，有人在海上游泳，有人在淺水的地方嬉水玩樂。

他們也想游泳，但沒有泳衣，穿着整潔的衣服，不便走到沙灘去，只有在岸上漫步。勞歡見沙灘上的男子赤裸着上身，下體只裹着一件短小的三角泳褲，在陽光照耀下，她看得呆了，面紅心跳。她想：如果陳凡也是穿着這樣的泳褲和自己在沙灘上漫步、游泳就好哩。

她問陳凡以前有沒有來這裏遊玩。陳凡說：「以前我來這個地區的樓房安裝電器，晚上收工了，就落海游泳。」她說：「你的泳術不是很好？」他說：「不錯。以前在大陸，我時常到河海上游泳，準備在海上泅水偷渡來香港。」她說：「你在哪裏泅水偷渡來的？」他說：「那時我練習泅水只是作準備，因為在海上偷渡好危險，怕被鯊魚咬死，又怕泗到半中途沒氣力了，沉落海中淹死，就改變計劃，夜晚從深圳那邊的深圳河逃跑過來。大難不死，才有命活到今日。」她說：「你真是大膽。」他說：「其實，我的膽量好小，如果不偷渡，就不能生存下去，所以拚死做這件事。」

勞歡不知道他在大陸因何事不能生存下去、要冒險偷渡來香港。陳凡說：「你在香港出生長大，不知道大陸是個怎樣的社會，一時好難對你講得清楚。將來我同你結婚了，才慢慢講給你知。」

勞歡的臉頓時紅了，嬌羞地說：「哈，誰說我會同你結婚啊！」他說：「對不起，我講錯話了。」

陳凡不曉得女孩子的心理，以為勞歡這樣說，不會接受他的愛了，頓時緊張起來，恐怕贏不到她的芳心，再次失戀。

勞歡小心眼，看得出他面部表情的變化，這樣說：「你游水咁叻，肯教我就好哩。」陳凡說：「要是你願意，我一定會教你。但現時我們都沒有泳衣，不可以游泳。」勞歡說：「等下次買了泳衣再來哩。」

陳凡想：下次？如果還有下次，以後還可以約會她。

他們一起游玩了一天，搭船搭車回到竹園村巴士總站，已近黃昏了。陳凡步行送她回到她居住的徙置屋邨，才向她道別。

27

兩天後的傍晚，工廠放工了，陳凡去照相館取相片。相片一到手，他即時拿着看。他最喜歡和勞歡貼身合影的那張，他身穿恤衫牛仔褲，她穿着及膝的裙子，兩人身子貼着身子，她的面孔笑得甜甜的，柳眉鳳眼，樣子好可愛。他的年紀比她大，做她的大哥卓卓有餘，他高過她一點，男高女低，兩人站在一起好看又配襯。他面對她的時候，不好意思眼定定看她，如今看她的相片，橫看直看都不要緊，看個夠都可以。

前天晚上，他送她回去了，告別之後，在街邊的大排檔食了晚飯，才回到自己租住的房間。往日晚上，他在屋中的共用浴室沖完涼，就回到自己的房子，關上房門，坐着或躺在牀上看書。那天他和勞歡遊玩了一日，留下美好的回味，對着書本也看不入腦。今晚他不看書，只拿出她的相片看。他想：明日在工廠見到她，好不好將自己和她合照的相片給她？她渴不渴望這些生活相片？按理說，她是女孩子，比自己更想快些看他們的相片。

取到相片的翌日，大家都返工，他早早就到膠花廠門前等候她。早上大家都匆匆忙忙進入工廠打咭上班，無人理會他在工廠門外做甚麼。他一見到勞歡到來，就把牛皮紙包着的相片交給她，然後兩人一齊進入工廠上班。

勞歡一拿到小紙包，就曉得紙包中是剛剛沖曬出來的相片了。這時開工的鈴聲還未響，她匆匆走入女廁所，打開紙包一看，真的是她和陳凡合影的相片！看到這張首次同男子合影的相片，興奮到面紅心跳。因為工作時間到了，匆匆看了一下幾張相片就包起來，放入衣袋中，回到工作崗位上。

裝嵌膠花的時候，老是想着衣袋中的相片，無法集中精神工作。她旁邊的工友見到她精神恍惚，笑着問她是不是想着情郎無心工作？

勞歡面紅紅，不置可否。心想：陳凡是不是自己的情郎？自己是不是真心愛上了他？似乎是，又似乎不是，怎麼說呢？

她身邊的工友是個成熟的女人，有戀愛的經驗，她說：「他不在你面前出現時，你好想見他，這種情況你就愛上他了；你見到他和別的女子說話，你心中就忌恨她，這就是你愛上他了；你口中叫他乜乜先生，心中想叫他乜哥，你就是愛上他了；你見到他時，就喘不過氣來，就是愛上他了。」

勞歡對陳凡的感覺就是這樣，如此說來，就說明自己真的愛上陳凡了。

傍晚放工回到家中，食完飯沖完涼，她就爬上上格牀躺下來。她不睡覺，只背着家中各人，在看相片。自己的單人照片，看看就放下，看了又看的是陳凡的單人相片。

陳凡的身子瘦小，不是好靚仔，但在近距離拍出來的相片，他的身體面部猶如電影鏡頭的大特寫，拍出來的相片大了很多，顯得英俊好看。勞歡拿着他的相片看了好久，愈看愈喜愛，不禁放在嘴唇親吻一下。看了他的單人相片，又看他和她的雙人合照。他高她一點，她的身體靠着他的身體，親近之餘又保持一點點距離，隱約顯示出他們當時的關係和情意。他的面孔掛着一絲微笑，眼視遠方，不知道他在鏡頭前內心想的是甚麼？他以前有沒有和別的女子一起拍過照？

勞歡想起自己同他站在一起拍照時的情境，感覺他躍躍欲試想伸手攬着她，但又似乎擔心她不願意他這樣做，伸出的手又縮回去，變成垂手而立。她也是垂手而立。拍出來的相片仿如太極圖——黑白分明，各自獨力，又融和在一起，你中有我，我中有你，成為一個圓滿的整體。

他的神情略帶憂鬱，像在想心事。但他每次見到她的時候，他就現出微笑，猶如陰天頓時變成陽光燦爛的晴天。他拍照時的神情，充滿笑意，內心的情感寫在他的面孔上，顯示出當時他的心情是愉悅的。

日前她和他在太平山上、淺水灣遊玩了一天，他們之間沒有說過一句情話，沒有拉過一下手，他沒有勇氣這樣做還是別的原因？如果他握着她的手在海邊漫步，自己會接受的。她曾經向他表示，她想下海游泳，但自己不會游。他說他願意教她。教一個不熟水性的人游泳，他教她的時候，他必須用手扶助她，到了那時，不到他沒有勇氣觸摸她囉。她就是想他觸摸她。

現時是夏末秋初，天氣炎熱，正是下海游泳的好時機。他甚麼時候約會她去海灘游泳？要是他不約會自己，怎麼辦？好不好自己主動提示他？再遲些，天氣涼了，就不適宜去海灘游泳了。

勞歡等待陳凡的約會，但等了好幾天都等不到。她想：是不是有別的女子約會他了？有些女子大膽豪放，不怕羞，會主動約會男子。要是有別的女子主動約會他，他倒向那些姣女人身上，自己不是失去他？

她思前想後，想出一個不失女子尊嚴又可行的辦法，她寫了一張紙條，趁他不在時，走入他的修理部工作室，放入他工作枱的抽屜中。她做這件事的時候，無人看到，她才放心回到自己的工作崗位做事。

陳凡回到修理部的工作室，放工具入工作枱的抽屜時，發現裏面的紙條，即時打開來看，上面寫着的字句是：陳先生，可不可以幫我買一件泳衣？

沒有署名，但一看就知道是勞歡寫的。他想：買女裝泳衣，要她親自去挑選，適合她的心意和合身才可買，男子怎可以入店舖買女子的泳衣？她寫字條給我，明顯是暗示我帶她去海灘教她游泳，無異是她主動約會我。既然是她的心意，自己就去約會她，給她面子，她沒有理由不赴約的。

陳凡十分高興，看到她寫的紙條如獲至寶，馬上摺好放入衣袋中。接着寫了一張紙條，放工時在工廠門口等待她，一見到她隨着人群出來就塞在她的手中。

勞歡走到街角停下來，急不及待打開紙條看，紙上寥寥數十字，言簡意賅：我是男子，不好意思去店舖幫你買泳衣，最好同你一齊去買。今日是星期六，明天早上八點在竹園巴士總站見。

上次她和陳凡去港島遊玩，不敢對母親坦白說，編造謊言，說廠中的工友搞旅遊，去元朗泰園漁村食飯，母親信以為真，讓她去。這個星期日，她又和陳凡約好去海灘游泳，怎樣對母親說？她和他去「拍拖」了，紙包不住火，媽媽遲早都會知道，倒不如現時就對她坦白說出來，看看她有甚麼反應。

媽媽說：「上兩個星期你說同工廠中的工友去元朗泰園漁村食飯不是真的。」勞歡說：「你怎知道不是真的？」媽媽說：「你是我個女，生你養大你，你的心事，言行我都看得出，你瞞不到我。上個星期日，你是不是同一個男子去太平山上影相？」

勞歡暗叫慚愧，她和陳凡合照的相片被母親發現了啊。她又不是千里眼見到她和他在太平山上拍照。她說：「你已經看到我和他的相片了，你覺得我的男友好不好？」媽媽說：「他表面的樣貌不錯，同你合襯，但相片只看到他的外表，看不到他的人品。交男朋友選擇夫婿，他的樣貌不醜，過得去就可以了。他的人品好不好、有沒有技能最重要。他是怎樣的人？」

勞歡向母親坦白相告。媽媽說：「陳凡在膠花廠做修理電器師傅，有一樣技能謀生，又有知識——這是他的長處。你同他做朋友也好。問題是，他的人品好不好？」勞歡說：「他在廠裏做事，勤力盡責，廠長都看重他。我同他去睇戲食飯，他細心照顧我。夜了他擔心我在半路可能發生意外，送我到樓下，他才回家。」媽媽說：「男子追求女仔的時候，都是這樣，一旦追到手了，就不同哩。」

勞歡想了想，這樣說：「以後他對我好不好怎講得定？現時看，他是個有情有義人。」媽媽說：「怎見得？」勞歡說：「十年前，他和我們廠長，還有一個叫張錯的男子，三個人一齊從大陸那邊偷渡，他和廠長都逃跑到香港了，只是那個姓張的不知所蹤。陳凡先生時常打探他的下落，又在報紙上登尋人廣告，因為找不到他的患難朋友，不知道姓張的是生是死，心裏很難過。你想下，他這樣的人不是有情有義嘅？」

母親見她會從別的事情觀察人，才知道她有頭腦，會思考事情，不再是天真無邪的小女孩了，就放心她結交男朋友。

勞歡乘機說：「明日是星期日，我們都不用返工，我可不可以同陳先生去街？（她不便說跟他去海灘學游泳）」母親說：「讓你去，不過，要早去早回，知道了？」

星期日早上，陳凡早早就到達竹園巴士總站等待。他一見到勞歡依約而來，十分高興說：「你又用甚麼方法騙你媽讓你去街？」勞歡說：「今次沒有找甚麼藉口騙她，坦白對她說同你去街。」

陳凡想不到她的媽媽輕易讓她出來和他去「拍拖」。勞歡能夠過得她母親這一關了，以後的事情就好辦了。他說：「她知不知道我們今日去海灘游水？」她說：「我怕她一知道，就不讓我出來，無對她講。」他說：「你做得對，抵讚！」她嬌嗔地說：「誰要讚啊？口甜舌滑！」

他們登上開往尖沙嘴碼頭的巴士。到達尖沙嘴碼頭總站時，時間尚早，街道上的店舖還未開門營業。陳凡帶她去海運大廈商場中的酒樓飲早茶。

酒樓中的顧客疏疏落落，他們走去近窗的小方桌坐下。伙計走來為他們開茶。陳凡問勞歡喜歡食甚麼點心，她說：「你喜歡食甚麼我就食甚麼。」

陳凡想：這樣就好，希望她別的事情也是這樣順着我。他拿起枱上的餐單看看，點了幾樣點心，叫伙記落單。他們一邊飲茶一邊從窗口向外望。海運大廈旁邊的碼頭停泊着一艘巨大的郵輪。這艘郵輪差不多和海運大廈一樣長，一樣闊，一樣高，裏面有戲院、泳池、遊樂場等等設施。當然還有機器房、救生艇，還裝滿了客人和各種物品。這些東西和客人加上郵輪本身的重量，有多重啊！如此又大又重的巨型郵輪，它浮在海面上，怎麼不會沉下去？實在不可思議，太神奇啊！

伙計送點心上枱了。陳凡頭一次請勞歡上酒樓飲早茶，不知道她喜歡食甚麼點心。他點了蝦餃、燒賣、生竹牛肉、煎腸粉等等，任她選擇，她喜歡食哪樣就食哪樣。他說：「你食蝦餃還是牛肉？」她說：「樣樣我都食。」

他拿起筷箸夾一件燒賣放入她面前的碗子，讓她食。她說：「你自己食，我會夾，不用你夾給我。」

時間尚早，可以輕飲慢嘆，隨便談話。陳凡問她讀了多少年書。她說：「只讀了四年小學。」他問她為何不繼續讀。她說家中的生活環境不好，輟學了。

陳凡說：「那時你的年紀還小，無讀書，又不會做事，在家裏閒着，不是白白浪費時間？」她說：「那時我還未夠年齡領成人身分證，用兒童身分證入玩具廠做童工，賺些錢幫補家用。到今年領了成人身分證，才來這間膠花廠做。」

陳凡想：要不是她來我們的膠花廠做，我就不會認識她了，是不是命運的安排？

飲完茶，他叫伙計埋單。離開酒樓，走到街上，街道兩邊的店鋪開門營業了。他們在街上行走了一陣子，見到有泳裝售賣的舖子就進入去。店員是個年輕的女子，指點勞歡選購合她身材的泳衣。勞歡沒有穿過泳衣，聽了女店員的意見，選購到了。陳凡也買了一件泳褲，叫店員一齊包好，付了錢，就去天星碼頭搭渡船過海。

搭巴士到了淺水灣時，灣區的陽光明媚，藍天白雲，海中碧波蕩漾，已經有不少人在海中游泳了。

陳凡指點勞歡去女更衣室更換泳衣。勞歡說：「換了泳衣，我的衣服誰為我保管？」陳凡說：「更衣室裏有儲物箱，你先把衣服鞋子放入去，在小孔中放入一蚊硬幣，然後拔出箱門上的鎖匙，箱門就鎖上了。不過，鎖匙要自己保存，游完水了，才去開箱門取衣服。」

勞歡依照陳凡的指導去做，沒有甚麼問題。她穿着泳衣出來的時候，他已經換上泳褲在外面等待她了。

勞歡穿着貼身泳衣，露出蓮藕般的臂膀，渾圓的腿腳，胸脯高高，腰肢細小，臀部渾圓，美麗迷人。

她頭一次穿泳衣，白嫩的膀子和腿腳呈現在男子面前，感覺羞愧。她想快些落水，走到沙灘去。沙灘上的女子，有些人的泳衣是「三點式」，這種泳衣像胸圍，緊緊罩着兩隻乳房，下身的三角泳褲只裹着下體。她們在沙灘上或行走或躺臥，不當一回事。她想：我就沒有勇氣在眾目睽睽下穿著這樣少布的「三點式」泳衣……

陳凡走到她身邊，叫她下水。她說：「我不會游水，好驚。」他說：「人不是天生會游水，初時我也不會游，游了幾次就會游了。有我在你身邊，不用怕。」

海浪一下一下從海面湧上沙灘，拍打着他們的腳，她停步了，不敢往下走了。他說：「下去，有我保護你，不用怕。」

海邊仿如鐵鍋，由淺至深，人愈往下走，海水就愈往上升。當海水到了腰肢，勞歡就搖來晃去，站不穩了，兩腳一彎，就跌入水去，全身濕透了，幾乎還飲了海水，嚇得哇哇大叫。

陳凡即刻走過去，把她拉起來，伸手托着她的腹部，說：「我托着你，你兩手向前划，雙腳向後撐，身體就會浮起來了。」

她的手爬腳動的時候，肌膚一次又一次觸摸到他的肉體，她的心靈仿如觸電般顫動，產生前所未有的感覺。

陳凡在水中接觸她嫩滑的肌膚，感覺痕痕癢癢，暈呼呼。她划動的時候，他的手肘挨着她的乳房，但他正在教她學游泳，不可作非份之想，必須守規矩，履行充當她的教練的責任，不能做出引起她誤會的事，把她嚇跑就不好了。

她是純潔的少女，他花了不少心思和愛心才贏得她的信任，願意赴他的約會，發展戀情，目前教導她游泳，怎可以對她放肆？他必須堅守正人君子的守則，教導她學好游泳才好。

陳凡知道教別人學游泳，不是教一次就成功，以後還要教她，不可以半途而廢。要不然，不如不教。

勞歡在他的扶助下游了一陣子，氣呼呼地說：「我好累，上去歇息啊。」他說好，放開她，她的身子一離開他的手肘，就向水中倒下去，嚇到她亂爬亂抓才爬到水面，向他飛撲過去，攬着他的脖頸，頭面觸着他的面頰。他抱着她向上走，到了沙灘才放下她，讓她在沙灘上行走。

她又驚又喜，到達沙灘，跌坐地上，身體沾滿沙子。他坐在她身邊，陪伴她休息。這時陽光照射，她濕透了的身子漸漸乾了，和暖了，好舒服。他問她歇息了一陣子，還游不游。她說：「我只學了一陣間，還未學曉，當然要游。」他說：「只游一次作用不大，你要再游就好。」她說：「游水好好玩，我學曉游就好哩。」他說：「喜歡游，一定學得曉。」

有些女子游得久了累了，躺在沙灘上曬太陽，她們仰臥着，胸脯高高，腿腳如春筍，美麗迷人，像磁石般吸引男子的眼球。

陳凡坐在勞歡的身邊，不好意思注視別的泳裝美女，輕輕瞄了一眼就收回視線，不着痕跡地跟她談話。勞歡喜歡他目不斜視，當他只留意自己一人，內心暗喜。

他天天都要返工，早出晚歸，難得如今可以有女子陪伴，來海上游泳，不要虛度如此美好的光陰。在沙灘歇息了一陣子，他們又落海習泳。他們上落海幾次，直到太陽下落，他們都疲倦了，但兩人都身心愉快，去更衣室沖身，換衣服，搭車回家。

晚上母親發現她的泳衣，問她跟誰去游泳。勞歡想：到了這個時候不必隱瞞了，對媽媽坦誠相告。媽媽說：「你不會泳水啊。」她說：「本來不會，要陳先生教我。」媽媽說：「他在海中對你規矩嚒？」她說：「他是正人君子，好規矩。」

食完晚飯，洗了一把臉，勞歡就除了外衣，爬上上格牀睡覺。因為習泳了大半日，又舟車勞頓，十分睏倦，很快就在甜蜜溫馨中呼呼入睡了。

另一邊廂的陳凡，他也十分睏倦，因為勞歡讓他教她游泳，她頭一次下水，完全不會游，讓他托着她的腹部，她雙手划水的時候，身體晃動，她的胸脯觸碰着他的手肘，他在有意無意的情況下，兩人就發生肌膚的接觸，他感覺到她的乳房豐滿堅挺，胸脯嫩滑，手肘碰觸到她的時候，仿如觸電，暈了一陣陣，恨不得雙手攬着她，食了她。

但他只可以這樣想，不可以這樣做；若然這樣做，她就會感覺他是乘機搏懵，耍流氓，給她留下壞印象，甚至會嚇跑她。

這天他在海水中壓抑着仿如火山爆發的衝動，不便去摟抱她親吻她。但這樣的念頭一直隱藏在心中，無法消散，合着眼皮睡在牀上，她豐滿半裸的身子在他腦海中打轉，揮之不去。在半睡半醒的狀態下，恍惚間，他見到她赤身露體，一絲不掛，躺在他的懷抱中。他想，既然是她自願投懷送抱，不愛撫她要了她更待何時？他的手指像爬蟲，在她白嫩的身上蠕動。她沒有抗拒，只感覺到她的心房微微顫動。他興奮不已，無法自制，一下子下體就如山洪爆發了……

28

陳凡一知道勞歡辭職不做，頓時緊張起來。他們在膠花廠做工，很多時候都可以相見，點點頭，交換一下眼色，說一兩句話，寫一張紙條約會她也方便。她辭工不做，離開膠花廠，要見她一面也不是一件容易的事。

他想：膠花廠這份工她做得好好的，為甚麼不做了？是不是她交了新的男朋友、意味着要跟我分手？以前我曾經認識的幾個女子，因為某種原因，都離我而去了，令我失落又痛苦。難道勞歡也要離開我、讓我再次失戀？失去戀人的滋味我嘗過了，失戀會精神萎頓，無心做事，熱情的心彷如被人挖去了，坐臥下了就想起來，世界變得一片灰暗，人生沒了希望，不想做人了，死了也無可無不可。她離開膠花廠了，是不是她要離棄我，讓我在愛情路上再受挫折？

勞歡是好女子，他不願失去她，不顧一切地去問她：現時這份工，你做得好好的，為何不做？她解釋，裝配塑膠花不是一門技能，人人都會做，無出息，沒前途，她要趁年輕，去製衣廠學車衣服，學會了有一門技能謀生，比串膠花好。

陳凡擔心她離開膠花廠，見不到她，時間一久，她對他的情感變淡了，她會結交別的男子，移情別戀，那就不好了。

勞歡看得出他的心事，這樣說：「我離開膠花廠了，見不到面，你可以在電話中聯絡我，我打電話去你們的修理部搵你。」陳凡說：「你搵我容易，我要搵你就難。」勞歡說：「不難，我車衣的工廠也在這個工業區，距離膠花廠不遠，中午食飯的時候，我們去××茶餐廳食，有甚麼事可以見面時講。」

勞歡向他交代得清楚，看來她不會離開他，他心中的疑慮才消散。要是她不打電話來膠花廠給他，中午就去××茶餐廳會見她。

勞歡去製衣廠車衣了。中午在茶餐廳食完飯，都是他埋單，不讓她付錢。廠方出糧了，她要拿工錢回去幫補家計，而他自己現時還沒有家室，不必向任何人交代，膠花廠出糧的錢可以自己支配。他不吸煙，不飲酒，沒有交際應酬，除了食飯和交房租，剩下來的錢都攢起來，拿去投資股票和外幣，收一點利息。

勞歡是個頭腦靈活的女子，因為家貧，小時候在徙置區大廈的天台小學讀到小學四年級就輟學了，知識不多。現今社會，沒有知識不行。陳凡問她，晚上工廠放工了，她來他的住所，他為她補習好不好。她想了想，這樣說：「好是好，但不知道我媽同不同意。我要問過她才答覆你。」他說：「如果你媽不同意我為你補習，你就要求她讓你去讀夜校。她沒有理由不讓你去，是不是？」

勞歡回到家中，將她想學知識的事徵求母親的意見。母親說：「你只在工廠車衣，又不是做文書工作，要咁多知識做甚麼？」她說：「以前家裏窮，你無錢供我讀書，只讀到四年級就無得讀了。在工廠做了幾年工，以前在天台小學學習的字都忘記了，等如不識字。現今社會，做估俚、掃垃圾都要識字，何況在工廠做事？」

勞媽媽想：別人家境富裕，供子女讀到高中大學，自己家貧，子女才沒有書讀。如今她去工廠做工，自己搇錢交學費，不讓她去讀夜校講不通。但她還有話說：「你日間在工廠車衣，放工後又去讀書，好辛苦，我擔心你捱唔住。」

如此一來，勞歡有話說了，她說：「我都知道日間車衣晚上去讀書好辛苦。夜校規定時間返學放學，不可遲到早退，未夠鐘放學不可以離開學校。如果是私人補習，補一個鐘兩個鐘都可以，沒有精神了，隨時都可以走，好自由，你說好不好？」媽媽說：「誰肯為你補習？補習你也交學費啊。」

勞歡抓緊機會說：「陳先生說，他肯義務幫我補習。」媽媽說：「是同你在太平山影相的陳先生？他可不可靠？」勞歡說：「我同他去睇戲食飯，他連我的手都不敢拖，他教我游水時，也守規矩，不敢碰我，我覺得他可靠。」

勞媽媽考慮一下才說：「如今你都長大了，可以分辨好人壞人了，你認為他誠實可靠，就去跟他補習囉。」

勞歡得到媽媽的允許，十分高興，她本來就是想陳凡為她補習，有機會親近他，有甚麼不明白的，可以隨便問他；有事情要回家，又可以隨時回家，沒有甚麼羈絆，去來自由。她一見到陳凡，就將她媽媽准許她去他的住所補習的好消息告訴他。

當初陳凡提議幫勞歡補習，出自一種私心。他擔心她轉去製衣廠工作了，會交上比他條件好的男子，移情別戀，投入別人的懷抱。所以就藉口幫她補習，晚上兩人在一起，增加感情，對他有利。如今她的媽媽允許她了，他高興之餘，卻擔心自己的學識不夠，教得到她嗎？

但事已至此，不好反口了，辦法只有一個，就是自己加緊多讀一點書，學習知識，充實自己，才教得好她。勞歡問他怎樣為她補習。他說：「以前你在學校讀到小學四年級，按理現時應該讀五年級了，我去書店買五年級的課本教你。」她說：「我離開學校都幾年了，以前學到的知識都還給老師了，現時從四年級讀起好不好？」

陳凡覺得她的想法不錯，重讀一次四年級，等如溫故知新，打好基礎，再讀五年級的課本也是個好方法。而且現時還未給她上課，不知道她認識多少字，程度如何，等測試到她的知識程度和領悟力了，才作課程上的調整。

這幾年來，陳凡租住過幾個不同的地方，頭一次租住牀位，因為牀位在廳子裏，沒有牆壁遮擋，自己的一舉一動都被同屋住的人見到，嘈吵之聲騷擾到他不得安寧，想看書都不行，就去租一個小小的板間房作容身之所，晚上回到小房子中，關上房門，可以在燈下讀書。而今勞歡要來他住所補習了，房子太狹小就容不下兩個人的活動，因此又要尋找新居所了。

一個單身男子去租房子，很多包租公包租婆都不肯出租房子給他，他曾經吃過閉門羹。他不想重蹈覆轍弄到尷尬，就問勞歡肯不肯跟他一起去租房子。

勞歡不知道他的苦衷，說：「為乜要同你一齊去租房子？」他說：「很多包租婆不肯租房子給單身男人。」她說：「她租房子給人家是收房租，只要有房租交給她，理得房客是男人還是女人？」他說：「可能是她擔心單身男人是壞人吧。」

晚上膠花廠、製衣廠都放工了，他們會合在一起，去街上看牆邊、電燈柱上的紅色招租紙。陳凡有過看過街招租房子的經驗，招租上注明「光猛大梗房」的，租金貴，負擔重，不想租。注明「細房」的是沒有窗子的小房，地方太狹窄，不適合他，又不想租。注明「中間房」或「尾房」的，房子不大也不小，租金不太貴，他的經濟能力負擔得起。

他們在街道上一邊走一邊看牆壁上的招租紙。看招租紙他也有這方面的知識，一般包租人只會貼紅紙招租，他們的房子租出去了，並不去撕掉自己貼上去的招租紙，有人看到了再上樓去詢問，才知道那間房子已經租出去了，白走一趟。所以必須會辨認某張招租紙是新近貼上去的還是殘舊的；殘舊的招租紙，自然是很久前貼上去的，該房子哪有不租出去了？你再上樓去租，就徒勞無功了。

走到街角，陳凡看到電燈柱上的招租紙，紅紙黑字寫着「尾房」，有窗子，適合小家庭人家居住。他想：招租紅紙的毛筆字美觀，是新的，這間房子應該還未租出去。

他們按照招租紙上的地址走到×街×號的樓梯口，爬上五樓，按B座的門鈴。屋裏有人開了樓梯燈，從門頭上的小孔望出來，問外面的人甚麼事。陳凡說：「你屋裏是不是有尾房出租？我們是來租房子的。」屋內的人問：「租房子為乜晚間來？」陳凡說：「我們日間都要返工，晚間才得閒來，打攪你哩。」

木門打開了，開門的是個中年女人，面貌漂亮。陳凡、勞歡入屋了，她順手關上大門，帶他們向後走去，讓他們入尾房看。

尾房靠近廚房、浴室、窗子向後巷，可透光入房，房間方方正正，牀鋪、枱凳都容納得下，合他的心意。

中年婦人問他多少人住。陳凡既然同勞歡一起來，就答兩人住。中年婦人說：「這位是你太太？」陳凡不好意思在勞歡面前說是，答是女朋友。中年婦人說：「你們未結婚就一齊住？」陳凡說：「目前只我一個人住，如果她嫁給我，就同她一齊住。」

中年婦人見他坦誠老實，就說明房租每月若干，如果他同意，就租給他。陳凡說好，因為明天是星期日，他和勞歡都不用返工，明天就搬來。他擔心中年婦人可能會反悔，即刻從衫袋拿錢出來交上期租金。中年婦人拿了他的錢，返回頭房寫租單給他。

房子租到了，他跟勞歡拜別後，回到住處向包租婆退掉他租住的板間房。包租婆說：「你住得好好的，為乜又不住了？」陳凡說：「你這間房子太細，我要搬去大梗房住。」包租婆說：「發了達？」陳凡說：「發達無我份，只是我們工廠加了人工，我多了收入，住大一些房間。」

翌日就搬家。這間小小的板間房，一張用兩塊木板架成的單人牀，一張小桌子，一把可開可合的椅子，家當十分簡單。那些堆在牀上的書本，幾件衣服，一張棉被，分別放入兩個紅白藍相間的尼龍袋中，包紮好，一切收拾好了，他逐一搬落樓下，讓勞歡看守，上落樓梯好幾次，大汗淋漓，氣喘吁吁，忙了大半個鐘頭，才搬完房子裏的東西。

為了節省一筆搬運費，他從膠花廠借來一架木頭車子，把牀板、衣物、書籍搬上木板車，推到新租住的那幢唐樓去，然後又叫勞歡在樓下看守，自己逐一搬上五樓去。

勞歡見他不辭勞苦，仿如螞蟻搬家一樣搬動家當走上走落，十分感動。他的身子瘦小，哪來如此大的氣力？真的難為了他。

搬完東西上樓，執拾好家當，又餓又渴，他們去茶樓飲茶食飯。茶樓好多茶客，幾乎座無虛設。他們等待一陣子，才等到一張角落的小方桌。飲茶的時候，勞歡說：「成個家當都是你一個人搬上搬落，你哪來這樣大的氣力？」陳凡說：「搬這些東西算得甚麼？以前我在大陸鄉村耕田，沒有飯食，餓着肚子擔糞下田，擔泥上山，一早到晚都是這樣做。後來在煉鋼場搬石頭起煉鋼爐，擔礦石，幾粗重辛苦的工作都做過，沒有一樣難得到我。偷渡來到香港，做電器工程，又在建築地盤搬石屎板，我都做得到做得好，如今搬少少家當算得甚麼？」

他們在一起搬家，猶如夫唱婦隨。搬完家，飲完茶，埋單落樓，時間不早了，就去巴士站搭車去旺角，入書店為勞歡買課本，買作業薄和紙筆回來。

勞歡甚麼都不懂，隨着他去做。陳凡仿如她的引路明燈，照亮她的前路。她在口頭上多謝他，也在心中感謝他。陳凡說：「只要你明白我對你的心意就好，你知道嚒？」勞歡知道他話中的意思，面紅紅，不說話了。

買了課本，陳凡回到新租住的房間，他一人躲在房中，打開課本看了一遍，發覺香港的小學課本，與他在大陸時讀的有很大分別。大陸的小學課本，著重意識形的政治教化；香港的小學課本重知識，有趣味性。

陳凡在香港沒有機會入學讀書，沒受過學校教育，不知道老師怎樣教學生。如今他要教勞歡的小學課本了，自己需要先看課文，參考有關課文的資料，心中有準備了，才教得到她。

開始為勞歡教課了，為人老師了，才知道教人不是一件輕易的事，自己的學識不足，就教不好別人，會誤人子弟。他曾經在一本刊物上讀過王維的一首五言雜詩：君自故鄉來，應知故鄉事，來日綺窗前，寒梅着花未。這首四句二十個字的詩，易讀淺白，他早就記熟了。如今看了她的課本，也有這首詩，重讀一次，當他讀到「綺窗」時，停了下來。以前他讀這首詩的時候，粗心大意，以為「綺窗」是「倚窗」。「倚窗」是靠在窗子前面，容易理解，一看就知。「綺窗」是甚麼意思？不明白。他馬上翻查辭書，才知道「綺窗」是窗架上雕刻着花紋，是美麗的窗子。到了這時，他才體會到「教學相長」的道理，學生學到知識，老師也增長學識。

自己讀書，可以不求甚解，匆匆過目就算，不必逐字逐個詞語去鑽研，查根究底。但教學生就不能馬虎了事，若然這樣，就真的是教錯人，「誤人子弟」了。

由此他想到陶潛的《五柳先生傳》文中的句子：好讀書，不求甚解。五柳先生勤讀書，有學問。他的「不求甚解」，不是不理解他所讀的文章中的義理，只是不像老學究那樣去鑽牛角尖而已。

陳凡和勞歡白天早上都要去工廠上班，晚上回到自己的居所，他要教課，她要聽課，兩人都疲勞了。好在晚上他們都沒有時間限制，她也不必考試跟人家比高下，學得多少就多少，只是學多一點知識，充實自己而已。

他們如今在不同的工廠工作，放工的時間有早有遲。陳凡同勞歡講好，誰先放工誰去他的住所，不必在外面等候。他跟包租婆打了招呼，說他如果不在家，他的女朋友來了，就開門讓她入屋。包租婆姚太承諾了。

某日晚上，陳凡有事情需要辦，遲了回來，一回到住所，勞歡已經在他的房間做功課了。他說：「你一放工回來就做功課，不浪費時間，好好。」她說：「往日你教了課，我才做功課，做完功課了回家，我媽說我晚晚都咁遲回家，不高興。」他說：「你媽已經同意你晚上在我這裏補習了，為何又不高興？」她說：「我媽講，一個女子在男朋友房裏逗留太晚不好，要早些回家食飯休息，睡足精神明早返工。」他說：「你媽講得有道理。既然她說你晚了才回去，教課時減半，原本每晚教課兩個鐘，以後教一個鐘好不好？」她說：「這樣也好，免得我媽擔心。」

他們都是年青人，男女兩人晚晚相對，教課的時候又關上房門，同屋住的人看不到，情到濃時，就會發生親熱的舉動。起初勞歡還理智，築起防線抵禦，不讓他做得過火。但再堅固的堡壘，在猛烈的炮火密集攻擊之下，還是無法抵擋，終於失守了。

勞歡失了童貞，很害怕，如果媽媽知道了，怎麼辦？她嗚嗚地哭了。陳凡說一時衝動做了，對不起她。她說：「你都做了，講對不起有甚麼用？我爸媽知道了，他們不會放過你。」他說：「這件事我負責任，大不了我就同你結婚。」她說：「結婚？你以為我肯嫁給你？」

陳凡是戰勝者，心想：生米煮成熟飯了，最好就是你懷上我的孩子，你不嫁我行嗎？當初我提議你來我這裏補習，就是想先佔了你。如今我的目的達到了，看你怎樣？你還想像我以前那幾個女朋友可以飛走嗎？

勞歡的防線被他攻破了，就不再防禦他了。放工後，晚上她都來他的房間，教完課了，他就推她上牀。他們面對面，他的眼睛像火焰，燃燒着她。她的鳳眼半開半合，陶醉在歡悅中。她的面孔紅紅的，美麗迷人。他最喜歡看她眼前的樣子，最喜歡聽她交歡時的呻吟聲。

歡悅過後，他送她回到她家的樓梯口。他們雖然未舉行婚禮，他當她是自己的妻子了，更加愛護她。

陳凡花了這麼多時間精神教她課本，是想她增加多一點知識，將來同她結婚了，自己的老婆也不是一個無知識的婦人。他自己一有時間就看報刊讀書，追求學問，他也想她增長知識。他時常都想到，如果人只會吃喝拉睡，沒有一點學識，與別的動物有甚麼分別？

勞歡喜歡學習知識，留心他的教課，爭取時間溫習。以前她在天台小學學到的東西，過了幾年，幾乎都淡忘了，正如她所說的「都還給老師了」。如今重新學習，獲得的知識就更加深刻、有趣。

陳凡感覺她頗為聰敏，如果她不是家貧早早就輟學，繼續讀書，如今可能是大學生了。反觀自己，不是聰明人，不是讀書的好材料。如今有了一點點知識，實在是不辭勞苦勤奮自學得來的，是將勤補拙的成果。

大約過了半年，某天晚上，陳凡教完課了，勞歡面紅紅，神情有點異樣，她對陳凡說，她的月事兩月沒來了。女子的月經停頓了，就意味着她懷孕了。他說：「明日放工了，我陪你去看醫生，看是甚麼原因。」

檢驗報告出來了，醫生說她已經懷孕了。勞歡憂傷地問他怎麼辦？陳凡暗喜，這樣說：「你不用愁，我要同你結婚。」她說：「婚姻大事，我要同我媽我爸講，他們同意才可以。」他說：「事到如今，我同你一齊去對你爸媽講，看他們的意見怎樣。」

翌日晚上放工了，他們回到他的住所，暫停教課。陳凡入浴室沖涼梳頭，回到房間穿着西裝皮鞋，煥然一新。他們落樓下的店鋪購買水果煙酒等禮物，一齊去東頭邨徙置大廈勞家。他們上樓進入勞家，勞歡就對她的父母說：「這位是陳先生，他要我帶他來探望你們。」

勞家各人都知道她的男朋友姓陳，也看過勞歡和他合影的相片，只是沒有見過面而已。勞媽媽招呼陳凡坐下，問他何事會來找她。陳凡既然有備而來，不想轉彎抹角浪費時間，開門見山說，勞歡已懷了他的孩子了。

勞媽媽扭過頭，大聲對勞歡說：「我早就提醒你，你去他那裏補習功課要守規矩，補習完了就回來，你怎麼做出這種無面的事？激死我啊！」

陳凡即刻替她解圍說：「伯母，無關她的事，是我一時糊塗做出來的，要怪就怪我。」勞媽媽說：「這種事是男女一齊做的，無關她的事？」陳凡說：「她不情願……」勞媽媽說：「她不情願，是你逼她的？」

陳凡不想勞媽媽難為勞歡，點頭承認。勞媽媽說：「我問你，如今怎麼辦？」陳凡說：「你們要怎麼辦，我就照做。」勞媽媽說：「事到如今，生米煮成熟飯了，無彎轉了，你兩個趁早結婚！」

陳凡想：趁早結婚？求之不得啊，我就是想你說出這句話。他說：「我尊照你的話做，你要甚麼條件？」勞媽媽說：「婚姻大事，叫你父母來同我講。」陳凡說：「我爸早就過世，我媽在大陸鄉下，沒有音訊，我沒有親人在香港，甚麼事情都是我自己拿主意做。」

勞媽媽想：他沒有親人在這裏，他是年青人，面皮薄，不會討價還價，要他多少聘禮金，多少枱酒席，他都要給我，條件辣一點，沒乘機敲他一筆就笨。她說：「你無人無物在這裏，單身寡仔，也可憐，婚禮將將就着做就算。」

陳凡聽她這樣說，鬆了一口氣，叫她提出條件。她說：「我們勞家親朋戚友多，請他們飲酒，少說也要三十圍酒菜，他們送來的賀禮金我收，酒席是你埋單付錢。」

陳凡在心中盤算，一圍酒菜三百元計，三十圍酒菜是九千元。他勉強可以拿得出來，就應承她。不料她接着說：「我辛苦養大個女，當然要你的聘禮金。」他說：「應該，應該。要幾多？」她說：「為討個吉利，九千九百，長長久久。」

陳凡想不到她如此獅子開大口，心想：九千元酒菜錢，九千九百元聘禮金，加起來接近兩萬元。現時一間幾百呎的屋子價錢四五萬元，她要的數目差不多是半間唐樓的單位了！結婚時，自己另外也要花錢，哪來這麼多錢啊？他說：「我做了這麼多年工，都攢不到這筆錢……」她輕視地說：「你沒本事，學人娶老婆？」

勞媽媽這樣說，損害了他的自尊心，他呆了一下，心想：她女兒的肚中已經懷上我的孩子了，我少給她的聘禮金，難道她不讓女兒嫁給我？他說：「我是打工仔，真是無本事，請你體量我，聘禮金減半可不可以？」

勞歡在旁邊聽到他們的談話，恐怕媽媽堅持自己的殺價，兩人談不成，她的婚事要搞禍，那就不好了。她插話道：「阿媽，他辛辛苦苦都攢不到這筆錢，你不可要他咁多錢好不好？」媽媽說：「你還未同他結婚，就幫着他，真是女生外向，你少說話！」

勞歡不敢出聲了。

勞媽媽在心中盤算，自己的女兒肚裏懷上他的孩子了，難道他沒滿足我的索價就不讓他們結婚？減少他的聘禮金就減少吧。她說：「我是嫁女，不是賣女，討價還價就不好，就照你的要求減一半好啦。你交了錢給我，就回去擇好日子準備婚事。」

陳凡想，她養大女兒也不容易，能夠拿得出錢滿足她也是好的。他說：「我幾時拿錢給你？」她說：「打鐵趁熱，明天晚上拿來。」他說：「我的錢有些存在銀行，有些買了股票，你要給我時間去賣了股票才有錢。」她說：「一個星期時間夠了？」他說：「我會爭取時間去做。」

銀行、股票行星期日都不開門辦公。星期日他不必返工，但取不到錢。他向廠方告了兩天假，首先去股票行賣了手上的股票。股票行替他賣出股票了，不是給他現金，只寫了一張支票給他。從股票行出來，即刻去銀行存入支票，但要到明天下午四點後才可以提取現金。奔走了兩日，才湊夠給勞家的聘禮金。

陳凡把鈔票摺疊好，分別放入兩個衫袋中，和勞歡會合，才去勞家。晚上去到勞家，她的哥哥弟弟都放工放學回來了，小小的屋子擠滿了人。他把鈔票從衣袋中拿出來，放在勞媽媽面前，叫她點收。

勞媽媽從沒見過這麼多錢，眼睛一亮，就拿起錢點數。這些錢都是百元面額的嶄新鈔票，一張緊貼一張，她數來數去都數不清楚。陳凡等得不耐煩，說：「這些錢我數過了，夠數，不會少。」

但勞媽媽不相信，繼續點數。陳凡說：「你信不過，讓我數給你看好不好？」但勞媽媽不願意，要自己數清楚才放心。陳凡沒她沒辦法，只好耐着性子等待她數下去。

勞媽媽數了一刻鐘才數清楚，沒有少。她把鈔票收好，說：「你可以回去擇好日子辦婚事哩。不過，在結婚之前，要你一百斤唐餅，一百打西餅，兩隻椰子，一條大舅褲，一雙舅仔皮鞋，一齊擔來我家過大禮，才讓你娶我女兒。」

陳凡要上班，又沒有人幫他的忙，一切事情都要自己做。他從包租婆姚太那裏借來一本通書，躲在房中翻看，查到成婚的好日子了，就去酒樓找經理訂酒席，去印刷店訂印請柬。

自己的事，可省就省，不必買新的就用舊的。但現時他只睡一張狹小的單人牀，天冷時蓋一張舊棉被，新婚時必須購買一張雙人牀，一張雙人新棉被，兩個新枕頭，還要去雜貨舖買一些碗盤爐具之類，成家立室的確不是一件簡單的事。

成婚的日子近了，他們兩人都向廠方告了幾日假。首先要去印刷舖取請柬給勞家派發給親友。他必須履行舉行婚禮之前，要去餅店買唐餅，買西餅，去街市買椰子，去服裝店買「大舅褲」和「舅仔鞋」，僱用工人挑去勞家「過大禮」。

在印刷舖拿到請柬，他想起那年夜晚在邊境爬過鐵絲網，在上水漁塘遇到那位守夜的老人勞伯，那時勞伯收留他入他的塘邊小屋，給他茶飲，給他飯食，翌日早上又帶他去上水火車站，給他錢搭火車出市區，是他踏足香港頭一位恩人。他能夠在這個自由城市生活下去，勞伯的義氣幫助至關重要。但這麼多年來，他要工作謀生，一直都沒有時間去探望這位好心的恩人。如今要結婚成家立室了，他要拿請柬去上水請勞伯飲他的喜酒，報答老人家一飯之恩。

酬備婚事雖然好忙，但他一想起這件往事，百忙中都要抽出時間去上水一次。他將這件事告訴勞歡，問她去不去探望勞伯。勞歡考慮一下，願意同他一起去。

他們搭火車去到上水火車站，落車後，陳凡憑着那年留下模糊的印象，沿着鄉村的山路，兜兜轉轉了好一會兒才尋找到那口漁塘的地方。但走到那裏看看，漁塘沒有了，原來的漁塘填成平地，平地上起了一幢西班牙式的三層高屋子，鄉村地方如今都大大改變了，和以前不一樣了。

陳凡走去那幢新的屋子前面，有個村婦在掃院子。他向那位婦人打了招呼，說明來意，問她認不認識那年在這裏看守漁塘的勞伯。婦人說，她是勞伯的侄女，勞伯前兩年病故了。陳凡問她勞伯埋葬在甚麼地方，有沒有墳墓。婦人答有。陳凡問她可否帶他去勞伯的墳墓拜祭一下。婦人說，你們既然有他的心來到，我就讓你們去拜祭他。

勞伯的墳墓在後面的小山崗上，步行十分鐘就到。墳墓背靠山林，面向以前那口漁塘，墓碑上的青石板刻着「勞伯之墓」，上面還嵌着勞伯的瓷質製成的遺照。

他們在勞伯的墳前停下，陳凡把他帶來送給勞伯的糕餅、水果放在墳前，同勞歡一齊跪下叩拜。他在心中默默地說：勞伯，如今我們陰陽相隔，你不能飲我們的結婚喜酒了，就在這裏請你食兩件糕餅啊……

晚上回到自己租住的房間，陳凡寫了一張請柬，去土瓜灣炮仗街××號司徒先生租住那幢舊唐樓，爬上樓梯按門鈴。木門打開了，屋裏亮了燈，隔着鐵閘的欖角形孔口，裏面的婦人問他找誰。陳凡說：「我是司徒先生的朋友。他住尾房。以前我曾經來過你這間屋探訪他……」婦人說：「前幾個月他移民去台灣了。」陳凡說：「你知道司徒先生在台灣的住址嚒？」

婦人說不知道。她把木門關上了。遇不到故友，失望而歸。讓他更唏噓的是，司徒先生是他在香港交到最有文化學問的朋友，他去了台灣，又不知道在台灣的通信地址，斷了聯絡。

辦婚事，每樣事情都要花錢，他十分擔心自己的錢不夠用。為了節省一點錢，他向廠長冷向東借一輛「寶馬」轎車，自己是新郎，也是司機，駕車去勞家迎接新娘子回住所，放下勞歡從娘家帶來的一些「嫁妝」，然後，駕車同勞歡經剛剛通車的紅磡海底隧道去香港婚姻註冊處辦理結婚證書。

在婚姻註冊處辦理結婚證書雖然是例行公事，但過程莊嚴繁複，花了不少精神和時間。婚姻註冊處的官員是白皮膚的英國人，他們講的是英語，陳凡和勞歡都聽不懂，不知道他們說甚麼，需要華人職員為他傳譯為粵語。

在婚姻註冊處官員面前舉行儀式宣誓的時候，官員說英語，傳譯成粵語是：今後無論貧窮或富貴、幸福或災禍，我陳凡都要保護照顧我的妻子勞歡，直到終老。傳譯官說一句，陳凡跟着說一句。他宣誓完了，到勞歡宣誓，誓詞是：今後無論貧窮或富貴、幸福或災禍，我勞歡都要愛護服侍我的丈夫陳凡先生，直到終老。

宣誓完畢，兩人交換戒指。他把金戒指戴在勞歡的手指上，勞歡也這樣做。禮成後，他們就是合法夫妻了。

勞歡拿了結婚證書，放入手袋，就挽着陳凡的手離開婚姻註冊處。陳凡讀過《詩經》中的句子：執子之手，與子偕老。他也希望能夠和勞歡一起生活到終老。

晚上大家到達酒樓，勞歡穿着紅底金色花紋的中式裙褂，面上施脂敷粉，漂亮的面孔變得艷光四射，美麗動人。陳凡看看她，更加喜歡她，妻子漂亮，等如在自己面上貼金，做丈夫的也光彩。

陳凡在香港沒有親人，朋友也不多，他送請柬給裝配部的主管雷先生夫婦，他相信他們會來赴他的婚宴，他兩夫婦早早就到達了。早前他又送請柬給廠長冷向東夫婦，以他們夫婦不會來酒樓飲他的結婚喜酒，如今他和他的夫人都來赴會了。

那年他和冷向東一起從大陸偷渡來香港，人家做了膠花廠的股東兼廠長，由難民變成富商，他不忘故人，肯光臨他們的婚宴，陳凡高興又感動，一見到他們夫婦踏入酒樓的宴會廳，馬上走去迎接他們，讓他們坐，奉上香茶。

冷向東飲了一口茶，放下杯子，從皮包拿出一封紅色賀禮，送給陳凡，說他今晚另有約會，沒時間飲他們的喜酒，不好意思。陳凡說：「你同夫人光臨，已經給足我面子了，多謝，多謝！」

陳凡送冷向東夫婦到電梯門口，跟他們道別，轉回廳堂招呼別的賓客。來赴宴的賓客都是女家的親友，客人一到來，勞媽媽就走去招呼他們，接收他們的賀禮。她一接到人家的紅包就放手袋中。她的手袋愈來愈飽滿，像吹氣球般慢慢漲大。

這是她應得的，婚前勞媽媽已經講明，三十圍酒菜是陳凡埋單付款，賓客送來的賀禮金是她收。陳凡克勤克儉多年的積蓄，在這場婚禮中花光了，肥了勞媽媽的腰包。

29

勞歡的肚皮一天天大起來了，她有點擔心會失去現時這份車衣工作。她們製衣廠的女工人，有些懷孕大肚子，廠方不想給她們的分娩假期，白給她們的工資，用各種方法為借口解僱她們。她知道陳凡結婚時花光了多年來的積蓄，如果她因懷孕被廠方炒了魷魚，沒有工錢收入，那就不好了。

陳凡在香港工作生活多年，知道這個城市的生活情況。他說，在香港生活求溫飽不難，要解決居住的地方才難。他一直關注居住的問題，以前他單身一人，租住一個小房子就可以，結婚之後有老婆孩子，多了人口，居所就要闊大一點了。朋友告訴他，鑽石山村有一家人移民英國，他們原來居住的木屋出售，價錢並不貴，問他買不買。

陳凡當然想買，但他在結婚時花光了錢，沒有錢買。他知道，這是個難得的好機會，若是讓別人捷足先登買去就不好了。但有甚麼辦法呢？想來想去，只有冷向東有能力幫得到他。

問題是，人家肯不肯幫？他硬着頭皮，對冷向東提出他的要求，說明這筆錢是借的，一有錢就奉還。冷向東倒大方，說這筆錢不是大數目，大家朋友一場，拿去用就是了，不必還給他。

籌到了錢，陳凡即刻叫朋友帶他去買木屋。鑽石山村，有石屋，有木屋，他買下的木屋三百多方呎，長方型，一廳一房，還有廚房和廁所。最好的是，屋內有電力、自來水供應，裝修一下，就可以搬入去居住了。

勞歡懷孕期間，時常反胃嘔吐，又告假去醫院檢查身體。她們的領班想邀功，向廠長說勞歡的身體不好，時時告假去醫院看醫生治病，沒有精神工作，車出來的衣服不達標，影響廠方的衣服素質。廠長說，既然她這樣，就開除她。

勞歡被廠方解僱，愁眉苦臉，認為這是一件丟臉的事。陳凡安慰她說：「你無做錯甚麼事，擺明是廠方認為你要生孩子了，不想給二三十日分娩假期才炒你。但你不要擔心，我有工做，個個月出糧，生活不成問題，以後不必租人家的房子，不必交租。而且孩子出生了，你要在家照顧孩子，也不能去工廠車衣了，情況如此，他們炒了你魷魚也好，以後生活上節使用就是。」

勞歡還是不放心，她說：「我沒了這份工，沒有工資收入，只靠你做工搵錢，一個人做，幾個人食，生活就艱難哩。」

陳凡心中有了計劃，而且他的設想實際可行。街道上有些山寨製衣廠，這些山寨小廠，廠房細小，容納不下幾台衣車，就在廠中裁剪好布料，外發給一些家庭婦女取回家中加工，車成衣服再拿回廠去交貨，賺取工錢。他將他的計劃對妻子說：「你會車衣服，我去買一台工業衣車回來，去製衣廠取一些裁剪好布料回家裏車，你在家中，可以做家務，照顧孩子，又有工錢，一舉兩得，不是好過去工廠做？」

勞歡覺得這個計劃可行，就這樣去做。

星期日工廠放假，陳凡和妻子去深水埗購買工業衣車。翌日午時，衣車就送上門了。勞歡是車衣好手，她隨即拿布塊縫紉，新買的衣車沒有問題，付清尾數收貨。第二日就去取一些外發布料回家加工。

這樣做了大約三個月，腹中的胎兒足月了，要生孩子了，她的媽媽來她家中，陪她搭的士去廣華醫院。因為她在家中已經陣痛了，到達醫院幾個鐘頭就讓醫護人員推入產房分娩。她生孩子時好順利，雖然痛苦一番，但母子平安。

陳凡在膠花廠接到岳母的電話，說勞歡生了個女孩。他十分高興，傍晚一放工就匆匆搭車去廣華醫院看她。到達醫院時，勞歡躺在病房的病牀上，精神好好，眼睛明亮，顯出初為人母的喜悅。她對丈夫說：「我生的是女孩。」

陳凡希望她生的是男孩，但不便說出口，這樣說：「頭一胎生女孩好，她長大了可以幫你手做事。」她說：「孩子的樣貌似你哩。」他說：「你的樣貌靚，似你才好；似我不好。孩子在哪裏？我想看看她。」她說：「在育嬰房，要去那邊才可以看到她。」

幾個鐘頭前勞歡才生下嬰兒，身體虛弱，但她堅持要下牀，帶丈夫去育嬰室看女嬰，讓他分享她的喜悅。

育嬰室距離產婦病房不遠，在甬道那邊。隔着玻璃牆，可以看見裏面排列着一張張小牀子，每張小牀躺着兩個嬰兒，小牀上邊寫着編號，嬰兒的小手腕戴着本人的姓和編號。勞歡望了一下就看到那張××號的小牀了。她指給丈夫看。

嬰兒兩眼緊閉，靜靜地睡着。初生嬰兒，個個的樣子都差不多，若不是他們的小手腕上戴着有編號的膠帶，就難以辨認。但勞歡一看就認得哪個嬰兒是她的女兒了。

陳凡驚異她的眼力好，說她一看就認得。她說：「這有甚麼奇怪？做媽媽的一看過自己的孩子都可以認得。」他說：「是不是母子心連心？」她說：「可能是吧。」他說：「我好想抱抱她。」她說：「不可以。要得到姑娘准許。」

從育嬰室那邊回到產婦病房，陳凡扶她上牀休息。他坐在牀邊跟她談話。他問她餓不餓，如果餓了，他落樓下買東西上來給她食。她說：「醫院有飯給病人食，一陣間就送來。但我知道你還未食晚飯，你就落去買飯上來同我一齊食也好。」

食飯的時候，陳凡問她幾時可以出院回家。她說：「一般都要留在醫院觀察兩三日，今日是星期四，到星期日足夠三日了，那時你就來接我們。還有，你來的時候，在家中帶乾淨的衣服來給我換。」

陳凡初為人父，好高興，在膠花廠工作的時候，面上時常表露出會心的微笑，喜悅之情只有贏得勞歡的初吻可比。他贏得勞歡的芳心，取她為妻，如今她又為他生了孩子，家中添了人口，不像以前那樣孤單寂寞了。他的最大心願，是希望她再為他生兩個兒子，到了那時，他就可以對他大陸鄉下的母親有所交代了。

陳凡掛念着妻子和初生的女兒，到了星期日，是約定的時間了，這天他早上起牀，草草洗漱，食了兩片餅乾，就搭車去醫院。到了醫院的產婦病房時，勞歡坐在牀上給嬰兒甫乳。她解開衫鈕，又圓又白的乳房露了出來，乳頭塞在嬰兒的小嘴中，讓她吮吸乳汁。她的乳房，他經常撫摸，晚上經常吮吸，如今要讓位給初生的小女兒了。

勞歡的乳汁豐富，源源不斷輸送入嬰兒的口腔中。過了一陣子，女嬰食飽乳汁了，小嘴離開她媽媽的乳頭，微微地喘氣。陳凡見到她的小臉蛋彷如粉團一般嫩滑，樣子可愛，伸手想抱她。勞歡說：「她剛剛食飽奶，我要為她掃風。」

陳凡不知道甚麼是「掃風」。勞歡此前也不知道，產婦病房中有的初為人母，有些生過幾個孩子了，她們曉得為初生嬰兒「掃風」，勞歡是從她們那裏學到的。她們還說，嬰兒食奶時食得急，奶汁還卡在喉嚨中，未落到胃裏，若是沒為嬰兒「掃風」有可能會窒息。

陳凡靜靜地坐着，看着她一隻手抱着嬰兒，一隻手在嬰兒的背上上下輕輕地拍打，直到嬰兒的喉嚨發出微微的響聲才停手。

掃完風，她才把女兒交給丈夫，說：「她的皮肉嫩，你的手要輕，小心整痛她。」他抱着嬰兒，她小小的身子軟綿綿，猶如麵團，滑來滑去，幾乎抱不緊她。他低下頭，嘴巴湊到她的小臉蛋，輕輕地親吻。她呀呀地哭了。他微笑說：「BB，你為乜哭？是不是不喜歡爸爸抱你？」

嬰兒甚麼都不懂，不會回答他。勞歡說：「她不是不中意你，你整到她不舒服才哭。」他說：「你是媽媽，還是你了解她。」

陳凡把女兒交回她手中，嬰兒好快就睡熟了。勞歡把嬰兒放在牀頭上，讓她睡得安寧，自己才可以做事。

陳凡從提包中拿出糕餅、豆奶給她食。勞歡說：「你也要食哩。」他說：「早上我在家食了餅乾，不餓。你食，要多吸收營養，養好身體，若不是，沒有奶水給孩子食。」她說：「我的身體好，奶水足，要幾多有幾多，不會餓到她。」

陳凡轉換話題：「甚麼時候可以出院？」勞歡說：「醫生還未來巡房，要等他來巡房寫紙才可以出院。」陳凡說：「今日是假期，不用返工，我留在這裏同你一齊等醫生來。」

他們坐着食糕餅時，勞歡說：「孩子出世了，我要在家照顧她，不可以去外面做工搵錢了，靠你一個人做工搵錢養家，生活擔子重……」他說：「我是男人，是一家之主，應該養家活兒啊。」她說：「等孩子大些，我就去外面攞牛仔褲回家裏車，搵錢幫補。」他說：「你剛剛生了孩子，要多休息，養好身體再講。」

護士小姐陪同醫生來巡房了，醫生走到她的病牀前邊，見勞歡的精神好，說她可以出院了。勞歡謝過醫生，讓丈夫看顧嬰兒，自己去浴室更換衣服。在醫院時，穿醫院的灰色衫褲，土頭灰臉，而今換上自己的乾淨衣服，回復漂亮的樣貌了。

搭的士回到鑽石山村，因為村中的石屋木屋密密麻麻，巷道狹窄，車子無法駛入去，他們要在村口落車步行回家。

鑽石山村，聚居的大都是普通居民，但以前也有過名人居住。四九年大陸解放了，很多文化人、藝術家跑來這個英國人管治的城市謀出路，諸如著名藝人喬宏，世界知名學者余英時都是這裏的居民。初時村中還有電影公司、製片廠，天天都有電影明星在村巷中行走。後來社會興旺了，市區不斷發展，那些電影公司、製片廠搬走了，鑽石山村才漸漸退色，落後於新興的市區了。

鑽石山村毗鄰新蒲崗工業區，工廠大廈林立，甚麼行業的工廠都有，其中製衣廠最多。工廠出產的貨品都是出口去歐洲、美洲國家，廠商接到的訂貨單源源而來，廠裏的工人做不了，廠商又不想訂貨單流失，就在廠中把布用電機裁剪成衣料，用貨車送去住宅區，外發給家庭婦女縫製——廠商能夠增加產品，家庭婦女也可以掙錢幫補家計，雙方都有好處。

勞歡家中有衣車，她取一些布料回家中加工，可以掙到工錢，也可以照顧孩子，能解決生活上的難題，沒有甚麼憂慮了。

30

大家都想不到，一場突然而來的石油危機，影響了自由經濟體系的國家。香港也是自由經濟的資本主義，經濟上也受到波及。為了節省能源，政府實行燈火管制，到了晚上八點後，店舖、娛樂場所的招牌燈就要熄滅，只留下部份街燈照明，原本亮如白日的晚上變成黑暗之城。娛樂場所、夜店的顧客大減，居民早早就回家休息，消費不振，夜市冷清。

最不好的是，股市大跌，恆生指數高峰時一千七百多點，猶如在雪峰上滑雪的人，由峰頂向下滑落，跌至一千點、五百點，跌到三百多點才喘定。股市大跌期間，人心虛怯，股民恐慌性拋售，但沒有人承接，手上的股票賣不出去，變成「大閘蟹」。有些股民早前在股市日日上升的時候，雄心勃勃，向銀行借錢炒「孖展」，如今股市大跌了，自己的錢輸掉了不說，還欠下銀行的錢，被銀行「斬倉」，欠下一身債，走投無路跳樓、上吊了事，不止輸了身家，還輸了性命，人財兩空。

股市節節上升的時候，那些專心炒股票的股民，天天賺錢，意氣風發，就向沒有買股票的人炫耀，說自己天天食「魚蟳撈飯」，叫別人學他。如今有些股民輸光了錢，幾乎連飯都無得食，抬不起頭做人。

這些情況，讓陳凡夫婦暗暗慶幸。前年為了結婚的事，逼住賣掉手上的股票籌錢辦婚事。勞歡說：「婚前我媽要你幾十度酒菜錢，又要你一筆聘禮金，幾乎搞到你傾家蕩產，我在心裏替你不值，如今看來，你因籌錢結婚賣了手上的股票，因禍得福啊。」

陳凡也有同感，他說：「當時我想，如果沒給你媽這筆錢，我擔心她不讓你嫁給我。所以就是我花光了多年的積蓄，也要娶到你。」勞歡說：「我是咁重要？」陳凡說：「你比錢財重要得多。」

丈夫這樣說讓她感到溫馨又感動。在她看來，女人最要緊是丈夫重視自己，別的事情都是次要，可有可無。她了解陳凡，他不看重錢財，卻十分重視親情。尤其疼愛女兒見月，每天放工回到家中，頭一件事就是去抱她親她，愛不釋手，直到她哇哇地哭了，才讓她去給媽媽為她哺乳。

勞歡雖然也想生一兩個兒子，卻不如丈夫望子心切。因為他在大陸鄉村的母親、弟弟和別的親人在文化大革命時都被村民殺害了，整個家族只有他一人偷渡來香港能夠生存。他的母親生前寫信來催促他快些找個好的女子結婚，為她生幾個孫子，若不是，她死都不瞑目。可惜他遲了結婚，他的母親看不到他成家立室生孩子，無法如母親的心願。因此，他自己也傷心抱憾不已，他一想起這件事就暗暗流淚，悲痛欲絕。

女兒見月只有幾個月大，勞歡又懷孕了。她暗暗向神靈祈禱，自己腹中懷的是男孩，男孩才是丈夫後繼有人。如果她這胎生的是男孩，丈夫就會更加愛她，讓她活得快樂幸福。

勞歡腹大便便，在家裏照顧女兒，要做永遠也做不完的家務，她不辭勞苦，堅持去製衣廠取布料回家加工，從早到晚伏在衣車前車衣，希望多車一些，多掙一點錢幫補家計減輕丈夫的負擔。

陳凡見她懷着胎兒，腹大便便，如此辛勞，心中不忍，對她說：「我們買了這間木屋居住，不用交房租了，我的工資可以解決生活，你不要車衣囉。」勞歡說：「我不車衣沒有工錢拿，孩子出世了，家裏又多了人口，又要增加開支，只靠你一份工錢養活我們不行啊。」

陳凡想：她講的好實際，現實生活不是談情說愛那樣溫馨浪漫。他看過《愛情與麵包》這篇翻譯成中文的短篇小說。愛情的確溫馨甜蜜，但愛情不能當飯食，婚後必須勤勞做事掙錢才可以解決生活。看來麵包比愛情重要啊！

勞歡感覺腹中的胎兒活動得厲害，不像頭一胎那樣安靜。她聽生過幾個孩子的女人說，肚裏的胎兒活躍活動，多數是男孩；安靜的多數是女孩。按照別的女人的懷胎經驗，自己這一胎還不是男孩？如果是男孩，無論自己怎樣辛苦都願意。

懷胎期間，她按照日期去廣華醫院接受醫生的檢查，看看胎兒的情況如何、好不好。檢查後，醫生說她的胎兒成長良好。沒有問題就好，她放心了。

距離預產期還有三十天，她肚中的胎兒就作動了。她開始陣痛時，是午夜時分。她叫醒正在酣睡的丈夫，告訴他自己的肚痛了，就要生孩子。陳凡急了，這時是深更半夜，女兒這麼小，不能留她獨自在家中，又不好攜同她去醫院，怎麼辦？

人急智生，好在家中已經裝了電話，他亮燈，即刻打緊急電話求助，只十多分鐘，救護車就嗚嗚飛馳到鑽石山村口了。陳凡聽到救護車的嗚嗚聲，就一手抱着幼小的女兒，另一隻手扶着妻子準備出門。這時救護人員提着擔架牀到來了，他懸着的一顆心才安定下來。

救護車到達廣華醫院，送她上樓，醫生一檢查，說她就要生產了，隨即推她入產房。陳凡不能入產房，只好抱着女兒在產房門外等待。大約一個多小時，產房的門打開，醫護人員推着勞歡出來了。

陳凡急急上前了解情況，勞歡剛剛生下孩子，疲勞虛弱，她看了丈夫一眼，沒有力氣說話，合上眼皮了。姑娘告訴他，說她生了一個男嬰。

陳凡高興到幾乎跳起來，熱淚盈眶。他謝了姑娘，跟在活動牀後面走。到了產婦病房，醫護人員安排勞歡上病牀休息。她對陳凡說，她口渴，要飲水。陳凡倒了一杯水，捧到她的口邊，讓她喝。

勞歡飲了水，沒說話，躺下很快就睡了。陳凡抱着還未曉事的女兒，對她說：「媽媽生了一個弟弟給你哩，你做大姐囉，開不開心？」

女兒幼小不曉事，還不會說話。陳凡對她說的，只是自說自話，自我安慰。他在病牀旁邊默默地坐着，等待妻子醒來。

天亮了，太陽升起，光波穿窗而入。往日這個時刻，他要離家返工了，如今在醫院的產房中陪伴妻子，小女兒又沒有人照顧，無法返工，就在醫院中借電話打給廠方說明情況告假。

勞歡睡了幾個鐘頭才醒來。她睡足了，恢復精神力氣了，看到丈夫抱着女兒坐在她的病牀邊，這樣說：「你想我為你生一個男仔，終於生到了。」他說：「辛苦你哩，多謝你。」她說：「生子是我份內事，多謝甚麼。你要為孩子起個名，想好了嚒？」

陳凡想了想說：「大女兒叫見月，兒子就叫他做見日，好不好？」

勞歡想：女孩子似月亮，男孩子似太陽，日字月字合起來是好字，有意思。她說：「你為他兩個起的名字好，我喜歡，就這樣啊。」

陳凡急欲要見兒子，說好想看看他。勞歡說：「剛生下的嬰兒，產房的姑娘要為他洗身，磅重、打預防針，然後送去育嬰室觀察，如果有問題，要放入氧氣箱子照料保護，暫時不讓別人入去看。」

他不知道自己的兒子是甚麼樣子，是否健康，惦念着，但現在又不可入育嬰室看，除了等待，沒有別的辦法。

見月太幼小，還不會說話，肚子餓了，只會哇哇哭喊。勞歡曉得她肚餓了，就從丈夫手中接過來，解開上衣扣子，給她哺乳。她一邊給女兒哺乳一邊自言自語：「你弟弟出世了，我的奶水要讓他食，以後你就無得食了，你要食牛奶、爛粥囉。」

陳凡有一子一女了，喜悅過後，憂愁隨之而來。如今他是兩個孩子的父親了，兩年時間就多了兩口人，四口之家，自己是一家之主，要養活他們，女兒、兒子長大了，要送他們入學讀書，要交各種費用，生活擔子多麼重啊！但他心中的憂慮不便表露出來——這樣會令妻子心中不安。

勞歡說：「你送我來醫院生孩子，無返工，廠方知道嚒？」他說：「我已經打電話去請假了。」她說：「膠花廠裏只有你一個人維修電器，你無返工，無人代替你做，不怕影響你這份工？」他說：「冷廠長體諒我的情況，問題不大。」她說：「請得假多，始終不好。」

陳凡當然知道多告假不好，但現實情況如此，也沒有辦法。人人都知道結婚生孩子是生活上的枷鎖，但大家都向這個枷鎖裏鑽。有些窮人的老婆，不但不做工掙錢幫補家計，還去行街睇戲甚至打牌賭錢。

勞歡的年紀輕輕，思想卻成熟，會為家中生活籌謀。她在家中要照顧孩子，要做家務，還要車衣服，車好了又要揹着孩子去交貨取貨，天天都是這樣爭取有限的時間去做，掙一點點工錢幫補家用，分擔他的生活擔子。他娶到這樣好的老婆，值得高興啊！

31

兩個孩子漸漸長大了，見月已經四歲多，見日三歲，都適齡入讀幼稚園了。既然孩子已經適齡入學讀書了，沒有理由不讓他們入學讀書學知識。自己童年時沒有機會入學讀書，在人生路上留下了遺憾，難道要兒女蹈自己的覆轍？鄉村窮家的孩子沒有書讀，讓他們上山放牛、跟父母下田耕種。香港是大城市，是文明社會，不讓孩子入學讀書就不行。富裕人家的孩子，入讀學費昂貴的名校，還聘請名師為他們補習各種功課，請名師教他們彈鋼琴、跳芭蕾舞，假期時帶他們去歐美諸國旅行，增廣見聞。

陳凡是打工仔，是手做口食的窮人，沒有人家那樣的好條件，他的兒女不會投胎入富貴之家，但起碼也要讓他們有書讀，學習知識。他居住在貧民區，見到那些沒有入學讀書的孩子，遊手好閒到處走，追逐玩耍，還有些孩子暗暗竊取人家店舖的東西，有些拉幫結派，成為街頭童黨，做壞事，被警察捉去查問懲罰。

陳凡不願自己的兒女變成壞人，困他們在家中，不讓他們去外面玩耍。但小孩子像小雞小鴨般困他們在家中也不行，最好的辦法是送他們入學讀書認字學習知識。

他沒有經濟能力讓兒女去牟利的名校讀書，只好讓他們入讀慈善機構開辦的幼稚園。這些幼稚園像托兒所，老師教導他們讀書認字，帶領他們一起玩遊戲，中午還有飯菜、點心讓他們食。最好的是，早上送他們上學，晚上才去接他們回家，大人白天返工做事，無須牽掛。

兩個兒女在同一間學校讀書，但姐弟兩人的性格各異，資質不同，學業成績有優有劣。女兒見月活潑好動，小小年紀說話就不誠實。兒子見日資質平平，好處是文靜，聽話聽教，專心讀書學習，成績比姐姐好。

陳凡希望兒女都品學兼優，但女兒做不到，令他失望。好在兒子的表現讓他感到滿意，也是好的。幾年後，兒女讀中學了，懂事了，為了鼓勵兒女努力讀書上進，對他們說：你兩個都是我的兒女，我不會重男輕女，平等對待，誰勤力讀書，成績好，可以升學，我就供誰繼續讀書，你們想自己有前途，就自己勤奮讀書，爭取好的成績。

女兒不在意他的話，他苦口婆心說了等如白說，沒有甚麼作用。

日子平淡如水，天天早上返工，在膠花廠工作了一日，晚上放工回家，食完晚飯，看一陣書報瞓了就上牀睡。勞歡在家車衣服，做家務，送兒女上學，接他們回家，從早忙到晚，十分辛苦。陳凡為減輕她的工作量，他放工了，順便去街市買菜回家煮飯。兒女放學回來，有些家課不會做，他要教導他們做。孩子做完功課，食飽晚飯，沖完涼，大家都疲勞了，上牀睡覺。

星期日，他不必返工，兒女不用上學，勞歡從星期一忙到星期六，也要休息玩樂一下。他們早上去茶樓飲茶食點心，有時候和兒女去公園玩耍，有時候一起搭車去郊外遠足，享受一天悠閒的假期。

* * *

某日深夜，陳凡正在牀上呼呼酣睡，外面傳來一片嘈雜的驚呼聲。他從酣睡中驚醒，定神一聽，才知道外面的人逃避火災。他急急跳下牀，按亮電燈，拍醒妻子，說外面發生火災了，快快逃走。勞歡睡眼惺忪，一聽到火燒到來，甚麼都不顧了，即刻拍醒牀上的孩子，把他們從牀上抱起來，把見日交給丈夫，自己拉着見月，一家大小四人匆匆離家，走到屋子外面去。

陳凡一看，不遠處的木屋火光熊熊，濃煙滾滾，煙火順着風勢向他們這邊漫延過來了！他一手抱起見日，勞歡拉着見月，從巷道向路口那邊逃跑。到了村口的時候，已經有人跑到那裏了。

他念着家中的東西，叫勞歡看顧兩個孩子，他要回家去取。勞歡說，火就燒到來了，太危險，不可回去取。一個念頭在他的腦中閃現：家中有重要的證件，有辛苦積攢的錢財，若是給火燒掉了，一家幾人兩手空空，以後怎樣過日子？他恍惚沒聽到妻子的話，放下見日就往巷道走回去。

起火的地方是山腳那邊的木屋，火乘風勢向他們這邊燒過來。巷道中，有人扶老攜幼，有人手挽着包裹皮箱，一窩蜂般向村口走，昏暗的巷道中，陳凡朝反方向匆匆疾走，那些逃命的人被他衝撞着，大聲罵他，叫他去送死。他充耳不聞，不當一回事，繼續往回頭路走。

走入家中，裏面烏燈黑火，他摸黑按牆邊的開關，電燈沒有亮，他曉得電源截斷了！好在家中一切擺設，他都瞭如指掌，那裏放證件，財物放在甚麼地方他都知道。他摸黑在牀頭櫃邊拿到一個皮箱（皮箱裝着證件和財物），又抓起裝着衣物的藤籃，就奪門而出，向巷道走去。

這時火乘風勢，火舌隨着滾滾的濃煙已經燒得到家門口了！他忍着氣，抵擋煙火的襲擊。但煙火充滿巷道中間，補天蓋地，令他無法呼吸，昏倒在地上，連呼救掙扎的力氣都沒有了。

勞歡在村口等待，沒見丈夫出來，焦急到想哭。她大聲呼喚丈夫的姓名，沒有回應，只聽到由遠而近嗚嗚的救護車聲。

鑽石山村中是密密麻麻的鐵皮木屋，巷道狹窄，消防車駛不入去，到達村口就停下來了。消防員跳下車，拉下軟喉去接駁街邊的消防水龍頭，引水來村中滅火。在消防隊長的指揮下，幾個消防員馬上進入村中救人。他們戴着防煙火的面罩，額頭上的照射燈穿破了黑暗，他們走入村子，發現巷道中幾人被濃煙焗暈昏倒在地上，就合力把他們放上肩背上抬出來。

勞歡萬分焦慮，去看那些前前後後抬出的人，看了幾個都不是她的丈夫，就更加焦慮！到後來，她的丈夫被抬出來了，但他不省人事了！不知道死了還是有得救。消防員把他放在地上，為他戴上氧氣罩，又大力按壓他的胸口，按了好幾下，他才慢慢甦醒過來。她見丈夫能活動了，才鬆了一口氣。

村中的木屋，屋頂上的鋅皮鋪着防漏水的瀝青紙皮，這些瀝青紙皮，一遇上火苗，就如火上加油，猛烈地燃燒起來。木屋一間連接一間，其中一間着火，猶如火燒綑綁在一起的連橫船，火舌就向鄰近的房子燃燒開去，村中迅速變成一片火海。睡眠的人驚醒了才急急爬起來，走避不及的都被煙火焗暈焗死。

消防員在村口引水入去灌救，因為火場闊大，水落在火場上，火滅不熄，濃煙就更濃更大，遮天蔽地，仿如黑夜中的人間煉獄。

消防車一輛接一輛飛馳來增援，村口、馬路邊都是消防車和救護車、警車，地上橫七豎八的消防軟喉不停地向火場射水，消防員抬出來的不知道是生人是死人，放上救護車送去醫院急救。

這時進入冬季，天冷了，天一亮，政府人員就在山邊搭起帳篷，讓穿着單衣的災民入去避寒風，慈善團體也拿來毛氈衣服給災民保暖。

陳凡冒着生命危險回家拿出的證件、錢財、衣物因為被濃煙暈丟失在火場中，幾乎連命都喪失，而今也是兩手空空，一無所有的災民了。他站在村口，望着這片變成廢墟、仍在冒煙的災場，甚感悲哀，欲哭無淚。當初他得到廠長冷向東的資助，買了這間木屋居住不過幾年，如今居所、財物都被大火燒掉了，今後一家大小幾人去哪裏容身？怎樣生活下去？自己的命運為何這樣苦？那年他從大陸偷渡來這裏時，也是兩手空空，甚麼都沒有，但那時他只是單身一人，掙扎奮鬥一番就能克服困境了。如今有老婆兒女，一家大小四口人，生活就難以解決啊！

警方封鎖現場，防止歹徒混水摸魚，要保護災民。慈善團體拿善款、食物來賑濟災民。政府的「寮仔部」人員來為災民登記，預備安置他們的居所。

有人燒死在火場中，政府派人來向死者家屬發放殮葬費、撫恤金，幫助災民解決目前的困境。

陳凡只是喪失家園，一家幾人都能脫離火場保住性命，比那些失去家園又喪失親屬的人已經好得多了。如此一想，他心中的愁苦才減輕一點。

發生火災，電台、報紙都圖文並茂報道鑽石山木屋區發生大火變成廢墟的事，引起大家的關注，民眾發起募捐籌款賑濟。各方面合起來的善款對災民幫助很大。

陳凡去膠花廠入廠長室，對廠長冷向東說了目前的困境，暫時不能返工。廠長說，讓他放長假。

陳凡想：讓我放長假，是不是意味着炒我魷魚？如今我家裏甚麼都被大火燒掉了，若然又失去這份工，不是雪上加霜令我走投無路？他說：「廠長，我不要放長假，我一搞掂家裏的事就返工。」

廠長說：「這場大火，你已經喪失家園，甚麼都沒有了。你在我們廠打工，工資不多，無法改善你家的生活，我給你一筆錢，去做小生意才是好辦法。」陳凡說：「你已經幫了我幾次忙，我不好意思再要你的錢了。」廠長說：「如今你有難，就要接受我的錢，你就當我做善事好哩。」

陳凡還想說話，冷向東擺擺手，說：「你我一場朋友，你的救命之恩我不會忘記。那年我們在湛市煉鋼場砍樹煉鋼，在山上我被毒蛇咬了手臂，你即刻在我的傷口吸出毒液，又為我找草藥敷傷口，若不是得你及時救我，我早就中蛇毒死了。」陳凡說：「這件事我早就忘記哩。」

冷向東拿起筆，寫了一張支票給他。陳凡一看支票上的銀碼，真不敢相信自己的眼睛，數目太大了！他知道冷向東的為人，他既然給他開出支票了，就不會收回。他感激說：「冷先生，你對我太好了，一次又一次幫忙我，可以說你是我的再生父母。我同我老婆兒女永遠都記着你的恩情。」冷向東說：「你快些回去做你的事。」

陳凡拿着支票，向冷向東鞠躬道謝，離開廠長室。心想：當今世上還有這樣不忘舊恩情的好人。

32

政府的房屋政策，凡是天台木屋、山邊木屋、危樓一旦山泥崩瀉倒毀，大火燒掉，原來的居所不能在原地重建家園，政府收回該地皮建造廉租公屋，編配給災民或貧窮的市民租住。

鑽石山村的木屋、石屋都付諸一炬，山村夷為平地，政府部門就安排這些無家可歸的災民暫住在臨時建造的「中轉屋」中暫時居住，等待搬去「房屋署」的廉租公屋大廈作長久居所。

陳凡一家幾人在九龍灣的平房「中轉屋」住了一年多，房屋署就編配順安邨一個高層單位給他了。這個屋邨每個單位的面積只有三百多方呎，但獨門獨戶，屋內有廚房廁所，有水、電、煤氣供應，他的單位面向維多利亞海港，與香港島遙遙相對，水光山色盡收眼底，賞心悅目，住得好舒服。

這個新建成的公共屋邨，有公園、社區會堂、商場菜市、酒樓餐廳，還有小學中學，生活所需的東西，屋邨中都俱備，不假外求。

陳凡十分重視兒女的教育，一搬入新的居所，就帶兩個兒女去學校報名考入學試，兩個兒女都獲校方取錄，準備去小學讀書。他們在鑽石山村木屋的財物衣服都被大火燒掉了，搬到新的居所，一切都要重新購買，忙碌了好幾天置備齊全。

女兒兒子入讀的學校在這個屋邨中，距離居所不遠，步行十多分鐘就到達。他們都會上學了，放學也會回家，少了一份擔心。陳凡又去深水埗買一台工業衣車回來，讓勞歡在家縫製衣服掙錢幫補家用。

冷向東送給陳凡一筆錢，建議他做小生意，解決生計。但他知道自己不喜歡做生意，不善經營，恐怕蝕光這筆錢，到了那時，不但自己的生計再次陷入困境，也對不起冷先生這位好朋友。

思前想後，自己早前已經考取了的士駕駛執照了，可以駕駛的士接客做生意了。他拿手上的錢去車行分期付款買了一部的士，自己做夜更，日更讓別人做，收取租金還款給車行。

這個辦法行得通，走對了路。一部的士兩個人做，別人做日更，每日都有租金收入供車會，自己做夜更掙到的錢養家活兒，生活無憂，可以安居樂業了。最好的是，的士牌價會上升，可以保值，若然自己不喜歡做了，賣出去也有錢賺，不像做別的生意要交舖租，要支付伙計的薪金，生意要是不好，就有蝕掉老本的風險。

陳凡做夜更，下午五點才去接班開工，一直做到凌晨兩三點才去油站入油洗車，收工回家睡覺。白天他在家中歇息，老婆兒女偶然有事發生了，他可以兼顧，不像打工那樣要受老板約束，不能隨便離開工作崗位。

駕的士在街道上接客比較自由，自己有別的事情要辦理，可以僱用別人做替工，替一日可以，替一個月也可以，沒有甚麼約束，雙方口頭上協議就行。

不過，做的士這份工，表面看似乎自由輕鬆，其實十分緊張焦慮的。每日開工，一爬上駕駛座位，就要在街道上兜兜轉轉接客，乘客到達目的地落車了，又要開車去尋找搭客。有時遇上經濟不景氣的日子，晚上市民一放工回家，就不出外看戲娛樂，街道上的行人稀少，駕着的士在馬路上兜來轉去，燃油虛耗不少，也接不到一單乘客。而租人家車子的的士司機，無論你一更接到多少乘客，做了多少生意，都要交同樣多的車租，要支付燃油費，心理負擔重，壓力大，同行之間的競爭也大。

馬路上好多的士在行駛接客，本來馬路邊的乘客遠遠就向你招手，別的司機眼明手快，一踩油門，他的車子就像一支箭似的超越你的車頭，搶去你的乘客，讓你落空，見財化水，你也拿他沒辦法。

陳凡是車主，不必租人家的車子，不用交車租，心理負擔就不似別的的士司機那樣重，可以放鬆心情去做，乘客接得多次、錢掙多些當然好，少了也能安然度過。

駕的士接客往往也靠運氣，大家都駕的士在街上接客，有人接了乘客去到目的地，乘客一下車，旁邊又有乘客上他的車。的士載了乘客要行車，沒有乘客也要行車；有乘客在車上有錢收，沒有乘客的無錢收。有的乘客落車時，給了足夠的車資還給「貼士」，施與受都歡喜。有些壞乘客一到目的地，趁你不防備，一跳落車就像一支箭似的逃跑了，不知所蹤，望着他的背影自嘆倒霉，白載他一程——這種事極少發生！

陳凡所接到的乘客，都是好人，沒有遇過這樣倒霉的事，也沒有遇過上車的劫匪。

某日午夜，有人打電話去的士台召車，陳凡這時在尖沙碼頭落了客，馬上拿起「咪頭」接了「柯打」，驅車去接客人。到了目的地，才知道召車的是冷向東。他在尖沙嘴假日酒店門前遇到恩人，好高興，馬上跳落車打開車門讓他上車。

冷向東一爬入車廂就說：「陳凡，前年我給你那筆錢，讓你做小生意的，你怎麼不做小生意轉行揸的士？」

陳凡見他的態度冷冷的，不高興，馬上向他解釋說：「冷先生，我不會做生意，擔心經營得不好，蝕光你送給我的錢，無面見你，就拿你那筆錢作首期買了這部的士，自己做夜更，日更租給朋友做，收車租按月供款給銀行。」冷向東說：「原來是這樣，你這樣做也是好辦法。而今好嘜？」陳凡說：「全靠你的幫助，才有今日的好景，真是要多謝你。要不是，我一家人就艱難哩。」

陳凡一邊開車一邊和冷向東談話。冷向東說：「如今香港的廠房貴，人工貴，我們這裏的廠已經停產了，只在香港接訂單，去泰國開廠生產。這個計劃我們早就決定了，所以我就讓你停職，私人給你那筆錢，讓你另謀發展。」陳凡說：「你這片苦心為我着想，感激不盡啊。」

陳凡在膠花廠任職時，曾經去過冷向東的家修理電器，熟悉他家的地點。如今他駕的士送他回又一村丹桂路家門口停車，讓冷向東落車，等待他開門入屋，才跟他道別。

33

消息傳來，毛澤東在北京病逝。他老人家早就年紀老大了，在世時日不多了，但這位讓中國人民像神一般崇拜的開國元首之死，猶如風雨來臨前的炸雷，震天動地，令中國人民驚惶不已，仿如天塌下來，手足無措！

早幾年，中美兩國關係出人意表的好轉，美國總統尼克遜訪問中國，毛主席在北京中南海接見貴賓，電視台在播映時，陳凡坐在家中的電視機前，全神貫注觀看。鏡頭前的毛澤東，他站立握着尼克遜的手，一直在顫動，面部浮腫，眼神呆滯，沒有鬍子的嘴巴合不攏，口涎流淌，與精神奕奕、行動靈活的尼克遜相映成趣。鏡頭一轉，他與尼克遜總統隔着茶几坐在沙發上，他老人家身邊放着一個高桶花紋痰盂，背後的紫檀木大書架上，放着各種線裝書籍，他身邊的女子坐着為他作翻譯。

如今毛主席死了，這個爆炸性的消息，震動着全國軍民的心，震動世界，也震動了香港。香港有人如喪父，真情哭泣。左派工會、中資機構下半旗致哀，設靈堂讓愛國人士去痛哭致祭，比自己的父母死了更哀傷，真的表現出爹親娘親不如毛主席親。（當中也有不少人說，這個人早就該死。）

愛國人士哀傷的心情還未平復，又傳來一個讓人難以置信的消息：江青、王洪文、張春橋、姚文元等人都被捕下獄。文化大革命時期，他們都是偉大領袖毛主席身邊的大紅人，權傾朝野，怎麼毛主席死了不足一個月，他們就被拘捕入獄？

不多久傳媒又報道，被「四人幫」打壓的鄧小平復出掌權了，他主張中國改革開放，歡迎香港、歐洲、美國的商人來中國投資營商，搞好國家的經濟，讓國內部份人可以營商先富起來。

毛澤東領導新中國時，強調階級鬥爭，要打倒消滅資本家。鄧小平先生復出掌權，就搞改革開放，歡迎各地的資本家來新中國投資營商，跟毛澤東的治國政策南轅北轍，是怎麼一回事？

陳凡偷渡到香港至今將近二十年了，時常惦念着大陸家鄉的親人，以前一直都不敢回去（回去恐怕被扣留證件不能返香港）如今毛澤東死了，「四人幫」倒台入獄，改革開放了，連逃跑去台灣的人都敢回國內探親訪友了。他想：自己回湛市探望舅父、姨媽沒有問題吧？

他問妻子肯不肯同他一起回去。勞歡在香港出生長大，對大陸的情況一點都不知道，也想回國內看看。不過，兩個兒女年紀小，不能照顧自己，怎麼辦？也帶他們一起回去？

陳凡說：「現時學校放暑假，不用返學，送見月去你媽家中讓她照顧好不好？」勞歡說：「我們去大陸不過十日，我想我媽肯暫時照顧她。」

勞媽媽答應了。陳凡隨即籌備回國內的事，逐一去安排。夜更的士請別人做替工十多日；辦理回鄉證件；去中國航空公司（香港辦事處）購買往湛市的飛機票。

啟程回大陸的前一日，送見月去外婆家讓她照顧，他和妻子兒子三人回大陸。

* * *

火車由紅磡站開出，向北奔馳，中途每個站都停下來，讓乘客上車落車。以前陳凡搭火車去新界好多次了，最遠只到了上水站就落車，不可再去了。因為下一站是羅湖終點站，所以乘客都要落車，那裏是中港邊境，下了車的人就向羅湖橋頭去過海關入深圳（大陸）。

這次北上，是他頭一次超越上水站，去到羅湖終點站落車，向海關走去。他們在英界海關接受關員檢查完了，就向羅湖橋走過去。

如今的羅湖橋已經拆除舊的建造新的了，但它的位置不變，依然是老地方。橋下的河水黑黑，不知道深淺。這條小河，是現代的楚河漢界，分隔成南北兩個不同的世界，南北兩岸的人民過着不同的生活。橋頭南邊，是香港皇家警察守衛，北邊的橋頭是中國人民解放軍把守。

他的妻子在香港長大，對大陸那邊的人和事一點都不知道，以為大陸那邊的人事同香港一樣，以香港人的思維眼光去看待。因為不知道，她的心才沒有惴惴不安的恐懼。兒子年紀小，天真無邪，以童心童眼看世界，隨着父母離家旅行，眼前的一切都感覺新鮮，想活動就活動，想說甚麼就說甚麼，不懂得避忌。

陳凡曾經提醒妻子，大陸的社會環境不同香港，一過羅湖橋，踏足國內，言行都要小心，不可亂說亂動，以免引來不必要的麻煩。為了警惕她，他對她說了一個實例，他有個朋友的老婆，早幾年回大陸，因為不小心用一張台灣出錢辦的舊報紙包物品，過深圳海關時被拘查，說她是國民黨特務，在大陸人間蒸發了，他那位朋友失去心愛的老婆，又無法去追尋。

勞歡害怕了，說她不敢和他回大陸探親了。陳凡說，如今大陸改革開放了，回去只要不做禁忌的事情就沒事，不必害怕。勞歡還是不放心，她說：「以前你是從大陸偷渡來香港的，如今回大陸不怕他們拘留你？」陳凡說：「以前好多人都是偷渡過來的，而今回大陸旅遊探親都無出事，平安回來。」

勞歡知道丈夫在香港生活這麼多年，都不敢踏上羅湖橋。如今回鄉，是尋找他母親、弟弟和親人的埋骨之所，才跨越這道分隔兩地的橋樑。

羅湖這邊，飄揚的英國旗和香港旗，是香港皇家軍警站崗。那邊的橋頭，飄揚的是五星紅旗，是解放軍持槍把守。穿著藍色軍服的解放軍的神情嚴厲，注視着過橋的人。陳凡有點害怕，隨着行人低頭走路，不敢與解放軍的眼神接觸。

過了橋，步行幾分鐘，是個小小的廣場，因為過海關入境的人太多，有軍人監視他們在小廣場輪候進入中國海關辦理回鄉手續入境。小廣場是露天的，太陽高照，熱浪逼人，陽光下，人們熱得面紅耳赤，汗水涔涔。

這些入境大陸的人群，有男有女，有老人有小孩，他們身邊都有一箱箱、一袋袋行李，箱子袋子中有衣服、食品，還有收音機、錄音機、相機，其中還有人攜帶黑白電視機（當時黑白電視機在大陸民間是稀有之品）。

在小廣場等候了個多小時，才輪到陳凡進入海關。他和妻子也攜帶一箱和兩個行李布袋，又要照顧兒子，忙得手忙腳亂，累得他滿頭大汗。

海關是一幢低矮的屋子，裏面分開三條通道，每條通道都有人在接受海關同志的問話和檢查，行李多的人搞了很長時間才能通過。

陳凡見他前頭的人通過了，就提着行李上前，拿出自己的證件放在櫃枱上，等待關員辦理他們的入境手續。

眼前的關員是中年人，身子高大，高鼻樑，眼神銳利如鷹隼，看人時像要看透別人的心。他並不拿枱上的證件看，眼睛只在陳凡的面上身上轉來轉去。他這樣的眼神看人，陳凡暗暗吃驚，心胸卜卜跳，血液在體內加速流淌，頭腦發熱，面孔紅了。雖然他沒有做甚麼犯法的事，身上和行李中也沒有藏着甚麼違禁品，心情還是很緊張，站立不安。他已經離開大陸這麼多年了，不知道如今大陸的社會情況變成怎樣了，做甚麼事情才是犯法，身上行李中甚麼東西才是違禁物品。

關員不出聲，沒有問他甚麼，目光從他的身上轉移到勞歡的身上。勞歡算不上美人，但她的圓型面孔，柳眉鳳眼，眼波流轉，神情隱隱然含着一種媚態，有成熟婦人的誘惑力。關員專注她，她感覺不好意思，面孔頓時緋紅，氣喘心跳。

陳凡不知道她為何如此緊張，是害怕？人一害怕心就亂；心亂了會說錯話，會引起關員的猜測、懷疑，可能會惹上麻煩。

關員是外省人，說普通話，勞歡聽不懂，答不上他的問話。關員見她的神情有異，呆呆地站着，就操着不鹹不淡的粵語問她兩人是甚麼關係，是不是倆老？

勞歡誤會關員說的「倆老」是老契，是相好，不曉得「倆老」是夫妻的意思。她和陳凡明明是夫婦，為何說他們是「老契」？不是故意侮辱她嗎？

她沒答話。陳凡代她答，說他和她是「倆老」。關員大聲說：「我是問她，不是問你。你閉嘴！」

這時勞歡才知道「倆老」的意思。她說：「我們是夫婦。」關員說：「以前你們有沒有回來？」勞歡說：「我們是頭一次回來。」關員說：「回來做甚麼？」

陳凡恐怕她說實話，說出他們回來是尋找他親人的埋骨之所，又要費一番唇舌向關員解釋。他搶着替她答：「我們回來是探親。」關員兩眼瞪着他說：「她不會答要你答？！」

勞歡重複丈夫的話。關員說：「回甚麼地方探親？」勞歡說：「是我丈夫的家鄉。」關員說：「他家鄉在甚麼地方？」勞歡說：「不清楚。只是跟着他，他帶我去。」關員說：「你是他老婆，連丈夫的家鄉都不知道？怎麼搞的？」勞歡說：「我在香港出世長大，未回過大陸，甚麼縣甚麼人民公社我搞不清楚。」關員哼了一聲說：「你是資本主義，是英國佬的走狗，不認識社會主義祖國！」

勞歡讀書看報不多，不曉得甚麼是資本主義，甚麼社會主義，更不知道那個國家是她的祖國。她在香港長大，看見政府機關、警署、消防局的門頭上飄揚的英國「米」字旗，掛着英國依利沙伯女皇的肖像，港督是英國人，政府公函是英文……她不知道自己是英國女皇的子民還是中國人。

她明明是人，關員說她是英佬的走狗，不當她是人，還當她是狗，擺明是侮辱她！在她的心目中，這個關員毫無男人風度，欺負女人，算甚麼男人？她說：「先生，請你要有男人風度，尊重我們女性啊！」

關員冷笑說：「你是甚麼東西？要我尊重你！」他頓時拉長了臉，拍着枱站起來，大聲說：「跟我來！」

勞歡這時才曉得自己說了不應該說的話，惹惱了關員，不知道怎樣好。在香港說這樣的話不會出問題，無人說她的話不對。

陳凡害怕了，不知道關員要怎樣對付她。他對關員說：「同志，她不懂事，講錯話，對不起你，請你原諒她。」

關員不理他，押勞歡去黑房，搜她的身。她知道，在香港，男警察雖然是執法者，但他不能搜女人的身，更不能在黑房中搜女人的身。如果警員在執法時有不守規矩的行為，就是犯了法，會被遭搜身的女人去投訴他，他會被控告上法庭，法庭會依法例判他有罪。

現時她只說了一句讓這個關員不中聽的話，就被他藉口說她有可疑押入黑房，搜她的身，乘機除去她的外衣，摸她的胸，摸她的下體，大事污辱她！

陳凡不知道妻子被關員押入黑房的遭遇怎樣，只是在外面憂心如焚，乾着急等待。他要看顧兒子，要守護行李，在海關室中不敢離開一步。

以前他在大陸生活多年，人民只講鬥爭、暴力，幹部是專政者，沒有法理可言，吃了大虧投訴無門，女人被打被強暴也無狀可告。海關人員的權力大，仿如邊境的小皇帝，他說你帶甚麼禁書、違禁品入境，甚至說你是台灣派來的特務都可以，你無法申辯，也無處申訴。你若是申辯，就把你拘禁起來，看你能怎樣！

那個關員從黑房出來了，走回檢查櫃枱前。勞歡也從那邊黑房出來了。她的面孔紅紅，兩眼含淚，又不好對丈夫說甚麼。陳凡見到她的神情，曉得她吃啞巴虧受委屈了。他的內心氣憤又難受，但在關員面前又不敢說甚麼，只能默默地隱忍着怒氣等待過關。

關員從枱上拿起他們的回鄉證件看看，抬起頭問他：「你的香港身分證是十八年前領到的，你在那邊生活了這麼多年，為甚麼至今才回來？」陳凡說：「我在那邊打工，很忙，沒有時間回來。」關員說：「現在又有時間回來？」陳凡說：「老板准我放十多日假。」關員說：「這次回來做甚麼？」

陳凡不敢說他們回鄉是尋找他親人的埋骨之所，以免他進一步查根問柢，惹來麻煩。他說：「我舅父在湛市做事，我們回來探望他。」關員說：「你舅舅在湛市做甚麼工作？」陳凡說：「在人民醫院做黨書記。」關員說：「他的職位不小啊。」

關員看他的行李，問：「你帶回來的收音機、錄音機是送給他的？」陳凡說：「兩個送給他，一個電視機送給我姨媽。」關員說：「你的父母兄弟呢？」陳凡說：「他們都過世了。」

關員對他起了疑心，這樣說：「怎麼都死了？」陳凡說：「他們都是染病死的。」

關員說：「染甚麼病死的？」陳凡說：「肺痨病。」關員說：「你怎麼沒傳染到這種病？」陳凡說：「因為我去了香港，沒有染到。」關員說：「你怎樣去香港的？」

陳凡不敢說偷渡，說是申請去的。關員說：「誰批准你去？」陳凡說：「當時的公安局領導。」

陳凡對關員的問題，有問必答，答得好，沒有露出甚麼破綻，沒甚麼引起對方的懷疑。關員叫他把他們的行李放在枱上，讓他逐一檢查。他在勞歡的手袋中拿出一瓶雪花膏，一小瓶藥油，他打開瓶蓋，撕去錫紙，檢查雪花膏裏有沒有藏着別的東西，又問她為何要攜帶這些東西回來。

勞歡剛才在黑房中被他非禮污辱，恨死他，只能強忍着怒氣回答他：「雪花膏是我潤膚用的，藥油必要時服用。」

關員再沒有甚麼理由留難他們了，才打開他們的回鄉證件蓋章。他蓋章時很用力，響聲震動着陳凡的心靈，他的胸口卜卜地跳動。

電器音響和電視機都要徵入口稅，未繳稅不能帶過鏡。陳凡想：這些電器用品拿錢交稅不成問題，只要沒被他們卡在海關能夠過境就好。剛才被那個關員盤問留難他們這麼久，非常擔心被他抓到甚麼把柄不能過關。因為那樣不是用錢可以解決的事。現時需要打稅的東西拿錢繳稅就可以解決了。他們這次回鄉已經預定要花用這筆錢，負擔得起，也願意花。

打稅的地方在甬道那邊，他們提着行李到了繳稅處，那裏擠滿了人，人頭湧湧，大家都爭先恐後擠上辦事櫃枱繳稅。天氣炎熱，海關裏面熱氣蒸騰，仿如大蒸籠。這麼多人擠在一起，大家都汗流浹背，面紅耳赤，猶如身處在蒸籠中的螃蟹。

陳凡讓勞歡在牆角處看顧兒子、看守行李，他在人群中往前擠，費了好多時間和力氣才擠到繳稅的窗口去。他向辦事人員報上自己攜帶需要打稅的物品，從衫袋掏錢出來繳稅。那人說，港幣、人民幣都不收，只收「外滙卷」。陳凡說，他不知道打稅要用「外滙卷」，他身上沒有。那人說，你沒有「外滙卷」可以去後面的中國人民銀行用港幣兑換。

陳凡氣呼呼從人群中抽身擠出來，向後面的人民銀行走去。

中國人民銀行全國各地都有分行，深圳海關中的只是一個小小的分行，裏面只有兩個人在工作。小小的空間，有人在裏面寄錢回家鄉給親友，也有人在兑換人民幣、「外滙卷」。

陳凡排隊到了窗口，問職員港幣兑換「外滙卷」的價格。職員說，十元港幣兑換四元二角人民幣，一元「外滙卷」相等於一元人民幣。陳凡說：「我換外滙卷是打稅用的，打了稅剩下來的外滙卷還有用嗎？」職員說：「港澳同胞去友誼商店買東西也可以使用，多換一些以後也用得着，不要緊。」

陳凡頭一次看到「外滙卷」，紙質粗糙，印製粗劣，若要假冒，假能亂真，容易脫手。他想：既然「外滙卷」的價格與人民幣相等，為甚麼不用人民幣打稅、要另外印製「外滙卷」打稅多此一舉？為甚麼港澳人士打稅、去友誼商店購物要使用「外滙卷」？

拿了一疊「外滙卷」回到繳稅處，這時在等待繳稅的人更多了，你擠我擁，亂作一團。剛才幾經辛苦才擠到繳稅處的窗口去，因為身上沒有「外滙卷」徒勞無功，如今要重新再擠一次，阻礙了不少時間。在香港生活了這麼多年，他都是做粗重的勞工謀生，吃慣了苦，辛苦一點不要緊，只要繳了稅可以過這道關卡就好了。

收音機、錄音機每個稅款若干，黑白電視機每個稅款若干。他在心中計算一下，打稅的錢比機本身的價錢高得多，真是高稅制的人民政府！但這些錄音機、電視機在國內是稀有之物。普通工人月薪只有幾十元，錄音機、電視機對他們來說，是可想不可得的奢侈品，沒有海外的親友帶回去送給他，只是空想，無法得到——他們十分羨慕有親友在港澳、台灣的人，更加羨慕親友是外國華僑。華僑回國受到種種優待，名人學者還有統戰部的官員歡迎接待，是貴賓，高人一等，十分光彩。

34

這天傍晚，陳凡帶着老婆兒子回到廣州。他們從深圳搭火車回到廣州，出了火車站，太陽已經落山，街燈亮了，白日變成黑夜了。他們初次踏足廣州，對這個城市十分陌生，微弱的燈光下，街道上朦朦朧朧，他連方向哪邊是南哪邊是北都辨別不到，猶如迷途的羔羊，不知道何去何從。

火車站前的廣場上邊，各種彩旗和五星紅旗隨着晚風飄揚，高音喇叭正在播送革命歌曲。這些革命歌詞是用普通話唱的，他們聽不懂，但歌聲的節奏明快嘹亮，充滿激昂的氣勢，令人心靈悸動。那邊的牆壁上，是宣揚「四個現代化」的大字標語。勞歡和兒子都不懂簡體字，不知道那些標語是甚麼意思。香港沒有這樣的大字標語，有的只是商業廣告招牌。他們初次見到這些大字標語，感覺有點異樣。

陳凡聽得懂這些革命歌曲，也看得懂牆壁上的大字標語，「四人幫」時期，全國都搞政治運動，搞階級鬥爭，如今要搞四個現代化，以前的大字標語和現在的不同了。

他站在火車站門外的石階上，看着途人行色匆匆，自己初到貴境，不知道向何處去。勞歡站在他的身邊，不知道他在想甚麼。丈夫猶如帶頭羊、領路者，他不走動，她也不敢走動。

火車站附近，是繁囂熱鬧的地方。陳凡看到馬路那邊有賓館，是他們必須度宿的去處，他就提起皮箱，拿起布袋，叫老婆兒子跟他走。到了馬路邊，路上的車輛呼呼行駛，眼前沒有交通燈位，沒有斑馬線，車輛是右上左落，與香港的左上右落相反，他們不知道如何才可走過馬路那邊去。

站在馬路邊等待不是好辦法，要等到何時才沒有車輛行駛？陳凡看見有人在車輛行駛中過馬路，心想：人家可以過去，自己怎麼不可以？他有氣力，把皮箱和兩個大布袋放在車仔上，拉着車仔走，勞歡負責照顧兒子，跟在丈夫後面走。香港的馬路上的車輛比廣州多，交通更加繁忙，人車爭路是尋常事。廣州的馬路車輛少，怕甚麼？問題是，香港人駕車小心，禮讓行人，廣州也是這樣嗎？

有驚無險過了馬路，猶如虎口餘生，他們才舒了一口氣。在平地走了幾十步，進入一家名為「流花」的賓館。去到大堂的服務枱前，交上回鄉證件，租了房間，他們的心才定下來。

陳凡拿到房門鎖匙，上到三樓，進入房間，放下行李，他才想起他們的回鄉證件遺留在樓下的服務處了。回鄉證是他們的旅行證件，若是遺失了，甚麼地方都去不成了。這還不算，回頭時過不了深圳海關，就不能回香港了！

他將這件事告訴妻子，讓她在房中等待，急急離開房間，跑落樓梯，去服務處索取回自己的回鄉證件。這時服務處有人在辦理租房間手續，他恐怕自己的回鄉證件被別人撿去了，不理別人正在辦事，要他們讓開。

那個男人瞪他一眼，大聲說：「你沒見到我們正在登記證件租房？為甚麼要我們讓開？」陳凡說：「我有急事要問她。」那人說：「就算你有急病，也要讓老子租了房才輪到你！」

陳凡曉得自己理虧了，羞愧得滿面通紅。自己在香港，搭車搭船自動自覺跟着人家排隊；去銀行存款提款自動排隊；去交各種費用要排隊；去店舖買東西要排隊；去醫院的急症室求醫也要排隊。不管人龍有幾長，都要守規矩，一個跟一個輪候，未輪到自己，不能超越人家去做。如今回到大陸，怎麼沒排隊野蠻了？人家只是斥罵他，沒饗他老拳已經算他遇到好人了。

他即刻向那人賠笑說：「是我不對，對不起，先生。」那人說：「甚麼先生！資產階級口胳！」陳凡接着補上這麼一句：「同志，對不起。」

在香港，稱呼女人做小姐，稱呼男人做先生，是基本禮貌，人家喜歡聽，好受落。在大陸，無論男女最好稱呼他們做同志，即使是流氓歹徒也要稱他們做同志。同志這個稱謂，是新中國的時尚，大家都喜歡聽。

那兩個男子租了房間離開了，陳凡才上前向那位女服務員說：「同志，剛才我們租房子時，我們的證件遺留在這裏，請你還給我。」女服務員說：「不是你遺留，是我扣着。」陳凡說：「證件是我們的，我們必須隨身攜帶，你要還給我。」女服務員說：「不能還給你。」陳凡說：「不還給我？甚麼道理？」女服務員說：「是上頭的規定。」陳凡說：「上頭？誰是你上頭？」女服務員說：「省委。」陳凡說：「證件是我們的，旅行證要隨身攜帶，怎麼可以留在你這裏？」

女服務員見他還在囉唆，不耐煩了，大聲說：「你想知道就去省政府問！他們會回答你！聽到了沒有？」

陳凡害怕了，怯怯地對她說：「同志，我甚麼時候可以拿回我們的證件？」她說：「你退房時才拿。」

沒有辦法，上樓回房間。勞歡見他垂頭喪氣，問他怎麼了。他將取不回證件的事告訴她。她說：「既然是省政府的規定，退房間時才拿哩。」

一天沒有飲食，他們都口乾舌躁，饑腸轆轆了。他揭開茶几上的暖水壺，裏面空空，一滴水都沒有。他拿起暖水壺，走到甬道，看見甬道盡頭有服務台，就去那邊向服務員要開水。那個服務員正在打瞌睡，被他驚醒，看看他，不耐煩地說：「要水就自己打！」

陳凡以前在大陸時，曉得「打」的意思，取飯叫打飯；取水叫打水；搭的士叫打的。如今他下榻處叫賓館，他是賓客，員工如此惡劣的態度對待他，算是甚麼服務員？他說：「你是這裏的服務員，為我斟一壺水都不可以？你不是為人民服務的？」她說：「我是為外賓服務，不是為你服務！」陳凡說：「我是從香港回來的，算不算外賓？」她說：「你只是香港同胞，甚麼外賓！英國、美國人才是外賓。」

以前中國人民政府號召人民，要打倒英帝、美帝、歐洲、美國人來到中國，都當他們這些白皮豬不懷好意，懷疑他們是特務，是不受歡迎的異類人物。如今歐洲、美國人來到中國，奉他們是貴賓，受到特殊的優待。

陳凡受到服務員的無禮對待，又無奈她何，只好自己去熱水爐斟水。香港是顧客至上，入店舖購物時，店員笑臉相迎；入銀行辦事，經理向客人打躬作揖；入酒店租房，員工為客人拿行李送到房間；搭的士時，的士司機落車幫客人搬皮箱上車——這才是為人民服務。香港人對外國人中國人都一樣，不分國籍，不討好也不歧視，排隊做事的時候，不會讓外國人優先做。搭巴士時只讓位給行動不便的老年人、孕婦，不會讓位給外國人。

陳凡是黃皮膚、拿回鄉證的香港人，不是拿英美護照的外賓，他要自己去熱水爐斟水回房間。他們飲了一杯水解渴，涼也不沖就落樓下大堂的餐廳。

去到餐廳門口，有人在門前把守，說有一位高幹包了賓館的餐廳宴客，今晚不做房客的生意了。

他們在賓館的餐廳不獲招待，只好去外面食飯了。

流花賓館旁邊的街上有各種店舖，也有一家飯店。他們走入去，在一張小方桌坐下。坐了一陣子，無人來招待他們。陳凡見到別人在服務枱前面買飯票，曉得自己坐着沒有飯食了，他起身去買飯票。

坐在服務枱後面的服務員是女人，三角眼，鼻頭大，鼻孔朝天，她問陳凡要糧票。陳凡說：「在飯店食飯也要糧票？」女服務員反問他：「你不是中國人嗎？怎麼不知道在飯店食飯要糧票？」陳凡說：「我剛從香港回來，不知道。」女服務員哼了一聲說：「資產階級！」陳凡說：「我在香港打工，是工人階級，沒有資產，你的資產可能比我多。」

女服務員瞪着他，眼神露出仇視的目光。她說：「你沒有糧票，買飯票要加上糧票錢。」陳凡說：「好，我願意加錢。」女服務員說：「要買多少飯？」陳凡說：「三碗。」女服務員說：「白飯不是論碗，是論斤的！」陳凡說：「我就買三斤。」女服務員說：「要甚麼菜？」

陳凡點了苦瓜炒蛋，清蒸鯇魚，番茄蛋花湯。付了錢，拿了菜單，就去那邊的窗口交上菜單等候。這些菜和湯都是一早做好的，廚子照食客的菜單從木桶舀入碗和碟子上，從窗口推出來，顧客伸手去取。

陳凡拿了飯菜回到座位，放在枱上。這些飯菜是一早煮好的，都涼了。這是盛夏，飯店中熱氣蒸騰，有如大蒸籠。食飯的時候，大家都大汗直流，熱得面紅耳赤。

香港的酒樓飯店有冷氣，不會熱，食飯時輕飲慢嚥，好舒服。大陸的飯店，沒有空調，裏面只有兩把搖頭擺腦的電風扇呼呼響，它們吹出來的風都是熱的，無法降溫，作用不大。因為飯店中又悶又熱，勞歡和兒子只食了一點點飯菜，肚子沒飽也放下碗箸不食了。

陳凡見枱上剩下的飯菜太多了，不食就浪費，有點可惜。他忍受着熱量的煎熬，多食一點。兒子年紀小，生長在繁榮富裕的城市，不曉得農民耕種的辛苦，不知道糧食得來不易，他不想食枱上的飯菜，也不想忍受熱量的煎熬，他叫爸爸不要再食，快些走。

陳凡說：「我太肚餓，不食不行，你同你媽要是嫌這裏熱，外面涼爽些，就先出去，我好快就食飽，你勿催我。」

食完飯，回到賓館的房間，他們先後入浴室沖涼。陳凡讓老婆兒子先沖，他最後進入浴室。他在浴缸中，花灑的水珠沙沙噴出，打在他的頭上身上，沖刷他身上的汗漬，滌蕩他的污垢，皮肉都鬆馳了，一天緊繃的神經也緩和了。

客房中兩張牀，牀褥軟綿綿，枕頭牀單乾淨潔白。老婆和兒子睡一張，他自己睡一張。兒子太疲勞了，很快就呼呼入睡。勞歡無聲無息靜靜地躺着，陳凡不知道她醒着還是入睡了。

陳凡也疲勞，因為有太多的事情要想，腦子在打轉，只合着眼皮，無法入睡。不知道過了多久，睏倦極了，才沉沉睡去。醒來的時候，天已大亮，明亮的光線，從外面透過窗簾射入來。他爬起牀，老婆已經在浴室中洗漱了，兒子還在牀上酣睡。

廣州這個聞名已久的南方大城市，陳凡早就想來這裏參觀遊覽一下了。因為他偷渡去香港之後，恐怕有麻煩，一直都不敢回國內，如今既然踏足大陸了，就打算去外面走走，參觀遊覽一下省城的景物，增廣見聞。他必須趁這次過境停留一天的時間去遊玩。

陳凡是個勤奮的人，不願浪費光陰，在小島那邊，為了生活，忙着做工掙錢養家活兒，生活擔子重。而且他又不願做個無知無識的愚蠢人，一有空閒時間就讀書看報刊，讀近代史的文章、書籍，讀文學作品，充實自己的知識。所以他在香港工作生活了將近二十年都沒有離開過小島。

他在賓館大堂售物處買了一張廣州市街道圖，用筆圈出省城的風景名勝地點，按圖索驥去遊覽。頭一個去處是黃花崗烈士墓園。他們搭車去到東山落車，走不多遠就見到烈士墓園了。

他們雖然是頭一次踏足此地，但他早就在香港的刊物上看過烈士墓園的圖片和介紹文字，在心中有一點印象了。當兒子（見日）問他這個烈士墓園的情況時，他就講給見日聽，灌輸他一點點中國近代史的知識。

他們在墓園中參觀的時候，他一邊走一邊說，見日也有興趣聽。他就作了簡單的解說——當年孫中山先生奔走革命四十年，經歷十次武裝起義才成功推翻滿清王朝，建立中華民國。黃花崗戰役只是十次武裝起義的一次，因為保密不嚴，事前走漏了風聲，讓清軍得到情報，給清朝的軍隊打敗了，革命黨人幾乎全部陣亡。有名字姓氏可以認知的七十二位，他們的遺體後來由廣州一位義士冒殺頭的危險出面領葬，就地埋葬此地，故名為黃花崗七十二烈士墓園。

陳凡只能作簡單的解說，見日再問他的時候，他說：「如果你有興趣，回香港後，可以去圖書館找這方面的近代史書看。」

時間有限，他們在墓園中見到很多墓碑，沒有時間細看石碑上的碑文，只鞠躬憑弔一下就離去。

烈日當空，陽光灼人，墓園中的樹蔭也消解不了熱氣逼人的熱浪。他們在樹下的石凳上歇息一下，談一會兒話，就離開墓園搭車去另一個地方遊覽。

他們到達越秀山下了。這個小山是省城的風景區。陳凡聞其名已久，早就知道此山的名氣。但聞名不如見面，他們必須上去參觀遊覽一下，才不虛此行。

他們從山下沿路向上走，山風吹送，鳥雀吱吱喳喳歌唱，蝴蝶在樹叢中飛舞，花朵吐出一陣陣芳香。他們途經的山路，腳下是一塊塊石板鋪成，石板上刻着字，那些文字在遊覽人士無數次的踐踏下，雖然殘破了，還可辨認出這些石塊是墓碑。

陳凡曾經在香港的報刊上看過，這些鋪路的墓碑是文化大革命時紅衛兵破「四舊」時，挖人家的祖墳遺留下來的，因為數量太多，工人就在墳場那裏搬來越秀山鋪路。如今他們一步步踏着這些有名有姓的墓碑，內心疚愧又難過。但這條用人家祖先的墓碑鋪成的路是通往山頂的必經之路，他們不踐踏又從那兒上山？

在山上遊玩的人不少，無論男女，都是穿藍色褲子白襯衫，女子頭上紮着孖辮，男子頭戴藍色鴨舌帽子，說話聲響亮，很嘈吵，一看就知道他是國內人。

陳凡手上有相機，他們到了五羊塑像那裏就停下來拍照，捕捉當時的景觀。旁邊的人見他們的衣着有別國內人，勞歡電過的頭髮蓬亂如鳥巢，有人投以異樣的目光。陳凡看看他，不知道他心中怎樣想。

鎮海樓是一幢古舊的建築物，紅牆綠瓦，畫棟雕樑，呈現出一種滄桑感。簷篷上有燕子築巢，燕巢上的草屑、燕屎飄飄，弄到牆頭上污跡斑斑。燕子為甚麼在這裏築巢生蛋育兒？鎮海樓既然是羊城八景之一的名勝古跡，是好多遊人參觀的著名景點，為甚麼不設法不讓燕子在牆簷上築巢？而燕子築了巢之後，當事人為何不派員工去清理？

這幢古舊的建築物樓高五層，每層都有不少人在參觀遊覽，有人上去，有人下來，木樓梯被着皮鞋的人踐踏着，發出篤篤的響聲。日子久了，木樓梯已經被遊人踏到凹陷破裂了。

陳凡一行三人登上最高一層，站在朱紅的木欄桿前面，身處最高位置，居高臨下，羊城的景物盡收眼底。這個歷史悠久的南方大城市，遊人只看到她繁華的表面，她經歷了千百年的歷史滄桑，朝代更替，又有多少人去研究了解？陳凡和許多人一樣，只是懷着「到此一遊」的心態，像走馬看花一樣，匆匆行走一遍就下山了。

到了山下，斜陽高照，時間尚早，他們去流花公園遊玩。見日看到湖中有人泛舟，他也躍躍欲試，要去租艇仔遊湖。在香港，他們都很忙，陳凡夫婦忙於工作掙錢謀生，兒子忙於上學讀書，放假時只是去茶樓飲茶食飯，或者看一場電影就回家了，那有閒情逸致去遊湖泛舟？如今兒子要去划艇，何不乘便和他一起玩樂一下？

湖那邊的租艇處，有划艇出租。他們租了艇仔，從岸邊跳入艇中。陳凡以為自己的氣力大，坐在前頭，抓起兩隻木槳就划起來，但他缺乏划艇的技巧，左右兩手用力不協調，艇仔前進得慢不說，還左搖右擺，在湖水上晃蕩，令人暈眩。

勞歡曉得划艇，她見丈夫笨手笨腳，就叫他讓位給她。她坐上去，划艇的時候，兩手用力均衡，握槳時如臂使掌，要快可快，要慢可慢，想左轉，想右轉，艇仔猶如她的坐騎，任她駕馭。

湖水湛藍，水平如鏡，划舟過處，湖水才蕩起波浪。流花湖周圍的小山橫抱，樹影搖曳，山風混着水氣，讓人神清氣爽，身心舒暢。

見日看到媽媽划得好，旁邊有人划艇經過，他們的划艇技巧都比不上自己的媽媽，心中也有一點點自豪感。他好高興，自己也想學媽媽划。勞歡說：「你的身子小，手腳不夠力，等你長大些才教你划。」

泛舟幾十分鐘，上了岸，遊覽了流花公園，去外面的店子食飽飯，已經天黑了。回到賓館，陳凡去大堂的服務台，向那位女服務員索取自己的旅行證件。她說：「你們甚麼時候退房間？」陳凡說：「明日清晨。」她說：「那你就明天清晨來取。」陳凡說：「我們明日一早就去白雲機場搭飛機回湛市，現時我就要取。」她說：「不行。」陳凡說：「現時到明日清早只有幾個鐘頭，為何一定要到明天早上才還給我？」她說：「這是上頭規定的。」

陳凡已經知道她說的「上頭」是省政府，既然是省政府的政策，無論自己怎樣說也無用。他也知道，港澳人士回大陸，回鄉證件必須入住當地的旅館蓋章才行。沒有她在回鄉證件上蓋章，就算她交還給你，你旅行完畢，回到深圳海關時，也不能過關卡回香港，要被深圳海關扣查。

沒有辦法，他們只好上樓回房間沖涼歇息。

妻子和兒子很快就進入夢鄉。他躺在牀上，雖然十分睏倦了，想到明天一早就要去白雲機場搭那班早機回湛市，而自己的旅行證件又被那女服務員扣着，身上有飛機票也無用。他們的機票預先在香港的中國航空公司購買的，機票上註明了搭機的日期、時間，錯過了時限，他們的機票就作廢。作廢了，他去哪裏買得機票？他就是擔心回到廣州不熟地頭，買不到機票，為了避免在旅途中失誤，他才在香港的中國航空公司預先購買了，才可安心。

明天早上若然取不回自己的回鄉證件，不能及時趕到白雲機場搭當日的班機，就是賓館方面扣着他們的回鄉證件造成的！但那又不是賓館那個女服務員故意為難他，她只是一個小小的員工，她必須按照賓館的頭人指示去做；賓館的頭人也是奉政府的指令去做；省政府也有可能是奉中央政府的政策做。這樣的由上至下政策，無人敢違反，也沒有人夠膽向上頭提出意見，社會主義的社會現實如此，有甚麼辦法？只有靜下來睡眠，到了天亮退房間時才去取回自己的回鄉證件了。

但他們的回鄉證件還未到手，他也惦念着這件事，睡得並不踏實，還作着零零碎碎的夢。夢境是他們的回鄉證件被沒收了，因公安人員翻查他的檔案資料，知道他以前是偷渡去香港的，如今要懲罰他，要押他回他的出生地收監，他不能回香港了！

從夢中驚醒，他按亮牀頭燈，看看腕錶，三點三刻，雖然天還未亮，他恐怕再睡耽誤時間，不能及時去到白雲機場那就不好了。因為心中焦慮，他爬起牀，並不洗漱，就自己離開房間下樓。

大堂沒有燈光，黑黝黝，沒有人影，沒有員工在崗位上值班。他走到服務台前，躬身探頭看看，有一個人躺在橫條凳上呼呼大睡。也想：有人在就好。他敲敲枱面，篤篤的響聲驚醒那位昏睡者。但他只坐起來，睡眼惺忪，又睡下去了。陳凡再用力敲櫃枱，他慢慢坐起來問甚麼事。

陳凡說：「我要退房。」他迷迷糊糊說：「天還未亮，退甚麼房？」陳凡說：「我要趕去機場搭早班飛機。」他說：「你入住時已經預先交了房租，你要搭飛機就去哩。」陳凡說：「但我們的回鄉證還在你這裏，我要取回證件才可以去機場，你快些交還給我。」他說：「你的回鄉證甚麼姓名？」

陳凡向他報上自己和妻兒的姓名。那人拉開櫃枱下面的抽屜，拿出一疊證件放在枱上，逐一打開查看，但所有的證件他都看過了，就是沒有陳凡的。

那人說：「你的回鄉證沒留在這裏吧？」陳凡說：「怎會沒有？我們的回鄉證要留下來，等到退房間時才可以取回——這樣的規定你是知道的。我們要趕着去機場搭早班飛機，你必須快些找出來還給我。」那人說：「我是夜晚才當值，你入住時是日間，你的回鄉證是交給日間的女同志。」

陳凡想：我的回鄉證交給誰都會留在這裏。他說：「我的回鄉證無論交給誰都不要緊，你必須找出來交還給我。」他說：「你的證件我找不到，怎樣還給你？」陳凡說：「我們的證件明明扣在這裏，怎會找不到？人家的證件都在這裏，怎會沒有我的？你必須為我找出來！」

那人見他急到發火了，這樣說：「我都找過了，但找不到。不知道日間的女同志有沒有放在別的地方。」陳凡說：「那個女同志現時在賓館裏嗎？」那人說：「她日間當值，昨晚換班她就回家了。」陳凡說：「她甚麼時候來接你的班？」那人說：「她的身體不舒服，請病假，等她的病好了才回來。」

陳凡更加焦急，大聲說：「等她的病好了才回來？我們馬上就要趕着去搭早班飛機，你必須找出我的回鄉證！」那人說：「你的證件又不是交給我，我拿甚麼還給你？」陳凡說：「人家的證件都不是交給你，都在這裏，怎麼我的不在？」那人說：「可能是她帶回家去了吧？」陳凡說：「你知道她的家在哪裏嗎？」

那人說不知道。

陳凡想：她在賓館做事，沒有理由把住客的旅行證件帶回家去。既然她請了病假，就要向她的同事交代清楚住客的證件放在甚麼地方，是否蓋了公章等問題。他說：「人家的證件都在這裏，我的她不會帶回家。」那人說：「你們三人，你老婆兒子的都在，只是沒有你的。」

他這樣一說，陳凡更加恐慌了！他老婆兒子都在香港出生長大，沒有問題，但他以前是偷渡去香港的，會不會如今回來，他的回鄉證被公安拿去扣查了？如果他沒有回鄉證入不了機場，只有他老婆兒子回去沒有用，因為他們對家鄉的事情一點都不知道，回去等如白去，徒勞無功，不回去好過回去。

在十分焦慮和無奈的情況下，他用哀求的語氣說：「賓館住客的旅行證件，她不會帶回家去，必然會留在這裏，請你開燈尋找，看看有沒有跌在地上。」

那人開燈，幽暗的大堂光亮了。他彎下腰在椅子上尋找一陣子，沒有找到，再蹲着尋找，才在椅子下面發現一個本子。他拿起來打開看看，是陳凡的回鄉證。

陳凡的回鄉證失而復得，大大地舒了一口氣。他急急上樓，去到自己的房間敲門，勞歡驚醒，問他三更半夜去外面做甚麼？他說落大堂取回鄉證。勞歡問他取到沒有？他嘆着氣說，總算拿到了。

35

飛機降落湛市機場的時候，是正午時分。機艙的門一打開，陽光照耀，陳凡眼花繚亂，分辨不出自己身處甚麼地方。他年青時在這個城市待過一段不長不短的日子，知道以前這裏是軍用機場，戰機在這個地方起飛演練，機尾噴出一道長長的白煙，畫在湛藍的天空中，久久不散，成為穹蒼中的奇景。這個軍用機場不知道甚麼時候改為民用了，他也想不到自己有機會搭飛機降落在這裏。

這時新中國的短程內陸機還沒有新型的噴射式民航客機，他們在廣州白雲機場乘的是螺旋槳飛機。這種飛機十分殘舊了，機艙中只有十多個座位，分前艙後艙，不知道是他在香港的中國航空公司買的票還是甚麼原因，他們三人的座位在前艙，另外一位婦人帶着三個孩子的座位也是前艙。因為彼此坐在同一個機艙，大家交談後，陳凡才知道他們是新加坡華僑，一家幾人回湛市探親訪友。

新加坡是自由社會，和香港一樣有言論自由，他們的衣着打扮和香港人差不多，大家就有共同語言交談。但後艙中都是穿白襯衫藍褲子的大陸人，樣子有的像幹部。陳凡在香港工作生活了這麼多年，隨心所欲說話慣了，恐怕說出大陸人認為有問題的話，惹上麻煩。言多必失，他就不好再跟那位新加坡婦人談話了。她的三個孩子和見日都是小童，喜歡亂說亂動，大家就在機艙中走動玩耍。

陳凡不想他們在裏面吱吱喳喳玩耍，威嚇他們，說他們再走動玩耍，飛機受到震動，就會從天空中跌落地上爆炸，大家都要活活燒死。這一招見效，他們才安靜下來坐回座位。

飛機從廣州白雲機場飛往湛市不足一個小時，這麼短的時間很快就到達了。從機艙落到地上，他打算取到行李才僱車去他姨媽的家。但想不到剛剛落到停機坪，就有一位頭戴闊邊草帽的男人向他們這邊招手。他以為那人是向新加坡婦人招手，不去理會，那位新加坡婦人反而對他說：「先生，他是向你招手啊。」

陳凡向前望去，那人又向他招手。這時那人除下頭上的闊邊草帽了，頭顱半禿，蒼老了，但陳凡認得他是他的舅父。他想不到他的舅父會來機場接他們，馬上帶着老婆兒子上前去見他。他對兒子說：「這位是你舅公，快叫他。」見日和媽媽異口同聲叫他舅公。幾個人站着談話。

這時另一個青年人走來替他拿行李。他的舅父指指青年人對他說：「他是我醫院的司機，我可以使用他。」

毛澤東死了，「四人幫」倒台入獄了，陳凡才敢寫信寄回湛市的人民醫院和他的舅父（華金）聯繫。但華金在文化大革命時受到造反派紅衛兵的衝擊，揪他出來吊在樹上，幾乎喪命，至今心有餘悸，膽小怕事，他的回信簡短，文字閃爍其詞，在信中不敢吐露真情。

華金帶他們去停在那邊的吉普車。大家爬上車坐好，司機隨即發動引擎開車。車子沿着公路行駛，山風從車窗吹入來，車廂中的熱氣才漸漸消散，他們才涼快一點。

時光流逝，人事變異，這個城市的景物都變了，原來是郊外的山林田野，很多地方如今都建造了公路和房屋，市內那些低矮的殘舊的屋子不見了，原址已經建成鋼筋水泥的樓房了。

陳凡說：「這裏很多東西都變了，我幾乎都不認得了。」華金說：「四人幫倒台之後，我們的國家進步了。」陳凡說：「我在廣州所見，甚麼東西都比不上香港。」華金說：「那邊是資本主義，資本家剝削壓逼窮人，社會黑暗……」陳凡說：「那是你的想像，其實不是這樣，香港人好自由，法律公平，無論貧富、官商，如果幹了壞事，一經法庭判他有罪，都要坐監服刑。而且香港有了廉政公署，貪污受賄的官員、警察都拘查他，告他上法庭……」

司機是外人，是積極分子，華金恐怕他們的談話讓他聽到了，以後若有甚麼政治運動，他們現時所說的話成了他的把柄，是他的黑材料，揭發他，那就不好了。他馬上顧左言他，談一些生活上的問題。他問陳凡去他家住還是住旅店。

陳凡說：「我同姨媽在信中講好了，她要我們去她的家住。」這是華金求之不得的事，他在想，陳凡一家幾人是從資本主義那邊回來的，若然他們去他家裏住，被別人知道了，會有壞的影響，或許還會被別人懷疑他做了損害黨和國家的事。昨天早上他接到陳凡從廣州打給他的電報，知道他們今天中午就回到湛市的機場，就叫醫院的司機載他來機場接待，搏陳凡在心中感謝他。

大躍進時期，陳凡在湛市的煉鋼場做工時，曾經向他透露想偷渡去香港，他就反對，理由是，偷渡去香港是對黨國的背叛，因為香港是資本主義，資本家剝削壓逼窮人，社會黑暗，仿如森林中的野獸，弱肉強食。陳凡去了那邊，他的思想必然被資本主義的制度腐食，會變成壞人。

華金是人民醫院的黨部書記，是進步分子，陳凡知道他舅父的想法，只是唯唯諾諾的應付着，表示聽他的話，裝作打消偷渡的念頭。但他偷渡的主意已決，如果他不偷渡去香港尋求出路，留在國內不餓死也要被村中的人整死，既然如此，就是冒着生命危險也要偷渡了。

如今事實擺在眼前，他那年拚死偷渡做對了。

陳凡曉得舅父來機場迎接他，是想淡化彼此當年的埋怨。若是以前，他不會原諒舅父。事隔多年，他讀了一點書，學懂了一點知識，在社會上接觸到的人多了，在生活中得到啟發，如今有新的看法了。世人不是能夠未卜先知，誰能預先知道未來世界發生的事是好是壞？誰人的抉擇是對是錯呢？

公路兩邊的樹木不間斷向前伸展下去，司機駕着車子呼呼向前奔馳。他彷彿進入時光墜道，往事一幕幕在腦海中浮現。但這些往事都是不堪回首的悲哀，錯失了的事無法挽回了，還去想它做甚麼？但這些錯失太大了，無法挽回了，令他痛苦懺悔終生！

車子到達華蓮姨媽的住處了，大家落車，到了她的家門，她才知道陳凡一家幾人到來了。她還認得陳凡，他的老婆、兒子，她也在他們的相片上看過了，心中有一點點印象了。

離別多年，陳凡一見到姨媽，激動不已，上前摟抱着她，失聲哭泣。姨媽拍着他的肩背說：「莫難過，你們家中的事都過去了，無法挽回了，哭亦無用。你們先在我家住下，再去辦理……」

姨媽安慰他，她也在哭泣哽咽，說不下去了。姨丈見他們這樣哀傷，說：「你天天都掛念着他們，如今他們回來看你，應該高興嘛，哭甚麼？快入屋。」

大家在屋中坐下，華蓮對華金說：「我沒想到你會去機場接他們。你怎知道他們今日回來？」華金說：「昨晚我收到他在廣州拍給我的電報，說他們今早搭飛機回來。他離開這裏這麼多年，我擔心他不認得路了，就叫司機載我去機場接他們。」

華蓮不出聲了，她想：如今外甥在香港生活好了，有名貴的禮物帶回來了，你才去機場接他們。你也不想想，當初你說香港是資本主義不好，阻止他去。如今看來，他去得好，要不是，文化大革命時，他就被他們的村人打死了，哪有今日？

陳凡帶回來的禮物，電視機送給華蓮姨媽，收錄兩用機送給華金舅父。這些日本製造的電器用品，在香港家家戶戶都有，在大陸普通人家是罕有的奢侈品，比甚麼都寶貴，一般沒有親友在海外的平民百姓無法得到。

華蓮說：「你帶回來的東西，本來是你媽你弟的，可惜他們都不在世了，由我來領受。你帶這麼多東西回來，食的用的都有，我們拿到了，心裏也不好受。」

文化大革命時期，國內人都不敢和海外的親友通信，恐怕惹禍上身。那時陳凡不知道他家鄉的親人都被村民殺害了，後來他從一位在廣西南寧的遠房親戚那裏知道這件滅門慘事，但語焉不詳，不清楚家鄉的親人是怎樣被村中的惡人殺害的。那時他也不敢踏過羅湖橋回鄉了解情況，內心只有默默承受這件永不忘懷的哀傷。

如今見到姨媽，向她打聽，想知道多一些實情。姨媽說，文革時，她身在湛市，只知道城市的紅衛兵搞武鬥，衝擊當權者，揪他們出來批鬥。鄉村人打打殺殺的事，她也不清楚，無法詳細告訴他。

陳凡離開大陸這麼久，如今頭一次回來，只要是要了解他家鄉親人被殺害的實情和他們幾人的埋骨之處。本來他不想踏足令他傷心的鄉村故土，不想再見到那些窮兇極惡的村人，但不回去怎樣可以尋找到幾個親人的骸骨呢？不想回家鄉去也要回去。

他對他的舅父有所求了，詢問他，可不可以運用他的權力，使用人民醫院的車子和司機，載他回鄉去做事。華金考慮一下才說可以，還願意和他一齊去。

華金想起自己年輕時，他和他的大姐（陳凡之母）好有感情，很多時候都去陳家探望大姐。他對陳家的家庭生活頗熟悉。如今他和陳凡一起去也是好的。

文革動亂已經結束，社會恢復正常運作，不打打殺殺了。但華蓮還是擔心陳凡的人身安全，提議她的丈夫莫強陪同陳凡一起去。莫強在湛市的公安局做事，可以帶槍在身。以前陳凡母子曾經來他們家作客，早已認識，大家是親戚，他也哀傷陳凡的母親、弟弟和幾個親人的慘死，願意陪陳凡回他的家鄉做事，壯壯他的膽。

* * *

離開自己生長的村子多年，如今回去，山川變異，人事更替，很多事物他都不認得了，以為自己去錯了地方。但這個村子的確是他以前的家園所在地，很多事物在記憶中漸漸想起來了。解放前，他家的房屋最高大，紅磚牆，灰瓦頂，屹立在村中，仿如鶴立雞群，傲視那些矮小的屋子。

如今他的故居沒有了，原地變成豬舍牛欄，蒼蠅飛舞，豬屎牛屎遍地，髒兮兮，發出令人作嘔的臭氣。在村巷中，那些小童、年青人見到他們的衣着漂亮，不知道他們是從何處來的人物，彼此對望一下就離去了。

陳凡像探險般在村巷中走了幾十步，見到一個上了年紀的男人，他看了對方一眼，就認得他在「土改」時打鬥自己的人，又恐懼又仇視，不再看他了。那人早就知道陳凡年輕時去了香港，還無知地聲稱要去香港捉他回來批鬥他！失去陳凡的蹤影這麼多年，如今陳凡仿如從天而降出現在他面前，而且還有一位身穿公安制服腰間掛着手槍的人在他身邊，以為陳凡如今成為大人物，回來找他報仇，他就慌慌張張轉身走了，眨眼間就如鬼魅般消失了。

兩條黑狗見到陌生人出現，就汪汪地吠叫起來。陳凡在鄉村長大，曉得狗性，人遇到狗的時候，不可現出慌張的動態，若無其事地站着，牠們虛張聲勢吠叫一陣子就會鳴金收兵，不再攻擊你。咬人的狗，牠不吠；吠叫的狗，不會咬人。

屋子有人聽到狗吠聲，從家中出來看。幾個人之中，一個老頭，一個老婦，兩個老人都白髮稀疏，面頰凹陷，牙齒殘缺，兩眼無神，但陳凡一看就認得他們了。年幼時，陳凡叫老頭做九公，叫老婦做九婆，夫婦倆是他們的家族人。陳凡上前叫他們九公、九婆。兩個老人一臉茫然，不知道眼前幾個陌生面孔是甚麼人。

陳凡見他們滿臉疑惑，就握着老人的手說：「九公、九婆，我係陳凡，從香港回來的，這麼多年沒見，你還認得我嚒？」兩個老人看看他，呵了一聲，表示記起來了，叫他入屋坐。

屋子不大，滿屋灰塵，光天白日也暗沉沉。陳凡從外面入來，感覺猶如進入幽暗的山洞。他從皮箱中拿出一包透明膠紙包裝的餅乾，一罐阿華田，一瓶藥油，雙手送給老人。兩個老人見到這些從未見過的物品，驚異又高興。九公說：「這些咁好的東西，要多少糧票？」陳凡說：「在香港買甚麼東西、去飯店食飯都無須糧票。」九公呵了一聲就收下禮物。

陳凡指着隨行幾人逐一向老人介紹，後尾才指着勞歡對他們說：「她是我老婆。」勞歡隨即叫他們「九公、九婆」。

兩個老人望望她，見她的頭髮燙得鬈曲，皮膚白淨，面孔漂亮，衣裙亮麗，笑着叫她坐。九婆說：「鄉村人家的枱凳污糟，怎好讓她坐？」

九公傻笑着，說：「我老懵懂哩，咁就企着好哩。」九婆說：「這罐是甚麼東西？食的還是用的？」

勞歡說：「是阿華田粉，每次舀一匙羹入杯裏，用滾水沖泡，又好飲又有營養，對身體有益。」九婆說：「這些東西是香港做的？」勞歡說：「是美國貨。」

九婆好高興，她從小到老都是飲用本地的井水，食家鄉種出來的穀麥蔬菜，從未飲食過香港貨、美國貨。若不是她的侄孫從香港帶回來送給她，她到老死也享受不到啊！她高興之餘，嘆息說：「你帶回來這些好東西，本來是你奶你媽你弟他們享用的，可惜他們一家幾個都被那些人打死了。」

陳凡一聽，悲從中來，含着淚說：「他們是怎麼遇害的？」

九婆長話短說。文化大革命時，村裏搞批鬥，還說甚麼要「清理階級隊伍」。那日是七月十四，是鬼節，那天晚上，他的奶奶、母親、叔叔、弟弟正在家中圍着食晚飯。公社大隊書記陳祥、生產大隊長陳禮、民兵營長陳以弟幾個人拿着槍衝入他們家，用麻繩把他們幾人綑綁起來，推他們幾人去水庫那邊的山坡，踢他們跪下，就開槍向他們背後射殺。那些人衝入屋綑綁他的祖母、母親、叔叔、弟弟幾人時，他們才知道禍從天降，死神臨頭！他們驚恐萬分，一邊哭一邊喊冤枉，向那幫人求饒，當然沒有用，難逃一死。

陳凡流着淚說：「我們這次回來，是要尋找他們的屍骸埋葬在甚麼地方，當時是誰人埋葬他們的？」九婆說：「是陳傑、陳勝兩個。陳傑年紀大，早幾年死了，陳勝還在生。」陳凡說：「你喊他來見我好不好？」

九婆說好。去找陳勝。

他們的村莊不大，百多戶人家，全村人飲用同一口井水，村民彼此都認識，誰家在某巷某屋大家都知道。過了一陣子，九公就帶陳勝來了。

陳勝一來到，陳凡一看就認得他。「土改」時農會劃階級的時候，他們的家庭成份也是地主，他是地主仔。兩家的成份相同，同樣被村民打鬥侮辱，過着悲慘的日子。因為彼此的命運相同，同病相憐，兩人成為知心的難友。但兩家人的命運也有差異，因為陳勝一家沒有人偷渡去香港，沒有「裏通外國」的罪名，文化大革命時他們一家幾人倖免於難，有命活到如今。

陳勝現時已是中年人，面黃肌瘦，衫褲破爛，打着補丁。陳凡見他的樣子可憐兮兮，頓時起了同情之心，從衫袋拿出幾百元，又從皮箱中拿一包餅乾、藥油送給他。他推讓一下就接受了。

陳凡對他說：「我喊你來，大家見見面。我今次回來，主要是尋找我家親人埋葬在甚麼地方。聽人講，是你親手埋葬的，你應該知道……」陳勝說：「那時我是被陳祥那幫人逼着去做的，沒到我無做。」陳凡說：「無論當時的情況怎樣，我家的枉死鬼無人敢去收屍，若不是得你去埋葬，他們就要曝屍荒野，我還是要多謝你。」

陳凡又向他們打探陳祥那幫兇手現時怎樣了。九公說：「我都咁老了，不怕死了。文化大革命後，你家又無人去申冤告狀，我就去鄉政府那裏哭訴申冤，要為你家的枉死鬼討個公道。鄉長說，文化大革命時全國不知死了多少人，你們家死了幾個人算甚麼？他就趕我走。我們報不到仇，枉死的好慘。好在天有眼，我們無奈他何，天收捨他們了。早幾年陳祥食農藥死了，陳以弟也病死了。天為我們懲罰他們囉。」

幾個親人已經枉死，生者又無狀可告，如今沒有辦法了。陳凡一行幾人，跟隨陳勝去尋找親人的埋骨之所。到了水庫旁邊的山坡，陳勝就在一處的灌木林子停下來說：這裏就是。

沒有墳頭，平地上長滿了雜草，若不是陳勝帶路指點，沒有人會知道這平坦的小草地下面埋葬着四具屍體。陳凡說：「當時你無做墳頭？」陳勝說：「有做。這麼多年無人理，雨水沖刷，牛隻踐踏，墳頭的泥土鬆軟，早就變成平地囉。」

陳凡想想也有道理，因為屍體沒有棺材葬殮，泥土中的屍體腐爛，蛆蟲侵食，樹根、草根深入去吸養料，墳頭就漸漸變成平地。雜草生長在上面遮蓋，就沒有墳墓的痕跡了。

陳勝提議重新做一個墳頭，立一塊墓碑，以後他和他的子孫回來拜祭，也有跡可尋。要不是，日子久了就不知道祖墳在甚麼地方了。

陳勝好心為他着想，提醒他做好事。但陳凡感謝他一番好意，這樣說：「不必再做墳頭立墓碑了，我打算把我親人的骸骨挖出來，運去香港那邊埋葬，方便我們日後拜祭，向我的先人贖罪。」

陳勝有不同意見，他說：「自古有話，落葉歸根。人在異鄉死了，他們的兒子亦要把他的屍骨搬回自己的家鄉埋葬。你的想法怎麼相反？」

陳凡說，他這樣做有他的道理。陳勝不明白，問他的理由。陳凡說：「我家的情況與人家完全不同，你也是地主仔，土改時被村裏人清算鬥爭，被他們沒收家產田地，一直被他們整到文革。我們家人比你們更加悲慘，家財田地被他們搶去不說，人也被他們殺害了。村中人這樣殘害我們，要趕盡殺絕我們，他們還是人嚒？我還認他們是同宗同祖的兄弟嚒？我要遠離他們，我們枉死的親人也要遠離他們。」

陳勝默認陳凡的話有理。他問陳凡何時挖他先人的骸骨搬走。陳凡說，他找到他親人的埋骨之所了，他回香港買了墓地，一切準備好了，再回來遷墳。

陳凡難得見到陳勝，心想：既然是他親手挖坑埋屍的，他當然知道當時的情況。要向他了解。

陳勝說，陳祥、陳以弟是殺人主謀，但他們都死了，不必再怕了。他就將自己所知道的說出來：「你家四人被他們槍殺後，曝屍草地上，你的族人沒有一人敢去收屍埋葬，屍體讓野狗咬食，讓蒼蠅吸血，慘不忍看。後來發臭了，生蛆蟲了，陳祥那班人擔心山坡上的屍體腐爛了，雨水沖下水庫，有毒菌，造成災害，才逼我和陳傑去埋葬屍體。我和陳傑被強逼去埋屍，也不費多少氣力，因為你家幾人被槍殺的前一日，生產隊長叫你叔你弟來這裏挖一個大土坑。你叔問他挖坑做甚麼的。生產隊長說漚糞……」

陳凡年輕時在鄉村耕田，知道在山坡挖土坑漚糞是農民經常做的事。他的叔父、弟弟就不會懷疑被別人騙去自掘墳墓了。陳祥、陳以弟、陳禮那幫人多麼陰毒！

華金舅父是個言行謹慎的人，恐怕在這裏說話被別人聽到了有麻煩，就提醒陳凡時間不早了。

陳凡會意，從提包中拿出香燭冥鏹，燃點香燭，插在墳地上，跪在墳前拜祭。勞歡、兒子跪在他身旁，華金、莫強也齊齊跪下叩拜。他對着墳塚，十分傷心，但沒有流淚，只在心中對先人默默懺悔：那年我偷渡去香港得自由生活，你們卻因我去了香港背負「裏通外國」的罪名而枉死！我是不孝子，我一生懺悔……

香煙繚繞，燭光閃爍。他們向天向地奠酒後，大家就離開芳草萋萋的墳塚。

36

文化大革命時期，鄉村人一點都不比城市人落後，也是搞武鬥，整人殺人。他們在公社大隊中組織「鬥委會」，在牆邊貼大字報，拿着「紅寶書」唸毛語錄。

在大隊黨支書陳祥的領導下，他們卻不動聲色，在密謀殺人。秘密會議在村中的生產大隊辦事處舉行，時間在夜晚，會場外面有民兵荷槍把守，其他人不准進入。

參加秘密會議的人只有幾個，有人發言說：「他們家現時只剩下兩男兩女，他們四人都是公社的社員，在生產隊裏天天出勤做工，沒犯甚麼罪，甚麼理由要殺他們？」

最後陳祥一槌定音，他說：「陳凡不滿共產黨，叛黨叛國偷渡去香港，只要說他在香港做美蔣特務，他的親人在鄉村秘密提供情報，『裏通外國』是現行反革命，就足以殺掉他家四人了。」

秘密會議決定，殺人定在農曆七月十四日晚上，這天是「鬼節」，就在這天晚上殺了他們全家，讓他們去做鬼。

秘密會議後幾日，村中很平靜，沒有人搞事，連毛語錄都沒有人唸了。他們一家四人都以為恢復太平，沒事了，沒有甚麼危險的事讓他們顧慮了。

早前他們家中飼養幾隻鴨子，如今長得又大又肥。七月十四這天晚上，奶奶抓其中一隻宰了，煮熟，盛了三碗白米飯和一隻熟鴨子，放在托盤中，在屋門口外面燃點香燭燒紙錢拜天地，敬鬼神。

奶奶這樣照舊習俗的做法，都沒有人來「破四舊」砸她的東西，她更加放心了。媽媽在屋中煮飯做菜，張羅晚飯。其實晚飯也很平常，在生活過得好的人看來，桌子上的白米飯鴨子肉是尋常事，但對他們來說，是奢侈的晚餐了。他們一家老少四人圍坐在一起食飯，也有一點點節日的歡樂氣氛。

當時他們都肚餓了，默默地夾肉夾菜食飯。忽然有人走入屋，他們抬頭一看，是陳祥、陳禮、陳以弟和幾個拿槍的民兵。民兵用繩子綑綁他們。奶奶放下碗箸說：「我們犯了甚麼罪，你們要縛我？」

陳祥沒答話，黑着臉，揮手示意民兵快快綑綁。叔父、弟弟掙扎反抗，陳禮就用槍頭砸他們。媽媽心疼兒子被打，抗辯說：「我們犯了甚麼罪，要受縛受打？」

陳祥仍然不出聲，打手勢示意民兵不要理她，快快綑綁。陳禮一腳踢翻枱子，飯菜散在地上。只一陣子，他們老少四人被五花大綁着，像拉牲口般，被他們拉出屋外了。

奶奶年紀老大，皮黃骨瘦，背駝腰彎，走路乏力，兩個民兵就半拖半拽，駕着她死命向前走。

媽媽曉得事情不妙了，大聲哭喊：「你們要怎樣？押我們去哪裏！」陳禮在她背後踢她一腳說：「送你們去見鬼！」媽媽說：「要打要殺就殺我，求求你，莫殺我兒子。」

弟弟曉得大禍臨頭了，萬分驚恐，民兵一邊推着他走，他一邊呼喊：我們冤枉啊！冤枉啊！

嘈雜聲、呼冤聲驚擾了左鄰右里的村民，紛紛離家走到村巷觀看。別人看到他們一家老少四人被繩索綑綁着，如牲口樣被拉去宰殺，都驚嘆不已，不知道他們犯了甚麼罪，三更黑夜拉他們去哪裏？

出了村子，民兵押着他們四人向水庫那邊走去。叔父在惶恐中想起：昨日生產隊長派他和侄子去水庫山坡那邊挖土坑，他問生產隊長挖土坑做甚麼。生產隊長說：「漚糞。」如今他猛然醒悟：原來是要他們自掘墳墓！而今他們被綑綁着押去那邊，是要生葬他們?!

夜涼如水，月亮在雲層中若隱若現，星光點點，仿如鬼眨眼。山風呼呼，仿如鬼哭神號，令人哀傷。

奶奶年老體弱，民兵推着她死命地走，她身不由己，兩腳不能慢，氣喘吁吁，腳一軟，跌倒地上。兵民彎腰抓起她的衫領，揪她起來繼續向前走。

弟弟看見那幫人兇狠的舉動，曉得死神即將降臨，哭着一次又一次呼喊冤枉！

媽媽一路哀號，在鬼門關前，腦子一片空白，恍惚失去了靈魂的軀體，兩眼空洞，無語又無淚，被民兵死命推着向前走。

到了水庫山坡的土坑邊，行刑隊伍停下來了。幾個民兵猶如訓練有素的劊子手，把他們四人推到土坑邊，踢他們跪倒。

民兵營長陳以弟的手槍對着奶奶的背心，子彈一射出，她就向前仆倒了。幾個民兵同時開槍，媽媽背部中彈，沒有即時倒下，她扭過頭，兩眼湧出血淚，死死地盯着陳禮一眼才搖搖晃晃倒地。

弟弟年輕，不知道他的生命力強盛還是子彈沒打中要害，中彈倒地後沒有死，在草地上痛苦地抽搐掙扎。陳禮在他的頭上補了一槍，他的頭顱破裂，腦漿飛喘才死去。

四人都倒在地上，鮮血從他們身上的傷口湧出，染紅了土地。

殺人者對着四具屍體看看，沒有一個會動彈了，才擎着火把回村。他們走入死者的家，翻箱倒櫃搜索，沒有搜到甚麼值錢的東西，就捉死者生前飼養的豬雞宰殺，煮熟做菜下酒，作為殺人的慶功宴。

陳禮是殺人的策劃者之一，又是劊子手。殺了人後，夜裏在牀上發着零零碎碎的噩夢，令他最恐懼的是：兩個披頭散髮、眼流血淚的女人在他牀前呼冤，索他償命。他在惶恐中驚醒，神思恍惚，久久不得安寧。

如今陳凡忽然回來了，他擔心陳凡會找他算賬，以前夢中的冤魂又長期纏擾着他，他的精神更加錯亂了。這天晚上，他去茅廁痾屎，腳底踩着一灘黏乎乎的東西，向前滑倒，跌落茅廁的糞水中，掙扎幾下，就被糞水淹死了。

37

陳凡想在香港買一口墓地安葬他先人的骸骨，但我們這個城市地少人多，本市的居民死了也欠缺墳場埋葬，政府方面當然不會讓人從大陸搬運屍體骸骨來這裏埋葬。

因此，他再考慮，把先人的骸骨挖起來，燒成骨灰，放入瓷罐中攜帶回家中，做個小神位供奉叩拜，天天向先人懺悔。但妻子不同意，她說：「你奶你媽幾個人無辜被人家用槍打死，已經夠慘了，如今若是把他們的骸骨燒灰，不是再要他們在烈火中受苦一次？你忍心這樣做？」

陳凡醒悟，他不忍心這樣做了，打消把先人的骸骨化灰的念頭。

兩條路都不可行，怎麼辦？稍後他聽朋友說，深圳大鵬灣那邊有個「華僑墓園」，海外華人在那裏買墓地，埋葬屍骨，大陸人也可以。

他向朋友打聽到深圳「華僑墓園」的發展公司地址在灣仔絡克道××號樓上，就按照地址去購買。

墓園公司的職員拿圖形給他選擇。墓園在山上，分區分段分號，有些墓地已經有人埋葬了，有些是空置的。他選擇了×區×段其中一丘，買了下來。還在墓園公司買了通往深圳華僑墓園的車票。

到了清明這天，墓園公司有巴士載人去深圳墓園掃墓。巴士在佐敦道碼頭開出，去到沙頭角中港邊境過海關，檢查證件、行李，沒有問題了，人和車過了海關，再開車去墓園。「華僑墓園」在大鵬灣海邊的山上，墓地猶如山上的梯田，一排排由山腳沿着山勢排列上去，差不多伸延到山頂。

陳凡購買的墓地位處山腳，近海邊，隔着大鵬灣海峽，站在墓地上極目遠望，隱約可見九龍那邊的西貢山區。墓園的面積很大，墳丘漫山遍野，還在繼續開山建造，不用擔心買不到。

墓園山風習習，山下波濤拍岸，捲起一陣陣雪白的浪花。如此美麗的青山綠水，他的先人長眠此地，陰魂也有好的歸宿吧？

* * *

再次回家鄉遷葬先人的骸骨，歸途跟頭一次的路線一樣，也是從羅湖橋頭過海關去廣州，再從省城機場搭飛機回湛市姨媽的家。不同的是，他的心情沒頭一次那樣緊張恐懼了。

文革的風暴已經過去了，人們的生活已恢復平靜了。最讓他放心的是，陳祥殺人後心中恐懼，喝殺蟲藥毒發身亡，陳以弟也病亡了，陳禮跌落茅廁淹死了；這幾個惡棍都去做鬼了，還怕甚麼？

姨丈莫強在市公安局做事，公務在身，陳凡不好意思再次麻煩他。華金舅父是市人民醫院的領導人，有權力，也願意幫陳凡的忙，大家一齊回家鄉去辦事。

華金從他們的醫院弄來一輛小型巴士，可以坐十多個人，也可以放行李貨物，是理想的交通工具。

車子駛入村中，村民聽到突突的引擎聲，從屋中走出來看。他們一行幾人落車時，村民一看，是陳凡攜妻帶子女回來。有人走來跟他打招呼。他們前後兩次回鄉，都是坐汽車呼呼直達村裏。他們這個村子，地處窮鄉僻壤，從來沒有私人汽車駛入村裏來。陳凡一家幾人坐專車回來，多麼大的氣派！

陳凡一行幾人再次進入九公的家屋，他向九公九婆說明這次回來是起他先人的骸骨去深圳華僑墓園安葬，需要仵作做事。村中有人做仵作，只一陣子，九公就帶着兩個上了年紀的仵作來了。

九婆去村子那邊叫她的兒子媳婦來幫手，煮飯給大家食。陳凡一心回來做事，沒有閒情食飯，仵作他們草草食飽早飯，就上山去做事。

陳凡的祖父，父親早已病故了，嬸嬸林氏土改時被村民鬥爭灌辣椒水死了。他們三人埋骨的地方也在這個山上，小時候他曾經來掃他們的墓，如今再來到這個山頭，還隱約記得他們三人的坟墓所在地。他踐踏着滿山滿谷的茅芒，爬上另一處山坡，指示仵作挖墓。

祖父、父親、嬸嬸的骸骨都挖起了，分別裝在三個尼龍袋中，在尼龍袋上寫上面各人的姓名，再提骸骨落山坡，放在車上。

祖母、母親、叔父和弟弟四人的屍體是陳勝親手埋葬的，他的印象當然深刻，九公去叫他來幫手。他來到平坦長滿雜草的墳地時，指着他腳下的地點說：就在這裏。

兩個仵作都是老年人，做了這個行業幾十年，掘墳塚埋葬屍體挖骸骨的經驗豐富。他們揮動鋤頭在草地掘下去，只掘了兩呎深，就知道墓穴的正確地點了。因為墓穴的泥土比周邊的鬆軟，按照鬆軟的泥土挖掘下去就不會差錯。

陳勝說，四具屍體都沒有棺材，那年他埋葬屍體的時候，胡亂把屍體扔落土坑去，草草剷泥下去掩埋就算數。仵作聽了他的話，心中有數了。他們平時挖墳起骨骸，鋤頭碰觸到了棺木了，就不可以再大力掘下去，必須用剷子慢慢剷起泥土，見到骸骨了，就按人體的骨頭拿起來，順序排列好，放入陶缸中。

如今這裏的屍體沒有棺材盛載，又是四具屍體橫七豎八堆在一起，扒開了泥土，骸骨就難以辨認哪個是男人哪個是女人。而沒有棺材掩護的骸骨，眼、耳、口、鼻的隙窿都灌滿了沙泥，樹根草根伸入隙窿去，他們費了很多時間才清理得好。

陳凡站在墓穴旁邊，見仵作把他親人的骸骨一件一件從泥土中拿出來，百感交集，欲哭無淚。那年他離開親人去湛市的煉鋼場參加土法煉鋼，大半年後煉鋼場停頓了，他跟張錯、冷向東偷渡去香港，想不到那年一離別他們，就是永別！如今再見，都變成了撒了架的白骨了！

仵作對陳凡說：「同志，我分不出這些骨頭是誰的，也分不出哪個是男人哪個是女人，怎樣好？」陳凡說：「他們四個是一家人，一齊被殺害，又埋葬在一起，都變成白骨了，既然分辨不出了，放在一起就好了。」

兩個仵作小心翼翼撥開泥土，把骸骨一件件從墓穴中拿上來，放在一塊預先鋪開的紅布上。

這時日已偏西，時間不早了，大家都要抓緊時間，分頭工作。華金叫九公帶他去公社大隊取載骸骨去深圳特區的證明書。如今的生產大隊書記，知道華金是湛市人民醫院的領導人，不敢怠慢，他招呼華金坐下，馬上拿出公文紙寫證明書，寫好了，蓋上公章，交給華金。

見月、見日年紀小，不曉得先人都死了，早就埋葬了，如今為甚麼又要把他們的骸骨挖起來。陳凡向他們解釋說：「我們家的親人都是被村中那些惡人打死的，我們跟他們有不共戴天仇恨，如今我們都沒有親人在這個村莊了，清明、重九無人上山祭墓。所以我在深圳華僑墓園買了口墓地，把先人的骸骨搬去那裏埋葬，讓他們的靈魂有個安穩的歸宿。而我們以後從香港回深圳掃墓地方便。」

兒子說：「那些村民為乜咁惡毒打死我們的親人？」陳凡說：「這是很複雜的事，現時你年紀小，領會不到，以後我才慢慢講給你們知。我今次帶你們回來，是要你們迎接先人的骸骨去深圳墓園安葬，表達一點孝心。」

時間過得很快，陳凡有點焦急，想快些整理好骸骨，趁早上路。但仵作是盡心盡力做事的人，拿人錢財，就要做好份內的工作，才對得起人家。他們在墓穴中撥弄着沙泥，連碎骨指骨都想尋找出來，不可遺留。

陳凡時不時看腕錶，時間在指針的移動中流逝。但又不好催促仵作打攪他們工作，只好忍耐着等待。

見月、見日兩姐弟是小孩，以童心童眼看世界，他們看到鄉村的景物與城市的大不相同，感覺新鮮又好玩，不知道爸爸內心的焦慮。他們只覺得香港都是高樓大廈，密密麻麻，馬路上各種車輛在呼呼行駛，人群匆匆忙忙行走，空間小，空氣污濁。鄉村的屋子少，樹木多，田間的秧苗莊稼綠油油，天朗氣清，微風吹拂，讓人感覺悠閒舒暢。

他們走去山坡的叢林邊遊玩，蝴蝶雙雙飛舞，蜜蜂在花叢中嗡嗡採花蜜，鳥雀在樹上吱吱喳喳跳躍，聽不懂牠們唱的是甚麼歌。牛隻在山坡上悠閒地吃草，農夫頭戴笠帽，赤着腳，在地上除草施肥，人家艱苦勞動，他們覺得好玩。

墓穴中的骸骨都撿起來了，排列在泥土的紅布上。仵作說，這裏的山坡地勢高，泥土乾爽，屍骨都保存得好。只是四個屍體當初胡亂扔在一起，骨頭都混亂了，辨別不出哪個是男人哪個是女人。沒有辦法，他們只好把紅布上的骸骨包捲起來，放入一個大陶缸中，蓋上缸蓋，用油灰密封，搬上車廂中。

祖父、父親、嬸嬸是先後亡故的，分別埋葬在同一個山上。如今挖起他們的骸骨，分別放入三個小陶缸中，蓋上陶缸蓋子，用油灰密封，放上車廂。先人的七具骸骨都撿到了，準備開車。

他們村中的族人，知道陳凡帶妻攜子回來起他先人的骸骨遷葬他鄉，有人拿香燭冥鏹來山坡拜祭骸骨送別。陳凡見他們還念舊情，沒有甚麼禮物送給他們，都給他們一個封包答謝。

這時太陽即將下山，西天的殘陽反照，山野和人猶如讓太陽的紅光塗上一層艷麗的油彩。陳凡不知是感動還是哀傷，含着淚水跟族人道別。

九婆對陳凡說：「你咁有孝心回來起先人的骸骨去那邊安葬，上天會保佑你們興旺發達。」九公接着說：「你們以後有時間再回來啊。」

陳凡對九公說好。但以後他回不回來現時還說不定。

這時有個上了年紀的男人向陳凡走來，他一來到，就向陳凡下跪，說：「那年我有份密謀殺你家四人，很後悔。現時來向你下跪贖罪，希望你大人不記小人過，原諒我，放過我。」

陳凡認得他是陳霖得，是村中的流氓，無惡不作。土改運動時，他翻身當家作主了，時時打罵陳凡。文革時，又伙同陳祥、陳以弟、陳禮那幫人密謀殺害他家老小四人，搞到陳凡痛苦不已。

如今陳凡見到他，恨死他，怎會原諒他？陳凡想踢他幾腳，解解心頭之恨，但踢他幾腳四條人命扯平了？這樣一想，他忍着，不踢他，讓上天懲罰他好了。他倖倖然說：「你這個人渣，殺害我家幾人，幾條人命，向我下跪就算數？世上哪有咁便宜的事？我一生都不會原諒你！你快走，我不想見到你！」

陳凡不理眼前這個仇人，叫妻兒三人上車，他和華金舅父也上車。

司機爬上駕駛座發動引擎開車，人和骸骨在車廂中晃動。狹小的鄉村泥土路凹凸不平，車子搖搖晃晃向前駛。陳凡從車窗向外望，鄉村田野彷如向後退。他在心中說：別啊，故鄉！別啊，故人！

* * *

第二年清明，陳凡和妻子兒女回深圳華僑墓園上墳掃墓。墓基用石塊砌成，後面的青石墓碑刻着祖父、祖母、父親、母親、叔叔、嬸嬸、弟弟等親人的姓名，七具骸骨合葬在同一個墓穴中，長眠此地。

墳墓倚山面海，隔着大鵬灣，對海望過去，遙遠處是九龍半島。他們先人的墳墓近海邊，青石墓碑的姓名刻成陰文，填上朱色，墓碑兩旁的圓柱子，刻上的聯語是陳凡手書，石匠刻字：

雲影飄忽過

濤聲伴長眠

陳凡和兒子動手在墓碑前燃點香燭，插上鮮花，斟茶斟酒，供奉祭品，帶領妻子兒女叩頭跪拜。

拜祭完畢，向天地奠了酒，就在墳前切燒豬、燒雞食。兒子問他，為何要在墳前飲食。陳凡說，拿燒豬果品來墳前拜祭，只是對先人表示孝思的儀式，這些祭品先人不會食。如今我們在先人的墳前飲食，表示同先人一齊食飯。

陳凡食了一塊燒雞，對兒女說：「將來我老了，行動不便了，不能來了，你們每年清明重九都要來，照如今一樣向先人拜祭。」

見日、見月兩人都唯唯諾諾的應着。但他們生活在富裕的香港，可以說有個快樂幸福的童年，一個在快樂幸福中成長的孩子，怎會體會到爸爸童年時在大陸鄉村被村中人像打水狗那樣整治到半死？又怎能理解爸爸冒死偷渡來港途中的槍口餘生的境況？他們更加無法理解爸爸回鄉把先人的骸骨搬來深圳華僑墓園安葬，是對先人的懺悔和贖罪。兒女將來長大了，會來拜祭先人的墳墓——那只是他的期望。

2015年六月動筆，2016年3月寫成
時年七十七歲